KB242264

시대를 초월한 여성들

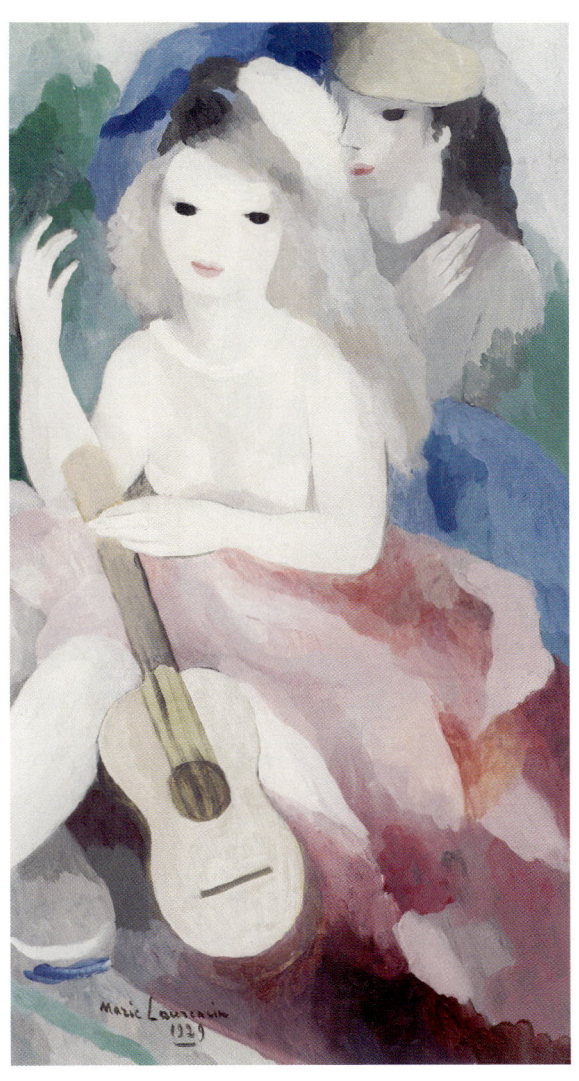

시대를 초월한 여성들

추천사를 쓰려니 걱정이 앞섰다. 텀블벅을 통해 책을 펀딩하는 동안 이런 질문을 받은 적이 있었다.

"왜 이런 책을 만들어요?"라고 말이다.

질문의 요지는 이들이 너무 다르다는 점이다.

나혜석은 독립운동가였고, 노천명은 친일파 시인이었다. 프리다 칼로는 가난한 집안에서 태어났고, 교통사고와 이혼 등 삶 속에 수많은 불행을 이겨낸 예술가였고, 마리 로랑생은 부유한 가정에서 태어나 엘리트 코스를 밟으며 성공 가도를 달린 화가였기 때문이다.

이들은 물과 기름처럼 하나로 섞일 수 없는 존재들일지도 모른다. 그러나 이렇게 대조되는 것들이 슬프지만 아름답게 세상을 구성하고 있다. 서로에게 서로가 있기에 각자의 자리에서 더욱 빛을 발한다. 마치 낮과 밤, 빛과 어둠, 선과 악처럼 말이다.

이러한 생각에 도달하자 나의 대답은 꽤 간단명료해졌다.

"멋질 것 같아서요!"

이들에게 공통점이 없는 것은 아니다. 당시 남성 중심의 시대 속에서 글과 그림을 통해 예술가로 이름을 날렸고, 현재까지도 시인으로, 화가로 기억되니 말이다.

나혜석, 노천명, 프리다 칼로, 마리 로랑생의 작품을 한 권의 책으로 담았다. 이 책을 좋아하는 사람도 싫어하는 사람도 있겠지만, 만들 수밖에 없는 내 심정을 이해해 주길 바란다.

'시대를 초월한 여성들' 이 단어만으로도 너무 멋지지 않은가?

그럼에도 '그'처럼 이 책을 마주하고 의문점을 가질 수 있는 당신이 걱정이 되어, 이렇게 추천사 대신 '걱정사'를 남기는 바이다.

엮은이 권호

시대를 초월한 여성들,
나혜석(글, 명화) / 프리다 칼로(명화)

시대를 초월한 여성들,
노천명(글) / 마리 로랑생(명화)

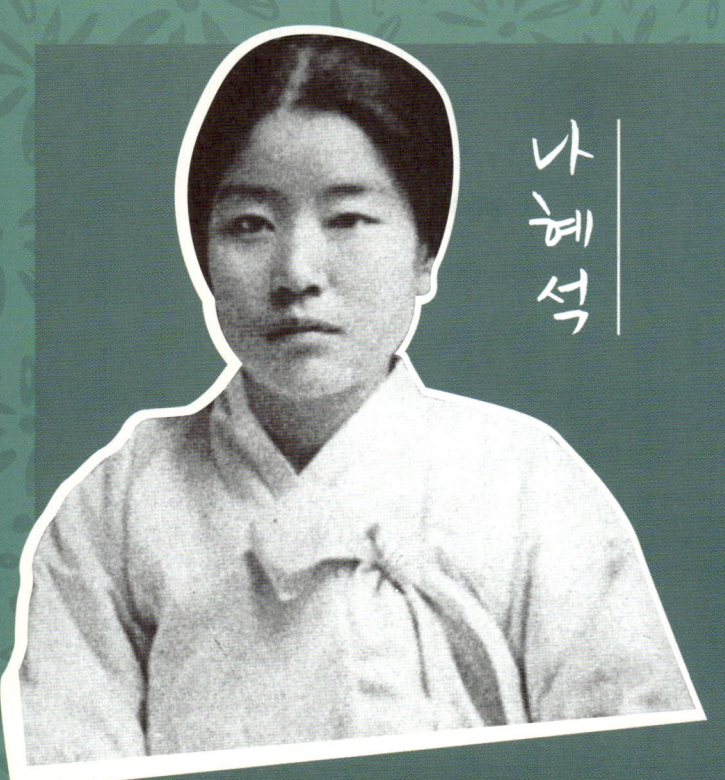

나혜석

내 몸이 불꽃으로 타올라 한 줌 재가 될지언정,

언젠가 먼 훗날 나의 피와 외침이 이 땅에 뿌려져

우리 후손 여성들은 좀 더 인간다운 삶을 살면서

내 이름을 기억할 것이라.

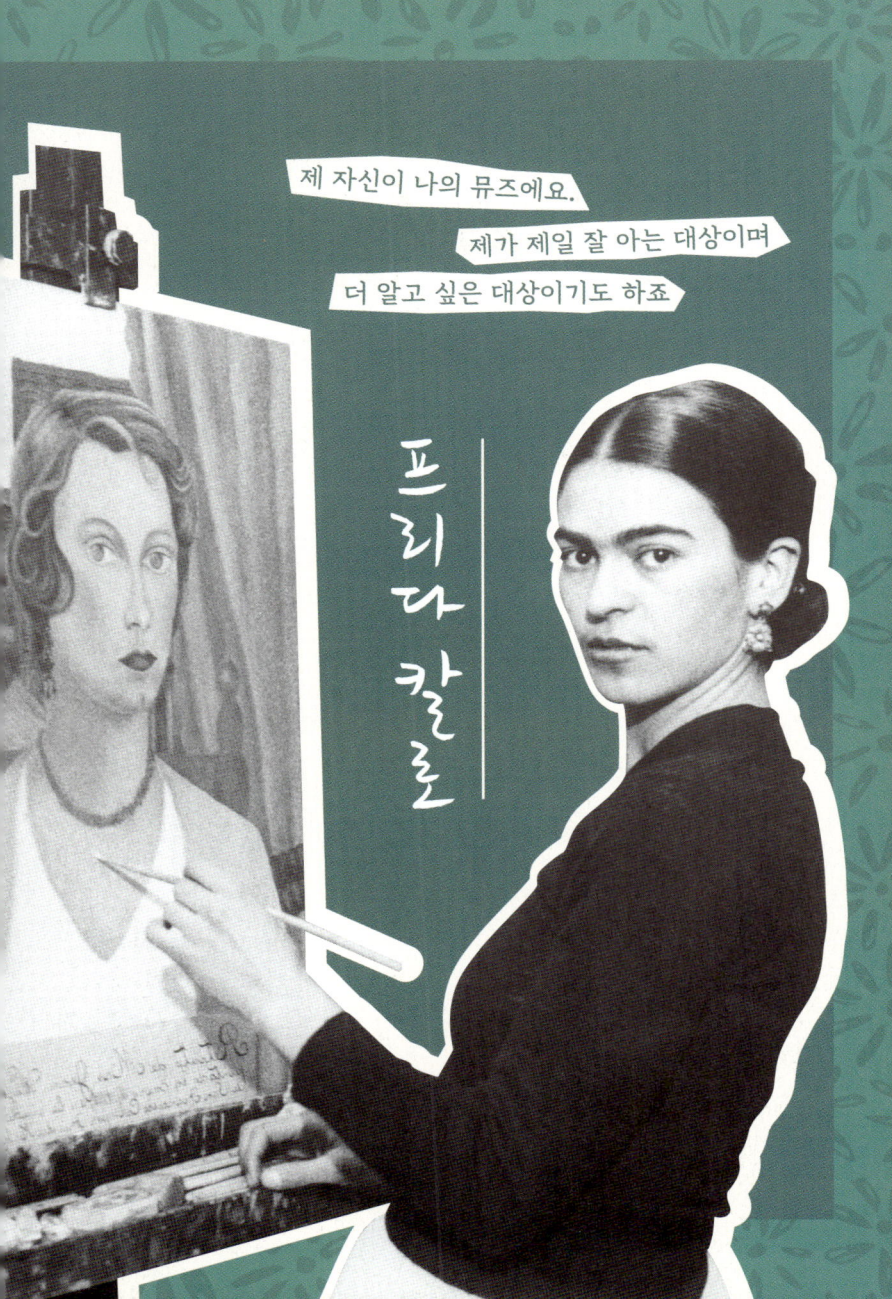

제 자신이 나의 뮤즈에요.
제가 제일 잘 아는 대상이며
더 알고 싶은 대상이기도 하죠

프리다 칼로

뱀의 유혹,
그리고
이브의 호기심

●

　절대로 손대지 말라고 한 과일에 손을 댄 것은 과연 뱀의 유혹 때문만이었던가요. 이브의 호기심은 결코 아니었을까요. 하지만 이로 인하여 받은 벌은 얼마나 엄격하였던지요. 이 세상에 유혹처럼 무섭고 즐거운 매력은 없고, 쾌락, 불안, 두려움, 우려보다 호기심이 앞섰습니다. 동기가 무엇이든지 일단 열어 본 세계는 이상하게도 좋았고, 더구나 구속받고 엄숙하게 지켜야만 한다는 마음 속에서 어찌 자유롭고자 하는 감정을 가지지 않겠습니까. 나는 확실히 유혹에 끌렸고, 호기심을 가졌습니다. 우리는 거친 가시밭에서 생각지

나혜석

도 못한 장미꽃을 발견했지요. 그래서 그 방향과 향기에 황홀하였던 것뿐입니다. 그 결과가 어떻든 내가 진보하는 과정상 감수하지 않으면 아니 되었습니다.

　사람이 진보하는 경로는 여러 가지 형태가 있습니다. 행복한 환경과 조건 속에서 아무런 생각 없이 살아가는 사람도 적지 않습니다. 그러나 다수는 그 뜻을 펼치기도 전에 굴하게 됩니다. 누르던지, 미혹하던지, 분지르던지 어찌 되었든 한 뜻으로 살려고만 하면 되지 않겠습니까. 겨울에 얼어붙은 개천 물을 보십시오. 그처럼 더럽게 흐르던 물이 어떻게 희고 아름답게 얼어붙는지요. 이는 확실히 그 본체가 순정과 미를 잃지 않았기 때문입니다. 이러한 점을 보면, 진보해 가는 사람을 생각하게 됩니다. 이러한 사람은 떨어진 물이 더러우면 더러울수록, 유혹이 깊으면 깊어질수록 더 심각하고 더 복잡한 현실을 엿보게 됩니다. 그렇기 때문에 이러한 의미에서 이들은 미혹에 처하면 처할수록 비록 외관으로는 고통스러울지언정 내면은 풍부한 감정으로 살 수 있는 것입니다. 그리고 세상만사를 긍정해 버리고 말지요.

[삼천리] 1935.02. 나혜석

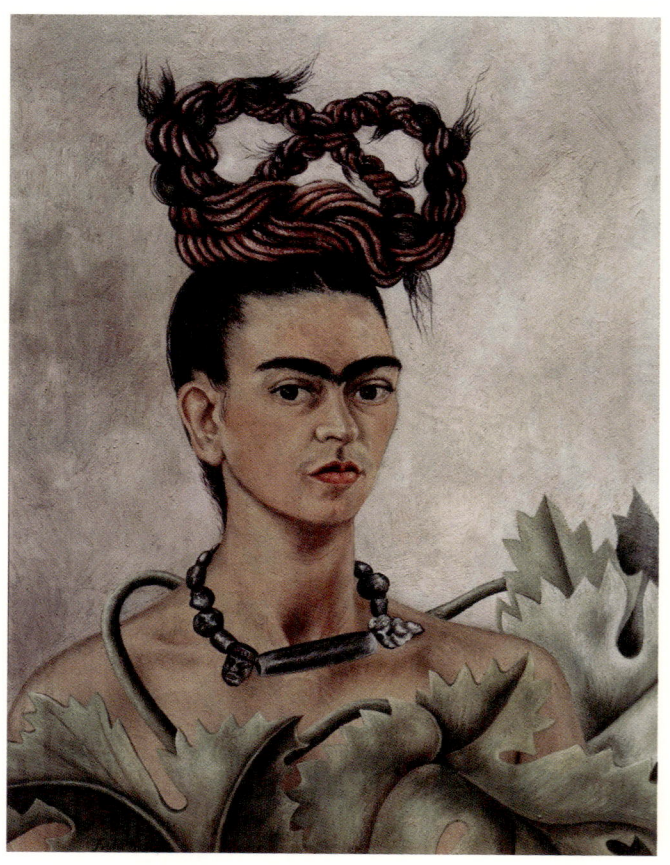

땋은 머리의 자화상 / 프리다 칼로 / 1941.

독신자의 사랑

●

　이성 간 사랑은 순정이어야만 합니다. 이 순정을 잃은 자는 곧 상처를 받은 자입니다. 상처를 받은 자의 몸에는 끈기가 없고, 탄력성이 적어 중간이 없고, 조화성이 없습니다. 그리하여 상처를 받은 자, 즉 독신자는 감정이 마비되어 희로애락의 경계선이 분명치 못합니다. 동시에 사물에 쉽게 싫증내고, 애착심이 생기지 않습니다. 그러므로 남녀 간에 상처를 받은 자라면 남자는 반드시 순정녀, 여자면 순정남으로 배우자를 맞이하여야 조화성을 유지하게 됩니다.

여러 사람에게 허락하고 순간의 쾌락으로 살아갈까, 혹은 한 사람에게조차 허락지 않고 내 마음을 지키고 살까. 실행해야 하는 시기가 되니 어린 시절부터 받은 가정교육의 인습이 걸리더군요. 양심이 허락지 않아 전자를 실행하지는 못하고, 후자를 실행해보니 과연 어렵기만 합니다. 친우를 얻을 수 없고, 동지를 잃게 되는군요. 독신자의 이성교제란 대부분 인격적 교제가 되지 못하고, 성적 교제로 전락해 버리니 첫인상부터 상대의 소유자 없음을 염두에 두게 됩니다. 결국 성교를 한 후에도 길게 유지되지 못하니, 상대가 자기에게 헌신하듯이 타인에게도 헌신하리라는 의심을 가지기 때문이며, 성적 관계를 하지 않으면 교제 기간이 보잘것 없이 짧습니다. 그리하여 독신자는 정신적 동요가 심하니, 갑이란 이성을 대할 때는 갑에게 마음이 가고, 을을 만날 때는 을에게 마음이 가서 마음이 집중되지 못합니다. 사람에게는 반드시 마음을 정착시킬 만한 사랑의 상대자가 필요하니, 아무리 마음 붙일 일이 있다 하더라도 인간인 이상 인간 상대자를 요구하게 됩니다. 사랑의 상대자를 구하는 것이지요. 이 사랑의 상대자를 찾지 못한 독신자는 늘 느슨하고 비틀거려서 마치 황무지에 핀 꽃과 같아 강풍에 쓰러질 듯합니다. 독신자들이여, 그대들에게 불행이 닥치면, 즉 배우자를 잃게 되면 그 즉시 후보자를 구해 얻으십시오. 주저하고 생각할 동안에 제2, 제3의 불행이 도래할 것입니다. 그 불행을 이겨낼 만한 각오를 가졌으면 모르겠지만, 점점 끈기가 없어 보송보송해지고 사람이 싫어지고, 말도 하기 싫고, 잡은 손을 뿌리쳐 사람을 버리는 것을 어찌하겠습니까. 더구나 그들은 건강을 잃게 됩니다. 대부분의 남녀는 생식할 시기 외에는 성적 관계보다 음양의 체온이 필요합니다. 독신자의 다수가 따분하고 나른한 것은 이러한 관계가 많기 때문이니 독신으로 지내는 것은 두 말할 것도 없이 부자연스러운 상태입니다.

'현실의 비애', 그것을 예술상의 아름다운 문자로만 아는데 지나지 않던 내가 지금은 과거 어느 시대와 현재를 비교하면서 현실의 비애를 알게 되었습니다. 나는 어느 지점에서인가 오른쪽과 왼쪽의 길을 잘못 밟은 것 같습니다. '실패'의 길로 접어들어 어지간히 걸어온 나는 지금도 반성하면서 갈라진 그 길까지 되돌아 가려하지만, 이미 멀리 와버렸기 때문에 결코 쉬운 일이 아닙니다. 다만 자위의 길을 취할 따름입니다.

[삼천리] 1935.02. 나혜석

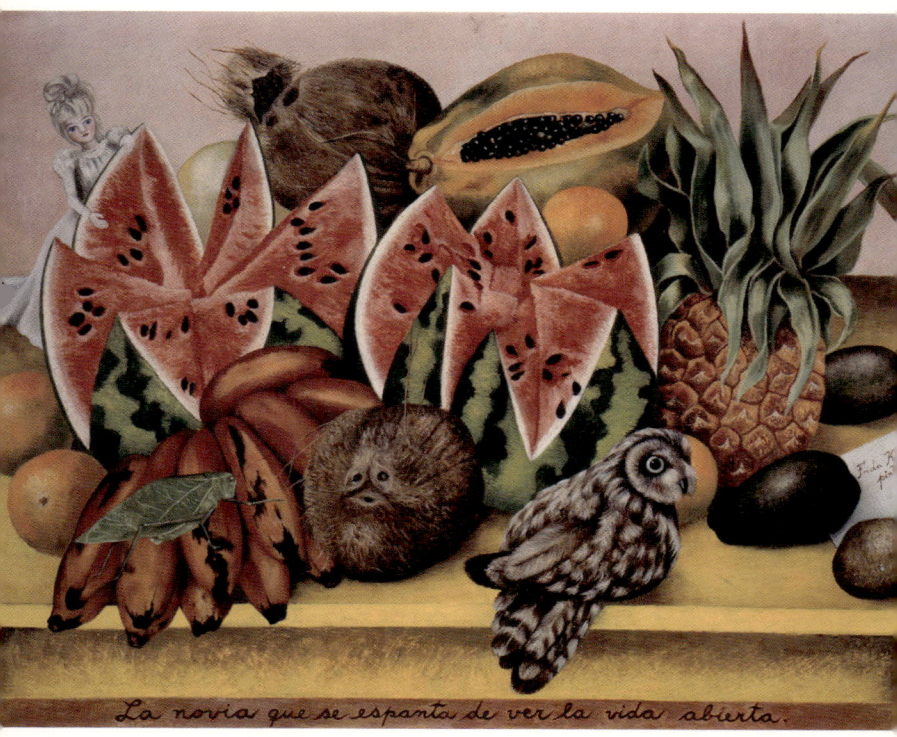

La novia que se espanta de ver la vida abierta.

드러난 삶의 풍경 앞에서 겁에 질린 신부 / 프리다 칼로 / 1943.

"정조는 취미다"

●

정조는 도덕도, 법률도 아무것도 아닙니다. 오직 취미일 따름입니다. 밥을 먹고 싶을 때 밥을 먹고, 떡을 먹고 싶을 때 떡을 먹는 것과 같이 임의대로 하는 것이지, 결코 마음을 구속할 수 없습니다.

취미는 일종의 신비로움이니 악을 선으로 해석할 수도 있고, 추한 것을 웃음으로 화할 수도 있습니다. 비록 외적으로 구속을 받는 한이 있더라도 마음만은 자유자재로 움직일 수 있습니다. 거기에는 아무런 고통도 없고 힘들고 고생스러운 인생살이 없이 오직 희열과 만족만이 있습니다. 이는 객관이 아니라 주관이요,

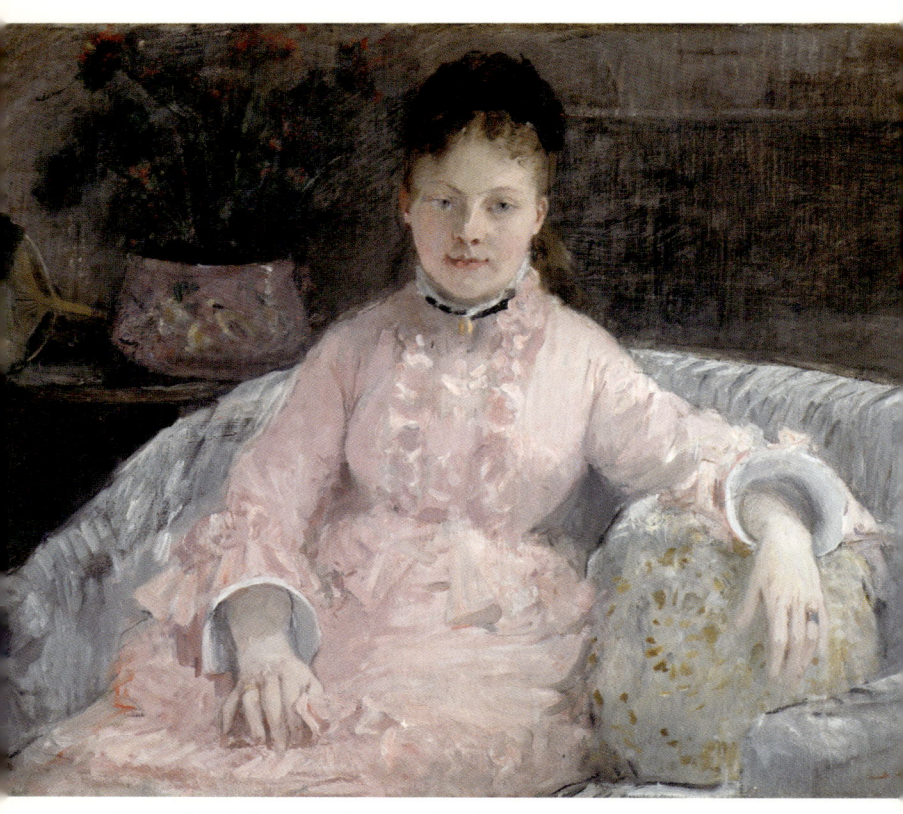

핑크 드레스 / 베르트 모리조 / 18세기경.

나혜석

무의식적인 것이 아니라, 의식적인 것이어서 마음 속에서 예술적 정서를 깨닫고 행동을 예술화하는 것입니다. 서양에서는 일찍이 19세기 초부터 여성의 성교육이 성행하였습니다. 그래서 파리가 그렇게 풍기 문란하더라도 그것이 악하고 추하기보다는 오히려 아름답게 보이는 것은 이미 그들이 머릿속으로 성적 관계를 의식하고 있고, 동시에 이를 취미로 알고 행동을 예술로 승화시켰기 때문이지요.

다만 정조는 그 인격과 생활을 통일하는데 필요합니다. 비록 개인의 마음은 자유롭게 정조를 취미화 할 수 있으나, 불행히도 우리는 나 외에 타인이 있고, 그들과 함께 생활해야 합니다. 그리하여 사회의 자극이 심할수록 개인에게는 긴장이 필요하니, 마음을 집중해야 합니다. 마음을 집중하는 자는 그 인격을 통일하고, 생활을 통일하는 자입니다. 그러므로 지금까지는 정조 관념을 여자에게 한하여 요구해 왔으나, 남자 역시 마찬가지입니다.

종종 우리는 이 정조를 고수하기 위하여 나오는 웃음을 억지로 참고, 끓는 피를 누르며, 하고 싶은 말을 다 못 하기도 합니다. 어찌 이런 모순이 있겠습니까. 그러므로 우리의 해방은 정조의 해방부터 시작되어야 할 것이니 좀 더 문란해져서 다시 정조를 고수하는 자가 있어야 합니다. 파리처럼 정조가 문란한 곳에도 정조를 고수하는 남자, 여자가 있나니, 아마 그들은 이것저것 다 경험했기 때문에 고정되는 것이 위험하지 않고, 자연스러운 순서가 아닌가 싶습니다.

흐르는 물결을 한편으로 흐르게 하면, 기어이 다른 방면으로 흐트러지고 맙니다. 젊고 격렬한 흐름도 가는 길에서 틀려지는 것입니다. 이것이 자연이니, 자연을 과연 누구의 힘으로 막을까요.

[삼천리] 1935.02. 나혜석

나를 잊지 않는 행복

●

　우리는 누구든지 팔자 좋게, 다시 말하면 행복하게 살기를 원하고 바랍니다. 또 그러하도록 힘씁니다. 뒤로는 산을 끼고, 앞에는 강이 흐르며, 봄철의 꾀꼬리 소리와 여름날 뱃놀이로 공기 좋고 경치 좋은 2,3층 양옥 가운데서 남녀 하인이 즐비하고 자손이 번성한 부호가의 주부가 되면, 이야말로 더 바랄 수 없는 소위 행복을 가진 사람이라 할 것입니다. 그러나 이와 같이 별 탈 없이 무사한 것을 우리 행복의 초점으로 삼는다면, 행복은 확실히 우리의 생활을 굳게 식히는 것이요, 활기 없게 만드는 것이며, 게으르게 만들 것입니다. 그래서 우리를 퇴보자이자 낙오자가 되게 할 것입니다.

우리 중에 어느 누구도 자기를 잊고 사는 사람은 없을 것입니다. 그러므로 우리는 잘 먹고, 잘 입고, 편안히 살려고 하는 것이지요. 그러나 우리는 확실히 예로부터 오늘까지 다 "나를 잊고" 살아왔습니다.

우리가 지금까지 잘 입고, 먹고, 낙오되지 않게 살려고 한 것은 오직 과로에 못 견딘 희망에 지나지 않고, 사치에 쏠린 허영에 지나지 아니하였습니다. 아무것도 스스로 노력해 본 일이 없었고, 스스로 구해 본 일이 없었습니다. 혼자 번민해본 일도 없었고, 제 것으로 얻은 것이 아무것도 없었습니다.

슬프군요. 가엾습니다. 마땅히 찾아야만 할, 지켜야 할 나를 잊고 사는 것, 이것이야말로 처량한 일이 아닌가요! 우리는 너무나 겸손합니다. 아니 나를 까맣게 잊고 살아왔습니다. 자신의 내면에 숨어 있는 무한한 능력을 자각 못했고, 그 능력을 발현하려 시험해보지 않

나혜석

을 만큼 모두 희생과 예외뿐이었습니다. 마땅히 아껴야 할, 반드시 사랑하여야 할 우리 몸을 그렇게 되는대로 아무렇게나 굴려 왔지만, 지금 앉아서 과거를 회상하니 너무나 끔찍스러워 내 뼈와 살에 눈물을 뿌리지 않을 수 없군요.

세상의 평범한 사람들 가운데서 자신만은 장래가 보장될 것처럼 안심하고 있는 자가 많은데, 특히 우리 여성 중에 많은 것이 사실입니다. 보십시오! 그 얼마나 귀중히 여기고 보호하던 생명조차 하루아침, 하루 밤에 끊어지지 않습니까! 철썩 같이 맹세한 연인의 마음도 변하지 않던가요! 최고의 행복도 아무렇지도 않게 없어지고 마는 것이 아닌가요. 이와 같이 다른 사람으로부터 받은 행복은 결코 믿을 바가 못 됩니다. 연인에게 뜨거운 사랑을 받고, 벗에게 믿음을 얻는다 해도 이는 일정한 시간이 되면 반드시 싫증이 나는 것이요, 변하는 것입니다. 결코 그 길이 끝에 달하지 못할 것을 미리 생각하여야 할 것이지요. 어째서 그러냐 하면, 만일에 그 행복을 잃어버리는 날에는 무능한 자가 될 것이자, 실망스러운 자로 자처할 수밖에 없을 터이기 때문입니다. 그리하여 이 한 때의 행복을 빼앗길 때마다 언제든지 그 상처가 아물만한 행복을 늘 준비하는 것이 우리의 더할 수 없는 일거리요, 희망하는 바랍니다. 이 역시 자기를 잊지 말고 살아가는 데 있다고 생각합니다.

따라서 우리는 속히 내 한 몸이 있는 것을 확인하여야 하고, 동시에 내 몸이 귀엽고 사랑스럽고 아껴야 할 것을 잊지 않도록 해야 합니다. 내 몸이 귀엽거늘 어찌 남의 손에만 맡겨둘 수 있겠으며, 내 몸이 사랑스럽거늘 어찌 다른 사람의 사랑으로만 만족할 수 있을까요! 내 몸이 아깝거늘 어찌 남의 일만 죽도록 보아주고, 남을 편하게 해 주면서 일생을 보낼 수 있겠습니까! 자기를 잊지 않아야 남을 진심으로 사랑할 수 있으며, 자기를 잊지 아니하는 가운데 여성의 해방과 생활개선의 기초가 잡힐 것이며, 경제적 독립의 마음이 들 것입니다. 다시 말해, 우리가 가장 무서워하던 불행이 언제든지 내습하여 그 고통과 하나의 몸이 된다 하더라도, 결

나혜석

코 패배 할리 만무하겠지요. 때로는 그와 같이 불행이 닥칠 수 있는 불안한 생활이 어찌 진실한 생활이 될 수 있겠느냐고 말할지 모르겠으나, 나는 다른 사람의 행위를 간섭하거나 다른 사람으로 하여금 비겁한 경우에 이르도록 하자는 것은 결코 아닙니다. 우리 여성이 다른 사람인 남성에게 사랑과 보호와 부양을 받을 때에는 할 수 있는 한 만족스럽게 많이 받기를 원하는 바입니다. 오직 내가 원하는 바는 외적으로 어떤 행복을 받거나 상실하던지 간에 행복의 샘 되는 내 마음 하나만큼은 잊지 말자는 것입니다.

이건 절대 요구나 명령이 아니라 우리의 마음과 수양이 거기까지 자연스럽게 도달하게 되었으면 하는 희망일 뿐이랍니다.

요컨대 우리들의 현재, 또는 미래 생활 목표인 신앙 및 행복을 위해서는 오직 "자기를 잊지 않고" 살아가는 것 이외에는 어느 것도 우리의 마음을 기쁘게 해 줄 것이 없을 테지요. 이로 말미암아 심오한 생활을 할 수 있으며, 하나가 완성되면 다시 새로운 하나를 추구할 것이요, 동시에 많은 종류의 생활을 일신상에 종합하기 위해 시험할 것입니다. 즉 자기 내면 생활의 전개를 자기가 보장하기 위해 내면의 심오한 곳에서 일어나는 것만큼 자세히 알고, 동시에 결핍된 현재의 정도와 실력에 정체하지 아니하고 항상 불만을 가지고 이를 자각함으로써 스스로 이를 얻고자 하겠지요.

그러므로 우리는 편하게 그날그날을 무사히 지내는 행복을! 도무지 행복이라고 할 수 없을 테지요. 도리어 그 평범한 행복에 만족하고, 집착해 있는 것을 치욕이라 할 수 있습니다. 동시에 지금 이러한 환경 속에서 살아가면서 우리의 할 일은 이 현실을 바로 보는 데 있고, 이 현실 중 가장 우수한 자질을 가진 미래 생활의 싹을 북돋아 기르는 데 있습니다. 이러한 것을 생각한다면, 어찌 잠시라도 방심하여 자기를 잊고 살 수 있을까요!

모든 인류는 이와 같이 각자 발전하는 사회의 성립

을 희망하게 되어야 합니다. 이러한 사회야말로 풍성
하고 청신하며, 활기가 돌 것입니다.

[신여성] 1924. 08. 나혜석

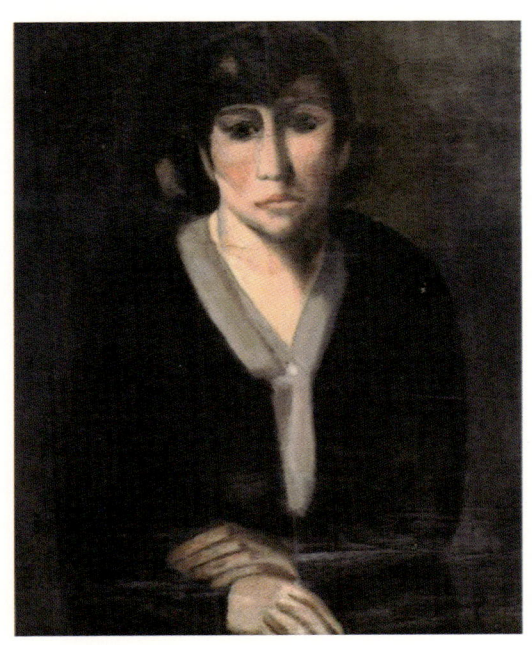

자화상 / 나혜석 / 1928년경.

이상적 부인

●

먼저 이상을 어찌 일컬을 것인지요, 소위 이상이라 함은, 욕망의 사상입니다.

이것을 감정적 이상이라 한다면, 이성적 이상도 있지요. 그렇다면 이상적 부인이라 할 때 그 부인은 과연 누구인가요.

나는 과거와 현재까지 이상적 부인이라 할 부인은 없다고 생각하는 바입니다. 아직 부인의 개성에 대한 충분한 연구가 없는 까닭이며, 또한 자신의 이상이 높은 지위에 있기 때문입니다. 혁신을 이상으로 삼은 카

츄사(톨스토이 소설 <부활>의 주인공), 자신을 우선시 하는 것을 이상으로 삼은 마그다(헤르만 주더만 희곡 <고향>의 주인공), 진실한 연애를 이상으로 삼은 노라 부인(헨리크 입센 소설 <인형의 집>의 주인공), 종교 적 평등주의를 이상으로 삼은 스토우 부인(<엉클 톰스 캐빈> 작가), 천재를 이상으로 삼은 라이초 여사(일본 최초 페미니스트 잡지 <세이토> 발행인), 원만한 가정 을 이상으로 가진 요사노 여사(<세이토>에서 활동하 던 일본 전통 정형시인). 여러분들처럼 다방면의 이상 을 가지고 활동하는 부인이 현재에도 결코 적지 않습 니다. 나는 결코 이 모든 분들의 범사에 대하여 숭배할 수는 없으나, 다만 현재 나의 상황에서 가장 이상에 가 까워서 부분적으로 숭배하는 바입니다. 무슨 까닭으로 그들 대부분은 운명에 지배되어 자신이 충분히 발전 하는 것을 두려워하여, 항상 평이하고 고정적인 안일 함 외에 절대적 이상을 가지지 못한 약자인지요. 그렇 지만 우리는 이 장점의 평범함을 취하여 수양을 쌓은 자기의 양심으로 하나씩 걸러내어 가장 이상에 근접한 새로운 상상으로 성장하지 않으면 안 됩니다. 습관에

의하여 도덕적 부인, 즉 자기의 세속적 본분만 완수하는 것은 결코 이상이라 할 수 없습니다. 한 걸음 더 나아가, 이 이상이 진보하지 않으면 아니 될 것으로 생각하여, 오직 현모양처라 하여 이상을 정하는 것도 반드시 취할 바는 아닌 듯합니다. 이를 주장하는 자는 현재 교육가의 상업적인 계책의 하나가 아닌가 싶군요. 남성은 지아비요, 아버지이지만, 훌륭한 남편이자 좋은 아버지가 되는 교육법은 아직도 듣지 못하였으니 이는 여성에만 한하여 부속된 교육입니다. 정신 수양 상으로 보더라도 실로 재미없는 말입니다. 또 부인의 온순하고 유순함만 이상이라 하는 것도 반드시 취할 바는 아닌 듯한데, 아마도 여성을 노예 만들기 위하여 이러한 주의로 부덕을 장려할 필요가 있었을 테지요. 그러던 중 오랜 시간 동안 남자를 위해서만 온갖 힘을 쏟게 하는 주의 덕분에 지금의 부인을 양성한 결과, 온순하고 유순함이 과도하여 그 이상은 위태롭게도 옳고 그름을 식별하지 못하는 경우에까지 이르렀습니다.

그리하면 어떻게 하여야 자적한 여성이 될 수 있을까

요. 물론 지식, 지혜가 필요하겠지요. 어떠한 일을 당하든지 상식으로 좌우를 처리할 실력이 있지 아니하면 안 되겠습니다. 의미 있는 목적을 가지고 자기 개성을 발휘하려는 자각을 가진 부인으로서 현대를 이해한 사상, 지식 및 품성에 대하여 그 시대의 선각자가 되어 실력과 권력으로 사교 또는 신비뿐만 아니라 내적으로 빛을 발하는 이상적 부인이 되지 않으면 불가한 줄로 생각하는 바입니다. 그리하여 현재의 우리가 점차 지능을 확대하고, 자기의 노력으로 책임을 다하여 본분을 완수한다면, 그리고 일에 직면하면 물에 부딪혀 연구하고 수양하며, 양심의 발전으로 이상에 근접한다면, 그날그날은 결코 공연히 지나가버리는 것이 아닙니다. 비록 내일 생을 마친다 하여도 오늘 현재까지는 이상의 일생이 되겠지요.

그러므로 나는 현재에 자기 일신상의 극렬한 욕망으로 그림자조차 보이지 않는 어떠한 길을 향하여 무한한 고통과 싸우며 이를 지시한 예술에 부합하고자 할 뿐이랍니다.

[학지광] 1914.12. 나혜석

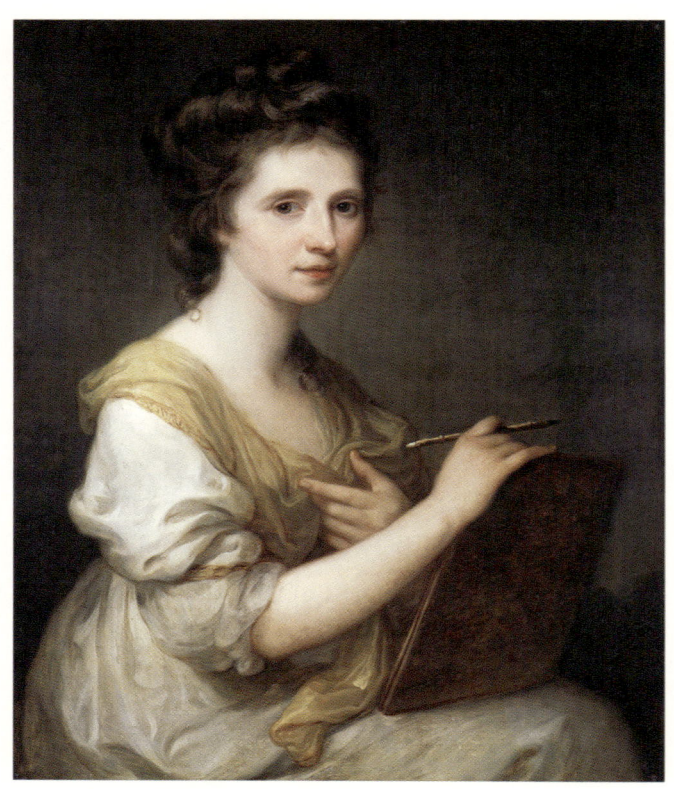

자화상 / 안젤리카 카우프만 / 1770년경.

유럽 밤거리의 축하식

●

　'프랑스 정월'이란 제목으로 써 보내라 하셨지요. 1년 8개월 동안 유럽과 미국을 구경하던 중 두 번 정월을 맞이하였으나, 한 번은 독일 베를린에서, 그리고 한 번은 미국 뉴욕에서 지냈으므로 불행히도 프랑스 정월은 보지 못하였습니다. 하지만 유럽과 미국의 여러 나라의 풍속 습관은 대동소이하지요. 조선의 정월이 둘인 것처럼, 유럽과 미국 각지에는 크리스마스와 정월 두 가지가 있어 대개 크리스마스를 성황리에 지내고, 나중에 정월을 지낸답니다. 그래서 어떤 것이 정말 정월인 줄을 모르게 되지요.

그리하여 선물은 대개 크리스마스에 한답니다. 성황리에 선물을 주고받는데, 가족끼리, 친구끼리, 회사끼리, 그야말로 야단입니다. 보너스를 타서는 부인의 구두, 야회복으로 대부분 허비하거나 가족을 위하여 소비하는 것은 동서양이 비슷하군요.

12월 그믐날에는 전 시민이 밤을 새웁니다. 식탁에 음식과 술을 베풀어 놓고, 온 가족이 둘러앉아 축배를 나누고 만세를 부릅니다. 그리고 12시가 되자마자 사방에서 종소리, 교회당 종소리가 울리고, 일제히 일어나서 잔을 나누고 춤을 춥니다. 창문을 열고 이 집에서 저 집으로, 건넛집에서 앞집으로, 색종이를 걸치고 늘어뜨립니다. 그리고 신년 축하를 합니다. 납을 녹여 물속에 집어넣고, 굳어 나오는 형상을 보면서 일 년의 운수를 봅니다. 그것을 보면서 웃고, 좋아하고, 걱정하고, 낙망합니다. 그리고 밖으로 나가 중앙 시가로 모여듭니다. 거기는 비틀거리는 자, 고깔을 쓰고 북을 치고 껑충껑충 뛰는 자로 아수라장이랍니다. 이 날은 아무에게나 키스를 해도 관계없다 하여 남자는 여자를 쫓아가고, 여자는 기를 쓰고 달아납니다. 베를린에서 어느 친구와 같이 구경을 갔다가 내가 농담으로, "여보, 부럽지 않소? 한번 행해보는 것이 어떻소?"라고 했습니다. 그러자 그는 "글쎄, 장난 좀 해 볼까?"라면서 한 여자를 쫓아가 키스를 했습니다. 나는 멀거니 서서 구경을 하다가 어느 독일 남자에게 붙잡혔습니다. 내가 있는 데로 그 사람들이 들어오다가 깔깔 웃으며, "저것 보게, 나를 놀리더니 자기가 벌을 받는구나."라고 하더군요. 주점도 만원, 카페도 만원, 군악을 두드리고, 픽픽 쓰러지고, 껑충껑충 뛰고, 서로 붙잡고 밀어치고 야단입니다. 길바닥은 종이 부스러기가 발에 툭툭 채입니다. 이렇게 날이 새도록 남녀노소가 돌아갈 줄 모르고 함께 지냅니다.

정월에는 신년회, 가족회, 친우회 등을 열어 마작, 트럼프, 혹은 유흥으로 날을 보내고, 밤을 새우고, 웃고 춤추고 합니다. 여행 중 호텔 생활로 말도 변변히 모르고, 길도 잘 모르고, 놀 곳도 모르고, 초대받은 곳도 별로 없고, 춥기도 하여 정월이라고 특별한 구경한 것이 없어서 이상 몇 가지만 썼을 뿐입니다.

[중앙] 1934.02. 나혜석

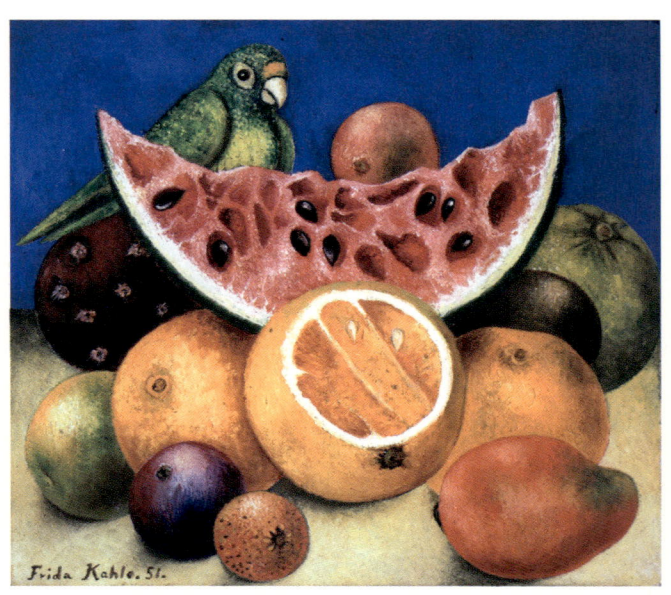

앵무새가 있는 정물 / 프리다 칼로 / 1951.

젊은 부부

●

서울역 1, 2등 대합실입니다. 벤치에 앉아서 약 30분 후 도착할 열차를 기다리고 있었지요. 무릎이 동그랗게 나오고, 비비 꼬인 양복에 딱 맞지 않는 레인 코트를 입고, 두어 조각 긴 구두, 때가 반질반질 묻은 모자를 쓴 매우 신경질적인 신사 한 분이 굵은 스틱을 질질 끌며 대합실로 들어섰습니다. 그 뒤로는 인조 옥색 치마에 인조 분홍 저고리를 입고, 서투른 말똥 머리를 한 아낙네가 비스킷을 가지고 걸어 들어오는군요.

두 사람은 실내를 휘휘 둘러보더니 마침 비어 있는

내 옆에 앉습니다. 아무리 뜯어보아도 시골 보통학교 교사 배지가 박혀 있는 것 같네요. 부인을 보아서는 보통학교 2, 3 학년에 중퇴하였거나, 그렇지 아니면 야학쯤 다니던 여성으로 신혼여행쯤이 아닌가 생각되었습니다.

"여보, 이를 어쩐단 말이요?" "아니, 왜요?" "아, 저기.. 전차에 가 봐야겠군."

남성은 허둥지둥 눈이 둥그레져서 밖으로 나갑니다. 여성은 남편의 옷깃을 붙잡으며 놀란 얼굴로 "왜요? 무엇이 없어요?"라고 묻습니다. "아니, 이를 어쩐단 말이요? 지금 오다가 산 것을 잊었구려." 남성은 앞뒤를 살피고 양복저고리 포켓 좌우에 손을 넣었다 꺼냈다 합니다.

"여보시오, 글쎄 무엇 말이오? 지금 산 것이면 그럼 반지 말이오?"

나혜석

"응, 응, 그래, 그래."

"그럼 저건 뭐야?"

여성이 의아해하면서 손가락으로 남편의 왼편 손가락을 가리킵니다.

"응? 아 이런, 정신 좀 봐, 전차에 떨어뜨린 줄 알았잖아."

남성은 수건을 꺼내 이마의 땀을 씻으면서 나를 흘깃 보고 부끄러운 듯 아무 말 없이 털썩 앉는군요. 여성은 허리가 부러져라 웃습니다.

"아이고, 왜 그러셔요? 나는 깜짝 놀랐잖아요. 일전에도 그러시더니."

"정신이 없어 그래."

내가 있으니 두 사람은 어물어물하더니 잠깐 잠잠하더군요. 여성은 다시 "자동차 타고 들어가시려면 추워서 어떻게 하나?"라고 하더군요. "아니, 나는 관계치 않지만 당신이 춥지 아니할까?" "아니오, 저는 관계치 아니해요."

촌 여성으로서는 어울리지 않을 만큼 애교를 부립니다. 때마침 고학생이 신문을 팔아달라고 가지고 오네요. 남성은 두 장을 사 가지고 한 장씩 들고 봅니다. 나는 옆에서 보다가 속으로, '퍽도 사이좋은 젊은 부부다' 하였습니다.

이 세상의 많은 사람 중에 하필 그 남성, 그 여성이 만나 서로 사랑하고, 아끼고 일러주는 것, 이 얼마나 아름답고 좋은 것인가요. 과연 일남이녀가 서로 사랑한다는 것처럼 좋은 것은 없는 것 같습니다.

그들은 끊임없이 속삭이며 비밀이 없고, 울 때 같이 울고, 웃을 때 같이 웃으며, 어려운 때 서로 돕고, 괴로

위하는 것을 보면 내 몸과 같이 아파하겠지요. 그의 말은 은연중에 다 듣게 되고, 그가 없으면 성사하기 어려우며, 그는 모든 일에 비서이자, 참고서입니다. 이 얼마나 아름답고 귀한 것입니까. 간간이 말다툼 좀 하면 어떤가요. 그것이 여러 번 쌓여 싹이 나면 더 아름답고 귀한 것이 된답니다.

부부생활에서는 세 시기를 지내야만 참 아름답고 귀한 것이 됩니다.

첫째, 서로 연애할 때는 양성 간의 본능에 미혹하게 되어 열과 정이 있어 모든 것이 좋고 아름답게만 보입니다. 결혼 후 약 1년 반 동안.

둘째, 한 가정 내 한 방구석에서 2년쯤 서로 지내면 차차 결점을 알게 되지요. 즉 권태증이 생기기 시작합니다. 그리하여 미보다도 추, 선보다도 악, 장점보다도 단점이 보이게 됩니다. 그러므로 동서양을 막론하고 이혼 통계를 보면, 결혼 후 2년, 혹은 3년 된 때가 제일 많더군요. 하지만 그 고비만 넘기면 다시 의식적으로 무엇을 찾아낼 수 있습니다.

셋째, 결혼 후 2, 3년을 지내고 보면 두 사람 간에 자녀가 생겨 부득이 떠날 수 없게 되거니와, 사람도 많이 겪어 보면 세상에는 별 사람 없습니다. 그리고 서로 개성을 가진 자가 만나니 맞을 리가 없지요. 결국 서로 양보하여 맞추는 수밖에 없는 것입니다. 그래서 그들은 이미 서로 장단점을 아는지라 총명한 자는 여기에서 상대방의 단점을 버리고 장점을 보장하기에 힘쓸 것입니다. 타인이 만나 이만치 서로 이해하고 사랑하고, 아끼게 되면 이보다 더 행복한 자가 어디 있으며, 이보다 더 아름답고 귀한 일이 또한 어디 있겠습니까.

그러므로 혹여라도 배우고 체험하고 사랑하면서 이 아름다운 생활을 해 볼 생각이 없는지요.

[대조] 1930. 09. 나혜석

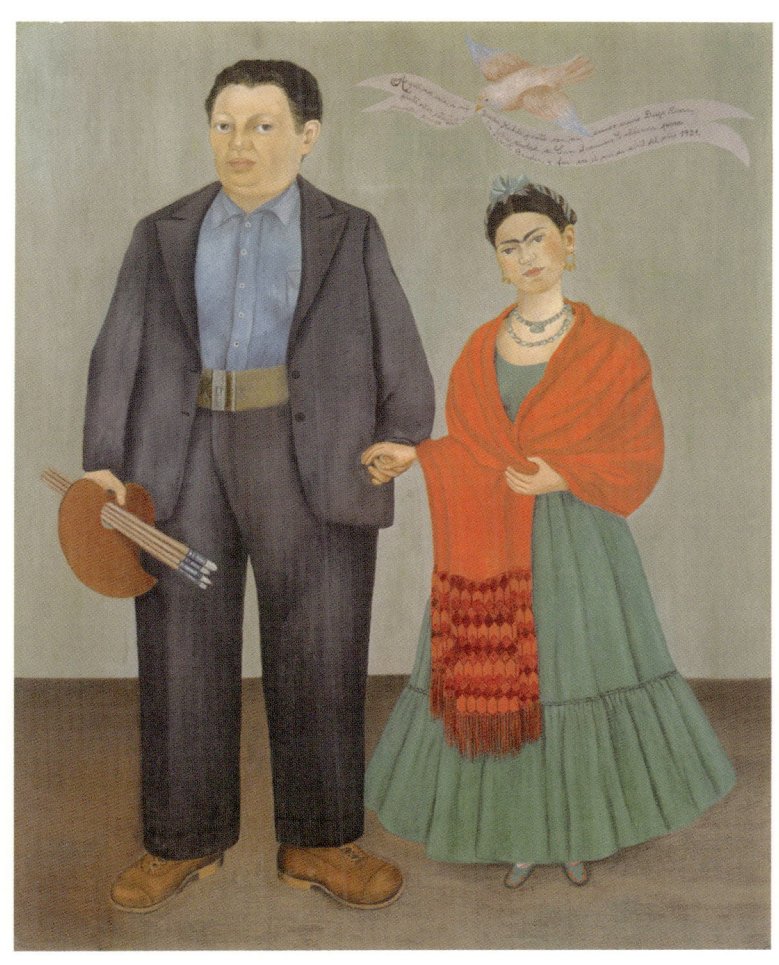

프리다와 디에고 리베라 / 프리다 칼로 / 1931.

홀로 사는 여성의
생활기

●

    나를 그토록 위해 주는 고마운 친구의 집 근처에 돈 이원을 주고 토방을 얻었습니다. 빈대가 물고, 벼룩이 뜯고, 모기가 갈큅니다. 그래서 어두컴컴한 이 방이 나는 싫었답니다. 그러나 시원하고 조용한 이 방이야말로 나의 천당이 될 줄 과연 누가 알았을까요.

    사람 없고 변함없는 산중 생활이야말로 싫증나기 쉽지요. 그러나 나는 이미 삼 년째 이런 생활을 단련해 왔습니다. 그리하여 내 기분을 순환시키기에 충분히 수양했지요. 나무 밑에 자리를 깔고 드러누워 책 보기, 개울가에 평상을 놓고 거기 발을 담그고 앉아 공상하기, 때로는 물에 뛰어들어 헤엄치기, 바위 위에 누워 낮잠 자기, 풀 속으로 다니며 노래도 부르고 가경을 따라가 스케치도 하고, 주인 딸 동리 처녀를 따라 버섯도 따러 가고, 주인마누라 따라 콩도 꺾으러 가고, 동자 앞세우고 참외도 사러 가고, 편지도 부치러 천천히 걸어가고, 높은 베개를 베고 소설도 읽고, 전문 잡지도 보고, 뜨뜻한 방에 배를 깔고 엎드려 원고도 쓰고, 촛불 아래 편지도 쓰고, 때로는 담배 피워 물면서 희망도 그려 보고, 달이 밝거나 컴컴한 밤이거나 잠이 아니 올 때 과거도 회상하고, 현재도 생각하고, 미래도 계획한답니다.

고전이 슬프다고요?

아닙니다. 고적은 재미있는 것이랍니다.

말벗이 아쉽다고요?

아닙니다. 자연과 말할 수 있답니다.

이렇게 나는 평온 무사하고 유화한 성격으로 변할 수 있었습니다.

그러기에 촌사람들은 내가 사람 좋다고 저녁 먹은 후에는 어린것을 업고 옹기종기 내 방 문 앞에 모여들고, 주인마누라는 옥수수며 감자며 수수 이삭이며 머루며 버섯을 주워서 틈틈이 끼워 먹이려고 애를 쓰고, 일하다가 한참씩 내 방에 와 드러누워 수수께끼를 하고 허허 웃고 나갑니다.

여기 말하여 둘 것은, 삼 년째 이런 생활을 해 본 경험상 여성 홀로 남의 집에 들어 상당히 존경을 받고 한 달이나 두 달을 지내기가 그리 용이한 일이 아니라는 사실입니다. 임자 없는 독신 여성이라는 소문을 듣고도, 개미 한 마리조차 들여다보지 않는 사람 없는, 젊지도 늙지도 않는 독신 여자의 기력과 정신 때문이겠지요.

나혜석

우선 신용이 있는 것은 남성의 방문 없이 늘 혼자 있기 때문이요, 둘째로는 낮잠 한 번 아니 자고, 늘 쓰거나 그리거나 읽는 일을 하기 때문이요, 셋째로 딸의 머리도 빗겨 주고, 아들의 코도 씻겨 주고, 마루 걸레질도 하고, 마당도 쓸고, 때로는 돈푼 주어 엿도 사 먹게 하고, 쌀도 팔아 오라 하여 떡도 해 먹고, 다림질도 해 주고, 빨래도 같이하여 어디까지 평등하게 대하면서 잘난 체가 없는 까닭입니다. 그러므로 그들이 때때로 "가시면 섭섭해 어떻게 하나."라고 하는 말은 아무런 꾸밈없는 진정한 말입니다. 재작년에 외금강 만산정에서 떠날 때도 주인마누라가 눈물을 흘리며 "내년에 또 오시고 가시거든 편지하세요" 하였으며, 작년에 총석정 어촌에서 떠날 때도 주인 딸이 울고 쫓아 나오며, "아지매 가는 데 나도 가겠다."라고 했고, 금년 여기서도 "겨울 방학에 또 오세요."라고 간절히 말합니다.

오면 과연 누가 반가워하며, 가며 누가 섭섭해 하리 하고 한숨을 짓다가도 여름마다 당하는 진정한 애정을 맛볼 때마다 그것이 내 생에 무슨 상관이 있으랴 하면서도 공연히 기쁘고 만족을 느낍니다.

[삼천리] 1934.07. 나혜석

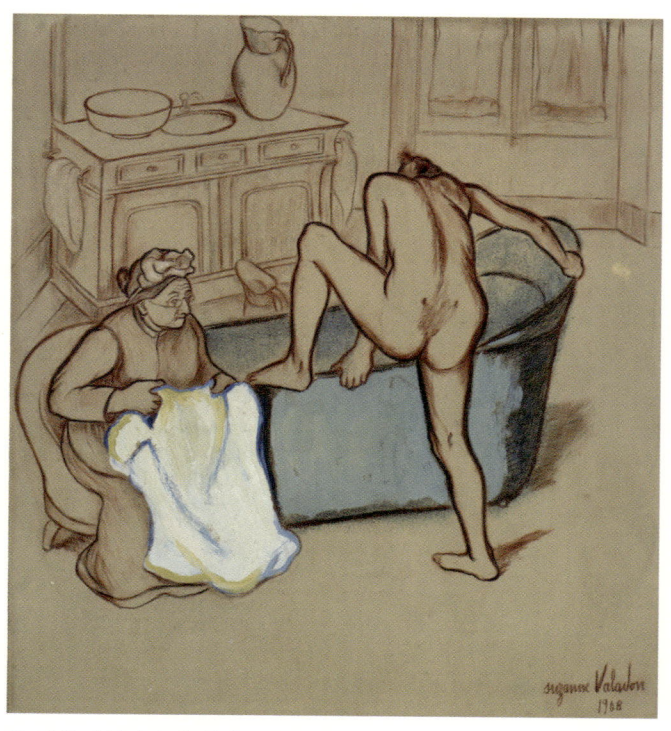

두 명의 여인 / 수잔 발라동 / 1908.

독신 여성의 정조론

●

　"언니, 연애편지 한 장 써주오."

　지금 직업부인으로 있는 K는 그 형 되는 S에게 청을 하러 왔습니다. K는 S가 가장 사랑하는 아우이어서 이 따금 이런 응석을 하러 옵니다. K가 약혼하고 신랑 되는 Y와의 로맨스를 조석으로 형에게 이야기하면 S는 귀여워서 흥미 있게 잘 들어주는 중이랍니다.

　"애, 골치 아프다."
　"왜 그래. 언니도 다 늙었군."

"늙기도 했다만, 심사가 나서."

"왜 그래."

K는 눈이 말똥말똥해집니다.

"왜 안 그러겠니. 몸은 늙어도, 마음은 안 늙으니."

"그러면 언니 청춘시절의 로맨스가 추억된단 말씀이지?"

"그도 그렇거니와 지금은 로맨스가 없는 줄 아니."

"아이구, 망측해라. 다 늙은이가."

"그러게, 그게 걱정이란다."

"그래, 언니도 지금 나처럼 애인이 보고 싶어 애를 태우고 밤잠을 못 자도록 고민스러워요?"

"그거는 청년의 연애요, 중년의 연애는 다르지."

"어떻게 달라 언니?"

K는 바짝 대듭니다.

"그건 이 다음에 말해 줄게."

"지금 말해, 응 언니?"

"지금 네게는 필요치 않고 소귀에 경 읽는 격으로 알 아듣지도 못할 것이니 고만 두자."

"그러면 어서 편지 한 장 써 주어."

"Y에게 말이지."

"그럼."

"언제까지?"

"내일 아침까지."

"이건 최고 급행인걸."

"일전에 Y에게서 온 편지 언니 보았지? 그 편지에 대한 답장이야."

"그러면 길게 써야겠네."

"온 편지가 기니까 가는 편지도 길어야지."

"그런데 너도 늙지도 않았는데, 망령이다."

"왜?"

"누가 연애편지를 대필한다니?"

"그런 줄 누가 모르나."

"눈 뜨고 구덩이에 빠지는 격이로군."

"또 골치 아픈 언니 이론이 나온다."

"이론이 아니라 그렇지 않으냐, 가슴에서 지글지글 끓는 피를 그 섬섬옥수로 써내는 것이 연애편지가 아니냐?"

"누가 모르나, 그런 것을."

"홍, 안단 말이지."

"그럼."

"내가 못 하겠다면...?"

"언니, 그러지 말고 이번만 꼭 하나 써 주어."

K는 매달려 응석을 부립니다.

"밑천이 드러났단 말이지."

"그래, 우리 언니가 잘 알지. 이젠 쓸 말이 없겠지."

"그렇겠지, 쥐꼬리 만한 학식으로."

"그래, Y의 편지 보니 다 된 사람이더라. 제법 인정미와 인간애가 겸비한 사람이던데."

"아마 그런가 보아. 그러니 그대로 써 주어."

"써 볼까."

나혜석

S는 맞은 벽을 잠깐 쳐다보며 꿈먹꿈먹 합니다.

"아이고, 좋아라."

"좀 어려운 주문인 걸."

"내게는 어려운 일이지만 언니한테는 쉬운 일이야."

"그야 내 애인에게 쓴다면 쉽지만 말이다."

"언니 애인에게 쓰던 기분으로 써."

"그러다가 미쳐나게?"

"역시 언닌 열정가야."

"늙어도 열정은 그대로 남지."

"그러게 말이야. 예술가이니까."

"너도 제법이로구나. 그런 것을 다 알고."

"언니도, 마치 샌님이 종 업신여기는 것처럼."

"그렇게 노할 것이 아니야. 귀여워서 그러지."

S는 K의 등을 툭툭 두드렸습니다.

"그러면 언니 잘 부탁해."

K는 날마다 가는 자기 직업소인 병원으로 갑니다.

S는 K를 보내고 비스듬히 앉아서 빙긋이 웃습니다. 그는 지금 K와 Y가 꿀과 같은 속삭임을 하는 것이 귀엽고 사랑스러우며, 그들이 일보씩 진행해 나갈 진도가 활동사진 필름같이 어른어른하게 지나가는 까닭입니다. 그리고 그들의 앞길에 희비극이 다 있을 것을 예상하면서 한 막의 연극을 구경하는 감이 생긴 까닭이지요. S는 책상 서랍을 열고 편지지를 꺼내놓고 펜을 들었습니다.

To. 경애하는 Y 씨

"벌써 봄인가? 아마도 봄이 왔나 봐요. 봄이 왔지요? 글쎄요, 봄이 왔습니다 그려. 아아, 벌써 봄이로구나.

도회의 봄. 농촌의 봄. 따뜻한 봄. 아름다운 봄. 새가 우는 봄. 꽃밭의 봄. 피리의 봄. 사람의 봄. 금수의

나혜석

봄. 즐거움의 봄. 슬픔의 봄. 버드나무가 있는 개울과 긴 둑의 봄. 황흥문(수원에 7개의 수문 위에 있는 문)의 봄. 방화수류정(황흥문과 함께 건축된 정자)의 봄. 완전한 봄이 찾아왔습니다 그려. 이 자연의 봄과 인생의 봄을 함께 가진 우리 두 사람은 얼마나 행복한가요. 가장 단순한 듯한 자연이 우리에게 가장 염증을 아니 주는 것을 보면 자연의 내재력은 풍부한 것 같아요.

나는 오늘까지 하늘이 높아 만리이건만 머리를 들수 없고, 땅은 넓어 천리이건만 갈 수 없어 어쩐지 모르게 주위가 거북하였습니다마는, 오늘부터는 마음이 턱 놓이면서 힘이 저절로 나고 의지가 됩니다.

귀공은 이미 인정미와 인간애를 겸비하신 분이니까 다 짐작하실 줄 알며, 나를 영원히 사랑하고 아껴주실 줄 믿습니다. 그래서 내 성의를 다 하여 이것을 받고 품에 안고자 합니다.

귀공의 편지를 몇 번이고 존경하는 마음으로 읽으니 느끼는 바가 많습니다. 과연 그러합니다. 사람은 고생을 모르고는 남의 사정을 잘 알아들 수 없지요. 즉 맛있는 사람이 될 수 없습니다. 공은 밥도 굶어보고, 나무도 하여 보았다고요. 그러기에 지금의 귀공이 되었겠지요. 이에 미치지는 못하지만, 나도 다소 고생을 해 왔습니다. 남을 알아들 줄은 모를지라도 남의 말을 알아들을 줄은 아옵니다. 이점으로 보아 우리의 앞길은 행복을 보증할만한 튼튼한 길인 줄 아옵니다. 아무쪼록 잘 지도해 주십시오···운운···"

From. 90 춘광에 자라나는 K

그 이튿날 아침에 K가 S에게 들렀습니다.

"언니, 다 썼어?"
"다 썼다마는 그냥은 안 될 걸."

농담 잘하는 S는 또 농담을 붙입니다.

"그럼 어쩌라고."

"연애편지를 누가 그냥 써 준담. 피와 땀의 결정인데."

"또 한 턱을 내란 말이지?"

"여부가 있나."

"내 하지."

"어떻게."

"Y 월급 타거든 절밥 먹으러 가."

"그거 좋은 말이다."

"인제 조건이 다 붙었으니 편지를 줘."

"애, 억지로 짜내느라고 죽을 뻔했다. 쓸 말이 있나. 애꿎은 봄타령이나 했지."

"어디 봐."

K는 편지를 들고 봅니다.

"대체로 수다스러워."

"기껏 써 주니까 공 없는 소리나 하고."

"아니야, 아니야. 언니 능청스럽게 잘 썼어."

"그렇다면 모르거니와."

"그래, 지금도 열정 있는 편지가 써 지우?"

"그럼."

"나도 그럴까?"

"그렇다면, 어쩌게."

"왜?"

"고생스러우니까 그렇지."

"재밌을 걸, 아마."

"몸은 늙었는데 마음이 늙지 않는 것이야말로 예술적 기분을 맛보지 않은 사람이라면 맛볼 수 없는 것이야."

"그러면 그런 사람은 행복이겠지."

"대신 마음고생이 심하지."

"언니, 중년의 연애는 어때?"

"글쎄, 그만두자니까 그래."

"말해, 응?"

"청춘의 사랑은 모닥불과 같고, 중년의 사랑은 곁불

과 같아서 뭉근히 타면서, 잘 잠 다 자고 하는 연애지."

"과연 그렇겠네."

"알아 들겠니?"

"그럼 못 알아들어?"

"그 편지를 오늘 부칠 테냐?"

"그럼, 빨리 부쳐야지. 고마워."

K는 나갑니다.

춥지도 덥지도 않은 봄. 화홍문 모범장에 벚꽃이 흐드러지게 피인 날 오후 다섯 시. K와 Y를 태운 택시 한 대가 S의 집 문 앞에 대었습니다. K는 날쌔게 내려 들어갑니다.

"언니, 어서 나와."

마침 준비하고 있던 S가 나옵니다. Y는 문간에서 기다리고 서 있습니다. 세 사람을 태운 택시는 봉녕사로 달아났습니다. 바람에 날려 오는 향긋한 풀냄새는 우울하던 S의 머리를 시원하게 해 주었습니다. 택시는 삽시간에 성내에서 십리가 좀 못 되는 봉녕사 마루턱에 도착했습니다. 세 사람은 층계로 올라가 법당을 구경하고 조용한 방을 택하여 들어가서 저녁밥을 시켰습니다. 이윽고 밥이 다 되었네요. 표주박에 기름을 치고, 튀각을 부셔 넣고, 고비나물, 도라지나물을 넣고 두부전골 국물을 치고 비볐습니다.

"참 맛있다."

K가 맛있게 먹으며 말합니다.

"많이 먹어라."
"맛있는데요."

Y도 말합니다.

"그러게요. 맛있사외다 그려."

밥값을 치르고 나섰습니다.

날은 저물고 십오야 밝은 달이 중천에 떠올랐네요.

"우리 슬슬 걸어가면서 이야기나 합시다."
"참 기분이 좋은데요."
Y는 만족해하며 웃습니다.

세 사람은 슬슬 걷습니다. 검은 소나무 위로 흰 달이 뜨고 그림자가 어른거립니다. 땅에서는 쑥 냄새가 뿜어 오릅니다.

"그렇게 먼저 가지 마쇼."
"서양 사람이 말하기를 동양 사람은 동행하는 것을 보면 어느 나라 사람인 것을 안다 그래."
"어떻게요."

앞서 가던 Y가 멈칫하며 묻습니다.

"나란히 서서 이야기하고 가는 것을 보면 일본 사람이고, 띄엄띄엄 서서 아무 말 없이 가는 것을 보면 중국 사람이나 조선 사람이라고 그런다나요."

"하하하, 호호호."

"언니, 이야기해."

"그럴까. 우리 먼 길을 먼 줄 모르게 이야기나 하고 갈까."

"찬성입니다."

"저 이태리 폼페이 화산 고적에 가 보면, 이천 년 전 풍속 중에 조그마한 호리병이 있는데, 초상이 나면 사람을 데리고 와 울린 다음 그 눈물을 호리병에 받아 값을 주었다나."

"아이구머니나, 우스워라."

K는 깔깔대고 웃습니다.

"그리고 어느 곳에는 벽화 한 조각이 남았는데, 그것에 뚜껑을 해 덮고 남성에게만 보여 주는 것을 나는 그림 그리는 사람이라 하고 보니까 남자 생식기를 저울로 다는 것이 있지 뭐야."

"그걸 달아 무엇해?"

K는 또 웃습니다.

"중량을 보는 것이겠지."

Y는 무슨 의미를 포함하는지 알면서도 태연히 이런 말을 합니다.

"그때 폼페이 풍속이란 극도로 사치하고 음탕해서 식당엔 조류화, 무답실엔 여신화, 침실엔 춘화, 유아실 엔 자유화가 그려있고, 사방 벽색을 흑색으로만 된 방, 진홍색으로만 된 방, 진녹색으로만 된 방이 있었지."

"폼페이는 너무 사치하고 음탕해서 신벌이 내렸다는 곳 아니에요?"

상식을 가진 Y가 말합니다.

"어디 그뿐이오. 로마 전성시대에는 연회 석상에서 음식을 먹고 손가락을 넣어 토하고 또 먹고 또 먹고 하였다오."

"어머나."

K는 깜짝 놀라네요.

"프랑스 파리 고풍 박물관에는 유명한 여자의 허리띠가 있는데, 옛날에 여자가 어찌 행위가 부정한 지 남편이 출전할 동안 여자의 음부에 허리띠를 씌어놓고 오줌 눌만치만 하고 자물쇠로 잠그고, 열쇠를 가지고 갔대."

"어머나, 저를 어째. 망측해라. 별별 풍속이 다 많군."

"일일이 이야기하려면 별별 풍속이 다 많지."

"그렇겠지요. 문명과 역사가 오래인 만큼 별별 풍속이다 많겠지요."

Y는 말합니다.

"얘 K야."

"너 방귀 봤니?"

"방귀를 어떻게 봐?"

"그걸 못 봤담?"

Y는 빙긋이 웃으며 말합니다.

"아주 아는 체하느라고."

"그럼 몰라?"

"그럼 말해 봐."

"당신이 먼저 말해야지."

"아니, 보았다는 당신이 먼저 말해야지."

K와 Y는 슬쩍 등을 치고 꼬집으면서 한참 재미있게 노네요.

이 문제를 제공한 S는 곁눈으로 슬쩍슬쩍 보며 빙긋이 웃을 따름입니다. 각자 그림자를 끌고 어슬렁어슬렁 소나무 사이로 희어졌다 검어졌다 하며 성내를 향하여 속삭이며 걷는 세 사람은 한가하면서도 재미있습니다.

　"약긴 꽤 약아."
　"왜?"
　"못 보았다긴 싫다니까 남더러 말하라구 그러지."
　"그렇게 서로 미룰 것이 아니라 짱껜뽕(가위바위보)을 해."
　"짱껜뽕 아이고다세."
　"그렇지, 남자가 지는 법이지."
　"이건 쫄딱 망했네."
　"어서 말해, 어서."

　K는 Y를 꼬집습니다.

　"아야…이때껏 빼다가 말하기 좀 싱거운걸."
　"안 하고 견디나."
　"그럼 하지."
　"어서 말해."

K는 Y의 어깨를 짚습니다.

"이거 재수 없으라고 남의 어깨는 왜 짚어."

"어서 말해."

"당신 목욕통에 들어앉아 방귀 한 자루 뀌어보오. 어떻뎁까?"

"옳지, 옳지. 그래 그래. 보글보글 올라오지."

"하하하하, 호호호호."

"어째 그걸 몰라."

"인제 알았어."

세 사람은 허리를 잡고 데굴데굴 구릅니다. 잠깐 잠잠하였다가 화제는 인생관으로 들어섰습니다.

"결혼식은 어제 하시려오."

"지금 이때가 제일 행복스러워요. 약혼기가 늦으면 늦을수록 인생의 맛을 더 아니까요."

"그러나 결혼이 인생의 전체가 아니니까 공연히 Y씨나 K가 헛되이 있을 필요 없이 속히 식을 올려 마음을 안착하는 것이 좋겠지요."

"왜 그럴 필요가 있을까요."

"염증이 나기 쉬우니까 그렇지요. 즉 결점이 보이기 전에 결정을 지우시는 것이 좋겠지요."

"결혼 후에 염증이 생기면 더 위험하지 아니해요?"

"결혼 전이나 결혼 후나 언제든지 누구든지 한 번은 염증이 나는 것이지요."

"왜 그래요?"

"사랑이나 존경이나 동정이 있는 동안뿐이오, 알고 나면 식고, 결점이 보이니까요. 마치 한난계의 수은이 백도까지 올라갔다가 영도로, 심하면 영하까지 내려가듯이."

"그럴까요?"

"아무렴요. 그렇지요. 사람의 정이 한이 없는 것이 아니라 한이 있는 것이에요. 그 고저가 다시 깊고 두텁게 뿌리를 박아야지."

"그럴 듯도 합니다마는, 다 사람에게 달렸을 터이지요."

"사람은 공통의 성질이란 것이 있으니까요."

"그러면 어떻게 살면 잘 살겠습니까."

Y는 자못 흥미롭게 지금까지 혼자서 끙끙 궁리하던 본문제로 들어섭니다.

"그러니 말이에요. 이렇게 생명이 짧은 소위 사랑에 속아 자기 몸을 옴츠리고 뛸 수 없이 만드는 자가 얼마나 많은가요."

"결국 인생은 평범하게 되는 것이 목적이니까요."

"그야 그렇지마는 평범하게 되기 전에 생명을 좀 더 늘릴 수가 있으니까요."

"어떻게요."

"사랑을 표어로 결혼해서 자식을 낳고, 벌어 먹이느라고 남편의 비위 맞추기에 애써 얽매어 살다가 죽는 것 아니요. 이것이 소위 평범이지요."

"그럼 무슨 딴 방침이 있나요? 인생의 목적은 생식인데요."

"그렇지요. 결국 그런 목록을 각자 밟겠지만, 속히

밟을 필요가 없고, 사회제도도 그만큼은 자유로이 되어 있으니까요."

"무슨 말씀인지 잘 모르겠어요."

"다시 말하면 남녀 간에 춘기, 발동기가 되면 부모의 사랑이나 친구의 사랑만으로는 만족지 못하고 이성을 그리워하며 애태우다가 사랑의 미명 하에 일찍이 자기 몸을 구속하여 20살이나 30살 미만에 옴츠리고 뛸 수 없는 지옥에 빠지고 마는 것 아닙니까."

"네. 그렇지요."

"그러는 것보다 자기가 먼저 무엇으로 번민하고 고통스러워하는 지를 생각하여 그것만 해결해 가지고 구속된 생활을 좀 더 늘릴 필요가 있지요."

"아마 대개는 성욕 방면으로 고민할 걸이요."

"그러니까 그것은 독신자를 위하여 사회제도가 이미 설립되지 아니했어요?"

"유곽 말씀이지요?"

"그렇지요. 처자의 생활을 능히 보장할 수 있을 때까지 독신생활을 하며 유곽에 출입할 것이지요."

"화류병도 무섭거니와 사람에게 더없이 간절하지는

않으니까요."

"그것은 상당히 조심하면 될 것이오. 그러기에 한 곳을 늘 다니는 것보다 다른 곳을 다니라고 어느 청년에게 말한 적이 있습니다."

"그렇기는 그래요. 성욕 한 가지로 인하여 일찍이 자기 몸을 구속할 필요가 없을 것 같아요."

"절대로 그럴 필요가 없지요. 그러기에 여자 공창만 필요한 것이 아니라 남자 공창도 필요해요."

"파리에는 남자 유곽이 있다면서요."

"파리에도 있거니와, 오사카에 있는 노처녀, 군인 부인, 과부들이 출입을 한단 말을 실담으로 들은 일이 있는데요."

"그러면 정조관념이 없지 아니해요?"

"정조관념을 지키기 위하여 신경쇠약에 걸려 히스테리가 되는 것보다 돈을 주고 성욕을 풀고 명랑한 기분으로 살아가는 것이 아마 현대인의 사교상으로도 필요할 걸요."

"차차 그렇게 될 것입니다."

"그러기에 인문이 발달할수록 독신자가 많이 발생하

고, 성욕 해결만 된다면 가정이 필요 없이 될 수 있는 대로 독신 시기를 늦추는 것이지요."

"그러면 정신적 위안은 어디서 얻어요?"

"생활전선에 나선 그들에게는 그런 고적을 느낄 새가 없고, 자기 일이 정신적 위안이 되고 마니까요."

"일에 권태가 생길 때는요?"

"그만한 일이야 극기할 수밖에 없겠지요."

"그렇게 독신생활을 계속할 수 있을까요?"

"그러기에 독신생활을 장려하는 것이 아니라 독신으로 지낼 수 있을 때까지는 있는 것이 좋겠단 말이지요."

"까닥하면 사람을 버릴 수가 없을까요?"

"그렇지 않으면 사람은 언제 버리든지 버리는 것 아닌가요."

"그야 그렇지만, 어려운 문제요."

"골치 아프니 그만둡시다."

"그러면 어떻게 하면 평화스러운 가정을 이룰 수가 있을까요."

나혜석

Y는 장차 맞이할 신가정에 대한 이상이 크고 많습니다. 그러나 이미 경험이 많은 S의 의견이 듣고 싶었던 터죠.

"서양 격언에 화평한 가정을 이루려면 '남편은 아내를 꽃으로 보고 아내는 꽃핀 것을 자각하여야 한다'고 하였어요."

"과연 그럴 한데요."

"서양 사람의 스위트홈은 결코 남편이나 아내의 힘으로만 된 것이 아니라 남녀 교제의 자유에 있습니다. 한 남편이나 한 아내는 날마다 조석으로 대면하니 싫증이 나기 쉽습니다. 그러기 전에 동부인을 해서 나가서 남편은 다른 집 아내, 아내는 다른 집 남편과 춤을 추든지 대화를 하든지 하면 기분이 새로워집니다. 그러기에 어느 좌석에 가든지 자기 부부끼리 춤을 추든지 대화를 하는 것은 체면을 잃는 것입니다."

"그럴 듯도 합니다."

"그럴 것 아니에요. 밖에 나가서 새로운 기분을 수입해 가지고 집에 들어와 그 기분을 이용하니 스위트홈이 안 될 수 있나요."

"조선에도 차차 그렇게 되겠지요."

"Take long time이지요."

"남편은 복잡한 사회에서 쓴맛 단맛 다 보고, 아내는 좁은 가정 속에서 날마다 같은 일로만 되풀이하고 있으니 아내는 남편의 감정 순환을 이해치 못하고, 남편은 아내의 감정을 이해치 못하여 어디까지나 따로따로 놀아 그 가정은 무미건조할 것이오, 권태가 생길 것이겠지요."

"참 그래요."

"그러기에 연애결혼만 해도 처음은 여자에게 무엇이 있을 듯하여 호기심을 두던 것이 곧 그 밑이 들여다보이죠. 결국 여자는 그대로 말라붙고, 남자는 끊임없이 사회 훈련을 받아 성장해 나가는 그 결과가 어떻게 되겠습니까. 서로 물끄러미 쳐다만 보게 되고 권태가 생기지요."

"그러면 남자가 여자보다 조달이 많은 모양이지요."

"그렇지요. 여자는 생식적으로 조달하고, 남자는 지식적으로 조달하는 것이지요. 그렇기에 지식적으로 보면 남자 25~26세와 여자 30~40세가 상대가 되는 것이에요."

"그럴까요."

"그러면 남자 30세에 여자 40세를 상대로 하여 결혼을 한다면 이상적 가정을 이룰 것이겠구먼요."

"그야 그렇다고 할 수 있겠지만, 여자의 미의 조건이 있으니까 그렇게까지 초월하여 생각할 남자가 없겠지요."

"문예 부흥기의 대화가 라파엘로라든지 19세기 천재 화가 르누아르 같은 사람은 중년 부인을 찬미하여 중년 부인 나체만 그리지 아니했어요."

Y는 어느 화가에게 들었던 말을 합니다.

"알고 보면 남녀 간에 청년의 미보다 원숙한 중년의 미가 더 좋은 것이에요."

"그러면 조선 가정으론 어떻게 평화한 가정을 이룰 것일까요?"

"그러니 말이에요. 남녀평등이라 하지만, 남녀평등

으로 생각하기 때문에 불평을 갖는 수가 많으니까요. 남편이 아내보다 우월감을 가지고 부득이한 일 외에는 자기 혼자 처리하는 것이 오히려 불평이 없는 것이에요. 그 예로 신가정에 충돌이 많고, 구가정이 평화를 유지하는 것을 보면 알 것 아니에요."

"K씨, 잘 들어 두어요."

Y는 옆에서 가는 K의 어깨를 툭 칩니다.

"하자 있는 사람은 말 못 하겠네."

K가 톡 쏘네요.

"내 말뜻을 이렇게 못 알아주지."
"모를 리가 있나. 응석이지."

S는 좋았다 싫었다 하는 Y와 K의 심리를 속으로 짐작하며 중재를 합니다.

"그러면 어줍지 않게 신여성을 취하는 것보다 구 여성을 취하는 것이 낫지 않을까요?"

"그래도 아는 것 밖에 있나요. 우월한 남자 하기에 달렸지요."

"Y씨, 잘 들어 두시오."

K는 Y의 어깨를 툭 칩니다.

"하자 있는 사람은 말 못 하겠네. 이건 당장에 오금을 주네 그려."

"하하하하, 호호호"

"잘들 논다. 좋은 때다."

S는 어른답게 말합니다.

"재미있어 보여요."

Y는 S를 들여다보며 말합니다.

"그러면요."

"무얼, 언니는 우리 때에 어떻게 지낸 언니라고."

"너, 어떻게 그렇게 잘 아니?"

"그걸 모를까?"

"참 S씨의 역사나 좀 들려주실 것을 그랬습니다."

"그까짓 신신치 않은 지난 일을 말하는 것보다 장차 돌아올 일이나 말하는 것이 좋지요."

"참 유익된 말씀 많이 들었습니다."

Y는 새삼스럽게 예를 차립니다. S도 따라서 예를 아니 차릴 수 없군요.

"건방지게 무엇을 아는 체해서 안됐소마는, 내 딴은 다소간 다른 점이 있어서요."

"그런 줄 압니다."

길고 긴 신작로는 어느덧 동문에 다다랐습니다. 폐허가 다 된 동문은 옛 성을 지키고 있어 달 아래 흔들리는 굽은 소나무 소리를 들으며 즐비한 초가들을 거느리고 웅장하게 서 있습니다.

"어머니나, 벌써 동문일세."

K는 탁 닫히는 동문을 보며 깜짝 놀라 합니다.

"좀 더 멀었으면 좋겠지. K씨?"

Y의 흥분된 얼굴이 달빛에 얼른 보이는군요.

"글쎄, 집이 가까워졌구나."

S는 쓸쓸한 자기 방이 머리에 떠올랐습니다.

오늘 하루도 다 갔네요. 인생은 각각으로 시간 중에 숨어갑니다. 지난 기억은 새로운 사실 앞에 그 자체를 숨기고 있습니다. 사십 생애를 흐르는 시간 위에 남겨 놓았으나, 과거의 S는 현재의 S로부터 연기와 같이 사라지는 것을 깨달았습니다.

늦은 봄 저녁 공기는 자못 선선함이 느껴집니다. 동문을 들어서니 높이 보이는 연무대는 옛 활 쏘던 터를 남겨두고 사이로 흰 하늘이 보이는 기둥만 몇 개 달빛에 비치어 보입니다. 그 옆으로 자동차 길을 만들어 놓은 것은 연인 동지인 Y와 K의 발자취를 기다리고 있습니다.

그 길을 굽혀 휘돌아 나서니 나타나는 것은 달빛에 희게 흐드러지게 피어 있는 벚꽃입니다.

꽃 사이로 방화수류정 화홍문이 보입니다. 거기에는 사람들의 점심 찌그레기로 남겨놓은 신문지 조각이 바람에 날리고 있을 뿐 인적은 고요할 따름입니다. 세 사람은 잠깐 머물다 돌아갑니다.

때는 밤 열한 시입니다. 각각 처소에서 피곤한 잠이 들었을 때 Y와 K의 영혼이 왔다 갔다 하네요.

꽃은 지더라도 또 새로운 봄이 올 터이지요. 그것이

나혜석

기다리는 불가사의가 아니라고 누가 말할까요. 그래서
그날을 기다립니다. 그날을 기다립니다.

[삼천리] 1935. 10. 나혜석

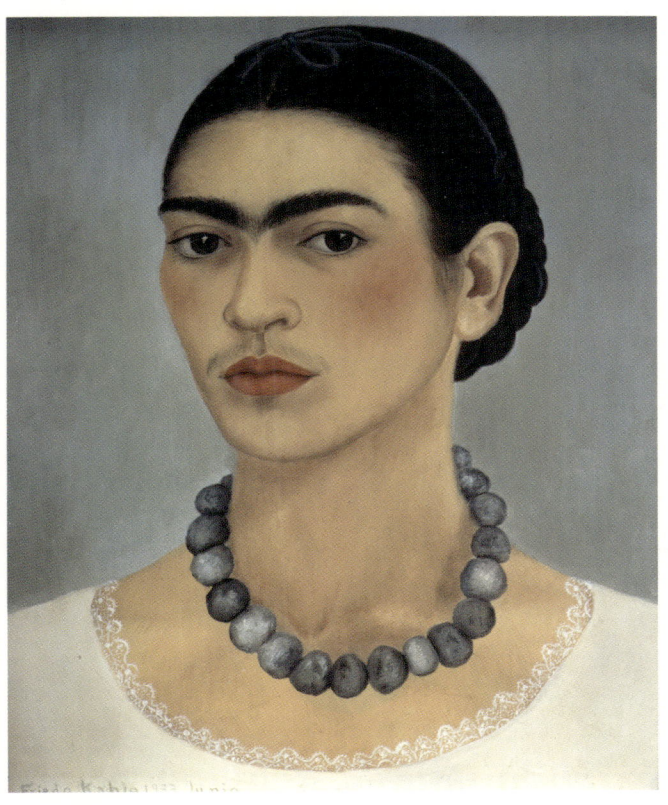

목걸이를 한 자화상 / 프리다 칼로 / 1933.

이혼 고백장
– 청구 씨에게

●

  나이가 삼십, 오십에 가까웠고, 전문교육을 받았고, 남들이 쉽게 할 수 없는 유럽과 미국 여행을 하였습니다. 또 후배를 지도할 만한 처지에 있지만, 그 인격과 생활을 통일치 못한 것은 두 사람 자신이 부끄러워할 뿐 아니라 일반 사회에 대하여서도 면목이 없으며, 부끄럽고 사죄하는 바입니다.

  청구 씨!

  난생처음으로 당하는 이 충격 때문에 너무 상처가

심하고 치명적입니다. 비탄, 통곡, 초조, 번민이 일체의 길에서 생의 방황을 합니다. 한편으로 심연의 밑바닥에 던진 씨를 나는 다시 청구 씨! 하고 부릅니다.

청구 씨! 하고 부르는 내 눈에는 눈물이 그득 찹니다. 이것을 본 세상은 나를 '약자야!' 하고 부를까요?

날마다 씨와 나는 깊이 이해하고 진실하다고 자부하던 우리 사이가 꿈에서조차 생각지 않던 상처 난 운명의 경험을 어떻게 현실적인 사실로 알 수가 있을까요.

모두가 꿈, 모두가 악몽입니다. 지난 비극을 일부러라도 이렇게 부르고 싶은 것이 나의 거짓 없는 진정입니다. '선량한 남편.' 이것이 적어도 당신과 나 사이의 과거 생활에서 나타나는 자세가 아니겠습니까. '선량한 남편' 사건 이후 얼마나 부정하려 했는지 모르지만, 결국 그러한 자세 때문에 지금 상처를 받은 내 가슴속에 소생하는 청구 씨입니다.

사건 이래 타격을 받은 내 가슴 속에는 씨와 나 사이 부부 생활 11년 동안의 인상과 추억이 나타났다 사라집니다. 모든 것에 무엇 하나, 조금도 불만과 불평, 불안이 없었던 것이 아닙니까? 씨의 일상의 어느 한 가지가 되어버린 처인 내게 불심이나 불쾌함을 가진 적이 한 번도 없었던 것 아닙니까?

저녁때면 퇴근 시간에 꼭꼭 돌아왔으며 , 내게나 어린애들에게 자애 있는 미소를 띠는 씨였습니다. 연초는 소량으로 피우지만, 주량은 조금도 없었습니다. 이런 의미로 보면 씨는 세상에 드문 '선량한 남편'이라고 아니할 수 없었지요. 그런 남편인 만치 나는 씨를 신임하지 아니할 수 없었답니다. 아니 꼭 신임하였었습니다. 그러한 씨가 반면에 무서운 단결성, 참혹한 이기심을 숨기고 있을 줄이야 누가 꿈엔들 생각했겠습니까. 내가 반성할 만한, 내가 참회할 만한 일말의 틈과 여유도 주지 아니한 씨가 아니었습니까? 어리석은 나는 그래도 혹 용서를 받을까 하고 애걸복걸하지 아니하였는지요.

나혜석

미증유의 불상사, 세상의 모든 신용을 잃고 모든 공분과 비난을 받으며, 부모와 친척의 버림을 받고, 옛 좋은 친구를 잃은 나는 물론 불행합니다. 그리고 이것을 단행한 씨에게도 비탄, 절망이 불소할 것입니다. 오직 나는 황야를 헤매고, 어두운 밤에 막연하여 상심할 뿐입니다.

떨리는 두 손에 화필과 팔레트를 들고 암흑을 향하여 가는 것인지요. 그렇지 않으면 비치는 햇살의 순간을 구하는 것인지요. 너무 크고 중한 상처로 충격을 받은 나는 절박하면서도 쓸쓸한 생명의 부르짖음을 듣고 울고 쓰러지는 충동으로 가슴이 터지는 것 같습니다.

우리 두 사람의 결혼은 '거짓 결혼'이었나요. 혹은 이해와 사랑으로 결합했지만 그 생활의 흐름을 따라 우리 결혼이 '거짓'의 기로에 떨어진 것이 아니었는지요. 나는 구태여 우리 결혼, 우리 생활을 '거짓'이라 하고 싶지 않습니다. 그것은 이미 결혼 당시에 모든 준비, 모든 서약이 성립되어 있었고, 이미 그것을 다 실행하여 온 까닭입니다.

청구 씨!

광명과 암흑을 다 잃은 나는 이 공허한 상심 상태에서 정지하고 서서 한 번 더 자세히 내성할 필요가 있다고 생각합니다. 이와 같이 염두하면서 나는 비통한 각오 앞에 서 있습니다. 세상의 모든 조소, 질책을 감수하면서 이 십자가를 등지고 묵묵히 나아가려 합니다. 광명인지 암흑인지 모르지만 묵묵히 따르고 절대적 고민 밑에 흐르는 조용한 생명의 속삭임을 들으면서 한번 더 소생으로 향하여 행진을 계속할 결심입니다.

나혜석

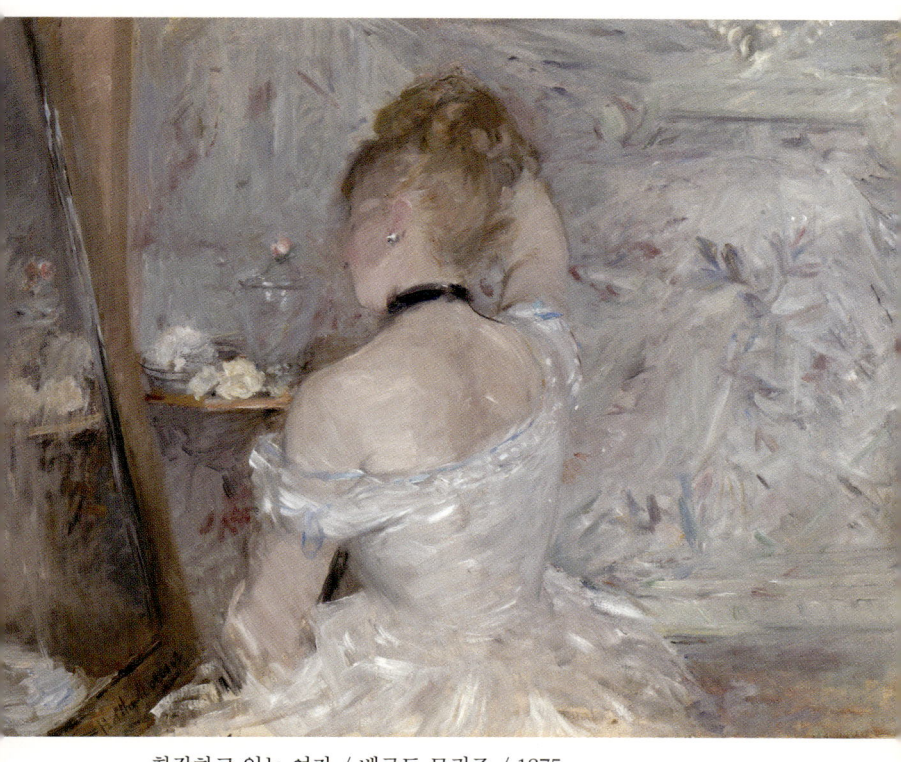

화장하고 있는 여자 / 베르트 모리조 / 1875.

이혼 고백장
─ 약혼까지 내력

●

　벌써 옛날이군요. 내가 19세 되었을 때 일입니다. 약혼하였던 애인이 폐병으로 사망하였습니다. 그때 내 가슴의 상처는 심하여 일시 발광했고 연약해져서 신경쇠약이 만성에 달하였었습니다. 그해 여름 방학에 동경에서 나는 귀향하였습니다. 그때 우리 남형을 찾을 겸 나를 보러 우리 집 사랑에 손님으로 온 이가 씨였습니다. 씨는 그때 상처한 지 이미 3년이 되던 해라 매우 고독한 때였습니다. 나는 사랑에서 조카딸과 놀다가 씨와 딱 마주쳤습니다. 이 기회를 타서 남형이 인사를 시켰습니다. 씨는 며칠 후 경성으로 가서 내게 긴 사연의 편지를 보내었습니다. 솔직했고 열정으로 쓰여 있었습니다. 우선 자기 환경과 심신의 고독으로 아내를 얻어야겠고, 그 상대자가 되어주기를 바란다는 것이었지요. 나는 물론 답하지 아니했습니다. 내게는 그만한 마음의 여유가 없었던 것입니다. 그런데 두 번째 편지가 또 왔습니다. 나는 간단히 답장을 하였습니다. 며칠후에 씨는 또 내려왔습니다. 파인애플과 과실을 사 가지고. 나는 이번에는 보지 아니하였습니다. 씨는 본향으로 내려가면서 내가 동경에 갈 때 무의식적으로 엽서를 하였습니다.

밤중에 오사카를 지날 때 웬 사방 모자를 쓴 학생이 인사를 하였습니다. 그때 나는 알아보지 못하였습니다. 교토까지 같이 왔지만, 나는 동행 4,5인이 있어 그냥 직행하였습니다.

동경 히기시오쿠보에서 동행과 같이 자취 생활을 할 때였습니다. 씨는 지역에서 나는 일본떡을 사들고 찾아왔습니다. 낮에는 내 책상에서 초고를 해가지고, 저녁때면 돌아가서 반드시 편지를 하였습니다. 어느 날 밤에 돌아갈 때이었습니다. 전차 정류장에서 내가 손을 내밀었습니다. 씨는 뜨겁게 악수를 하고, 가까운 수풀로 가자고 하더니 거기서 하나님께 감사하다는 기도를 올리었습니다.

이와 같이 씨의 편지, 씨의 말, 씨의 행동은 이성을 초월한 감정뿐이었고 열정뿐이었습니다. 나는 이 열정을 받을 때마다 기뻤습니다. 부지불각 중 그 열정 속에 녹아들어 가는 감정이 생겼나이다. 이와 같이 씨는 교토, 나는 동경에 있으면서 1일에 1차씩을 나오기도 하고, 혹 산보하다가 순사에게 주의도 받기도 했습니다. 보트를 타고 하루를 유쾌하게 지낸 일도 있고, 설경을 찾아 여행한 일도 있었습니다.

이렇게 6년간 끄는 동안 씨는 몇 번이나 혼인을 독촉한 일이 있었습니다. 그러나 나는 단행하고 싶지 아니하였습니다. 그것은 무엇보다 남이 아직 알 수 없는 마음 한편 구석에 남은 상처의 자리가 아직 아물지 아니하였기 때문입니다. 또 다른 하나는 씨의 사랑이 이성을 초월할 만치 무조건적 사랑, 즉 이성적 본능에 지나지 않는 사랑이라 나라는 일개 여성에 대한 이해가 있을까 하는 의심이 생긴 것이기 때문입니다. 그리하여 만약 본능적 사랑이라면 나 외에 다른 여성이라도 무관할 것이요, 하필 나를 요구할 필요가 없을 것이라 생각했습니다. 전 인류 중 하필 네가 나를 구하고 나는 너를 짝지으려 하는 데는, 네가 내게 없어서는 안 되고 내가 네게 없어서는 안 될 무엇 하나를 찾지 못하는 이상, 그 결혼 생활은 영구치 못할 것이요, 행복치 못하리라는 것을 나는 일찍이 깨달았던 것이었습니다. 하지만 나는 씨를 놓기 싫었고, 씨는 나를 놓지 아니하였습니다. 다만 단행을 못할 따름이었습니다. 그러다가 양편 친척들의 권유와 및 자기 책임상 택일을 하여 결혼한 것이었습니다. 그때 내가 요구한 조건은 3가지였습니다.

1. 일생을 두고 지금과 같이 나를 사랑해주시오.
2. 그림 그리는 것을 방해하지 마시오.

3. 시어머니와 전실 딸과는 별거케 하여 주시오.

　씨는 무조건 응낙하였습니다. 내가 요구하는 대로 신혼여행으로 궁촌 벽산에 있는 죽은 애인의 묘를 찾아 주었고, 석비까지 세워준 것은 내 일생을 두고 잊지 못할 사실입니다. 여하튼 씨가 나를 목숨을 다해 사랑하였던 것은 확실한 사실일 것입니다.

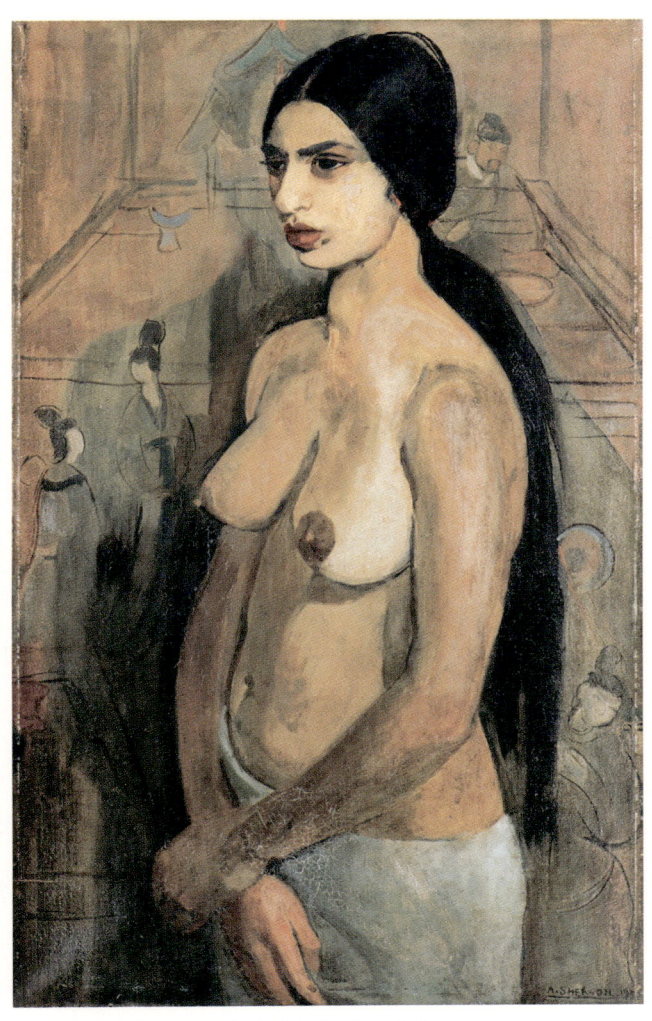

타히티 여성처럼, 자화상 / 암리타 셰어 길 / 1934.

이혼 고백장
— 주부이자 화가 생활

●

    내가 출품한 작품이 특선이 되고 입상이 될 때 씨는 나와 똑같이 기뻐해 주었습니다. 모든 사람은 나에게 남편 잘 둔 덕이라고 칭송이 자자하였습니다. 나는 만족하였고, 기뻤습니다.

    주위 사람 및 남편의 이해도 필요하거니와, 이해하도록 하는 것이 필요합니다. 모든 것의 출발점은 다 자아에게 있는 것입니다. 한 집 살림살이를 민첩하게 해 놓고 남은 시간을 이용하는 것을 반대할 사람은 없겠지요. 나는 결코 가사를 범연히 하면서 그림을 그려온

나혜석

일은 없었습니다. 내 몸에 비단옷을 입어본 일이 없었고, 1분이라도 놀아본 일이 없었습니다. 그러므로 내게 제일 귀중한 것은 돈과 시간이었습니다. 지금 생각난 것은 내게서 가정의 행복을 가져간 자는 내 예술이 아닌가 싶습니다. 그러나 이 예술이 없고는 감정을 행복하게 해 줄 것이 아무것도 없었던 까닭이겠지요.

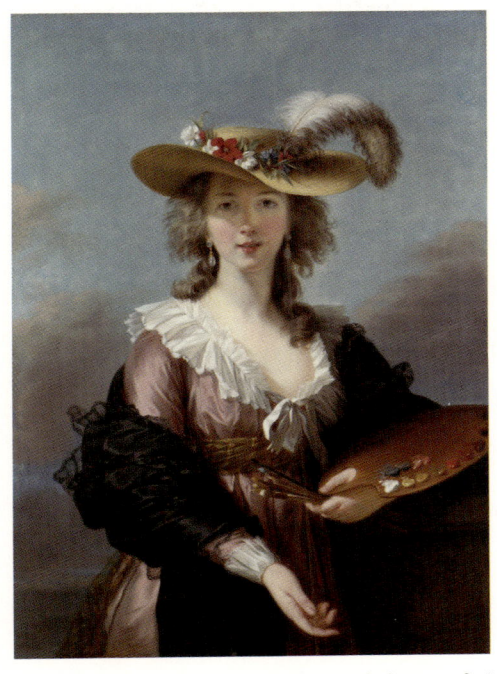

밀짚모자를 쓴 자화상 / 엘리자베스 비제 르 브룅 / 1782.

이혼 고백장
– 유럽과 미국 여행

●

　유럽과 미국 여행을 하게 해 준 후원자 중에는 씨의 성공을 비는 것은 물론이요, 나의 성공을 비는 자도 있었습니다. 그리하여 우리의 유럽과 미국 여행은 의외로 쉬운 일이었습니다. 사람은 하나를 더 보면 더 본만큼 자기 생활이 신장되는 것이요, 풍부해지는 법이지요. 유람한 후에 씨는 정치관이 생기고, 나는 인생관이 다소 정돈이 되었지요.

　첫째, 사람은 어떻게 살아야 좋을까요. 동양 사람은 서양을 동경하고 서양인의 생활을 부러워하는 반면,

서양에 가보면 그들은 동양을 동경하고, 동양 사람의 생활을 부러워합니다. 그렇듯 누구든지 자기 생활에 만족하는 자는 없더군요. 오직 그 마음먹기 하나에 달린 것뿐입니다. 돈을 많이 벌고, 지식을 많이 쌓고, 사업을 많이 하는 중에 요령을 획득하여 그 마음에 만족을 느끼게 되는 것입니다. 즉 사람과 사물 사이에 신의 왕래를 볼 때만 만족을 느끼게 되는 것입니다.

둘째, 부부간에 어떻게 하면 화합하게 살 수 있을까입니다. 하나의 개성과 다른 개성이 합한 이상, 자기만 고집할 수는 없지요. 다만 극기를 잊지 않는 것이 요점입니다. 그리고 부부 생활에는 세 시기가 있는 것 같습니다. 제1 연애 시기에는 상대자의 결점이 보일 틈이 없이 장점만 보입니다. 다 선화, 미화할 따름입니다. 제2 권태 시기. 결혼하여 3,4년이 지나 자녀가 생겨서 권태를 잊는 것이 아니라면 권태증이 심하여집니다. 상대방의 결점이 눈에 띄고 싫증이 나기 시작합니다. 통계를 보면 이때 이혼 수가 가장 많습니다. 제3 이해 시기. 이미 부나 처가 피차에 결점이 있음을 알고, 장점도 아는 동안 정의가 깊어지고 새로운 사랑이 생겨 그 결점을 눈감아 내리고, 그 장점을 조장하고 싶을 것입니다. 이쯤 되면 부부 사이는 무슨 장애물이 있든지 떠날 수 없게 될 것입니다. 이에 비로소 미와 선이 나타나는 것이요, 부부 생활의 의의가 있을 것입니다.

셋째, 유럽과 미국 여성의 지위는 어떠한가요. 유럽과 미국의 일반 정신은 큰 것보다 작은 것을 존중합니다. 강한 것보다 약한 것을 아껴주지요. 어느 회합에든지 여성 없이는 중심점이 없고, 기분이 조화되지 못합니다. 여성은 그야말로 한 사회의 주인공이요, 한 가정의 여왕이요, 한 개인의 주체인 셈입니다. 그것은 소위 크고 강한 남성이 옹호하기 때문만이 뿐 아니라 여성 자체가 그만치 위대한 매력과 신비성을 가지고 있기 때문입니다. 그러므로 새삼 스러이 평등, 자유를 요구하는 것이 아니라 본래 평등, 자유가 존재하는 것이지요. 다만 우리 동양 여성은 그것을 아직 자각치 못한 것뿐입니다. 우리 여성의 힘은 위대한 것입니다. 문명화될수록 그 문명을 지배할 자는 오직 우리 여성들이지요.

나혜석

마지막으로, 그 외의 요점은 무엇인가 하면 바로 데 생입니다. 데생은 윤곽뿐만 아니라, 칼라 즉 색채와의 하모니, 다시 말해 조화를 겸용한 것입니다. 그러므로 데생으로 확실하게 한 모델을 능히 그릴 수 있는 것이 급기야 일생의 일이 되고 맙니다. 무식하나마 이상 4 개 문제를 다소 해결하게 되었습니다. 그러므로 나의 생활 목록이 지금부터 전개되는 듯싶었고, 출발점이 이로부터 시작되리라고 생각하였습니다. 따라서 이상 도 크고, 구체적 고안도 있었습니다. 하여간 전도를 무 한히 낙관하였으나, 과연 어떠한 결과를 맺게 되었는 지는 스스로 부끄러워 마지않습니다.

숲속의 두 누드 / 프리다 칼로 / 1939.

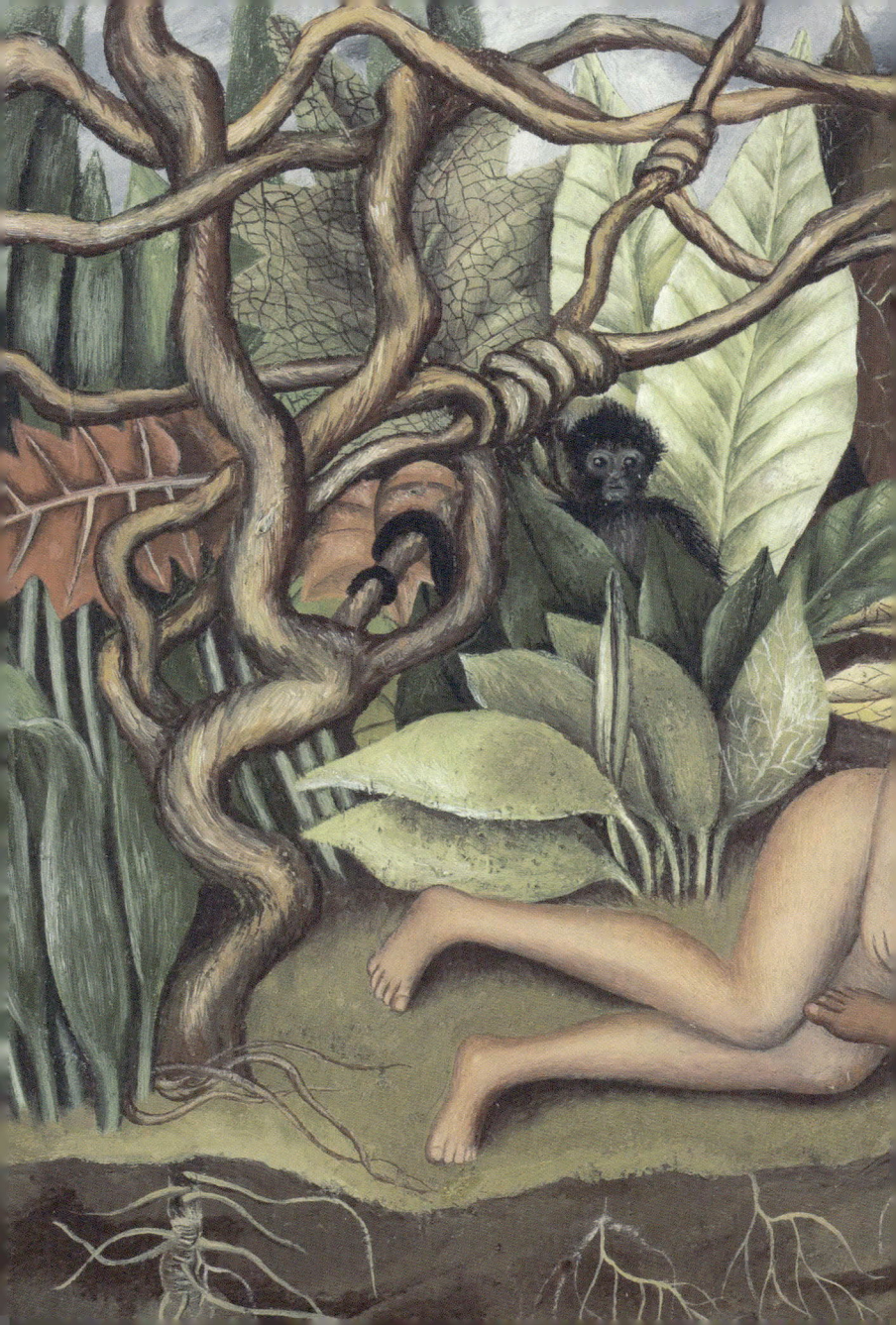

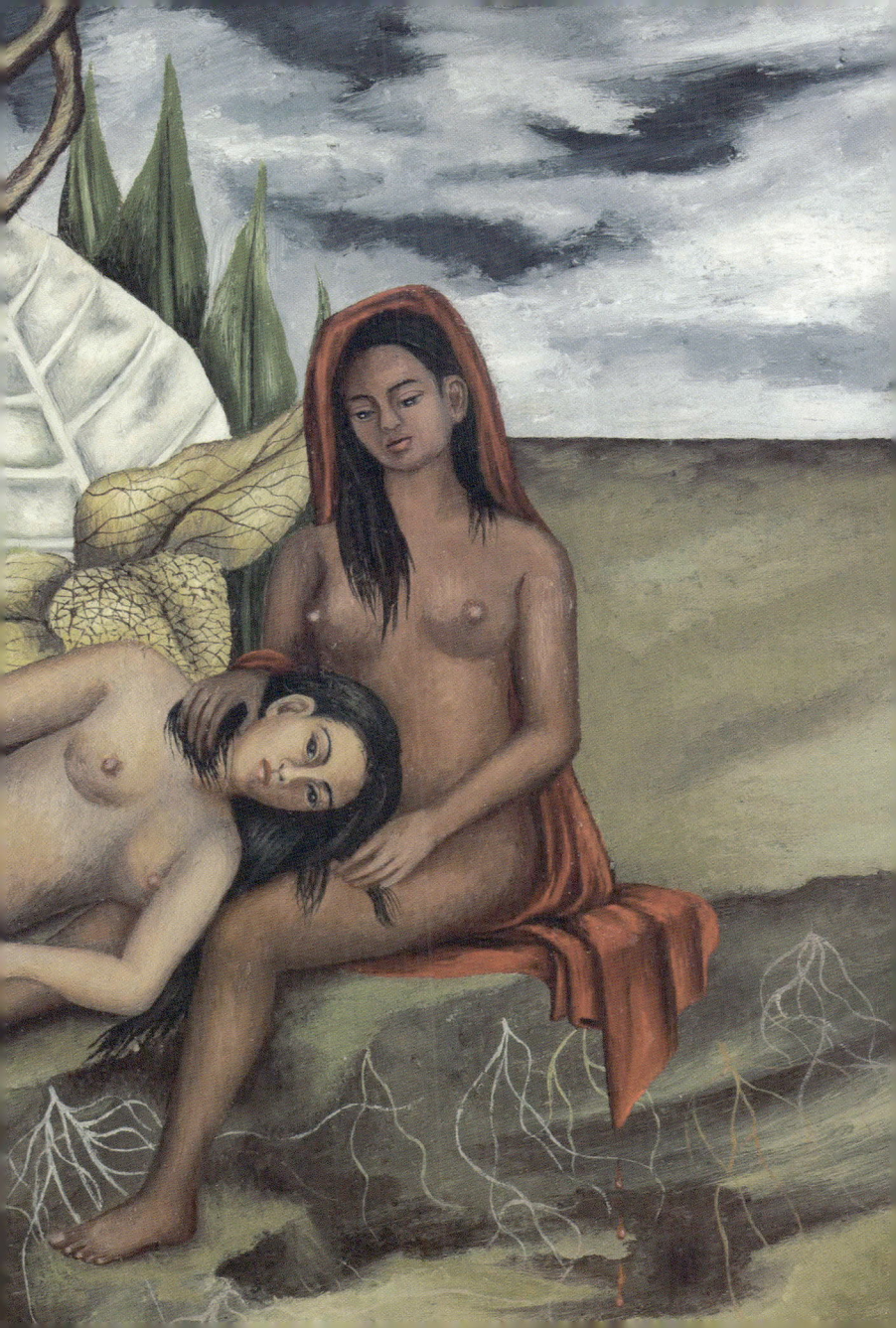

이혼 고백장
– 시어머니와 시누이의 대립

●

   결혼 후 1년간 시어머니와 동거하다가 철없이 살아가는 젊은 내외의 장래를 보장하기 위하여 시어머니는 고향인 동래로 내려가서 집을 장만했습니다. 그리고 매월 보내는 돈을 절약하여 땅 마지기를 장만하고 계셨습니다. 그의 오직 소원은 아들과 며느리가 늙은 후에 고향에 돌아와 친척들을 울타리로 삼아 사는 것이오, 자신이 푼푼이 모은 재산을 아버지 없이 기른 아들에게 유산하는 것이었죠. 하지만 이 재산이란 것은 3인이 합동하여 모은 것입니다. 얼마 되지 않으나, 한 사람은 벌고 한 사람은 절약하여 보내고, 한 사람은 모아서 산 것입니다. 그리하여 두 집 살림을 물 샐 틈 없이 짜느라 재미있었습니다. 그런데 이렇게 화락한 가정에 파란을 일으키는 일이 생겼지요.

우리가 유럽과 미국 여행을 하고 돌아온 지 한 달 만에 셋째 시삼촌이 타지방에서 농사짓던 것을 집어 치고 일 푼의 준비도 없이 장조카 되는 큰댁, 즉 우리를 믿고 고향을 찾아 돌아온 것입니다. 어안이 벙벙한 지 며칠이 못되어 시삼촌이 또 다섯 식구를 데리고 왔습니다. 귀가 후 취직도 아니 된 때라 돕지도 못하고 보자니 딱하고 실로 난처한 처지였습니다. 할 수 없이 삼촌 두 분은 1년간 아랫방에 모시고, 사촌들은 다 각각 취직하도록 하였습니다. 이러고 보니 근친 간 자연히 적은 말이 늘어지고, 없는 말이 생기기 시작하게 되었지요. 이 중 큰 사건은 조석이 없는 사촌 아들을 아무 예산 없이 고등학교 입학을 시키고, 그 학자를 우리가 맡게 된 것입니다.

유람 후에 감상담을 들으러 경향 각처로부터 오는

지인과 친구를 대접하기에도 넉넉지 못하였지요. 없는 것을 있는 체하고 지내는 것은 허영이나, 출세 방침 상 피치 못할 사교였습니다. 하지만 이것을 이해해줄 그들이 아니었지요. 이것을 이해해줄 그들이 아니었습니다. 나는 부득이 남편이 취직할 동안 1년 간만 정학하여 달라고 요구하였습니다. 삼촌은 노발대발하였습니다. 이러자니 돈이 없고, 저러자니 인심 잃고, 실로 어쩔 길이 없었답니다.

이때에 씨는 외무성에서 총독부 사무관으로 가라는 것을 싫다 하여 전보를 두 번이나 거절하고, 고집을 부려 변호사 개업을 시작했지요. 그리고 경성 어느 여관 객이 되어서 예쁜 기생, 돈 많은 갈보들의 유혹을 받으면서 내가 모씨에게 보낸 편지가 구실이 되어 이 요릿집, 저 친구에게 이혼 의사를 공개하며 다니던 때였습니다. 아무 죄 없는 나는 서울에 이혼설이 공개된 줄도 모르고 씨의 분을 더 돋우었으니, "일촌의 앞길을 헤아리지 못하는 이 천치 바보야, 나중 일을 어찌하려고 학자를 떠맡았느냐?" 하였지요.

나혜석

우리 집 살림살이에 간접적으로 전권을 가진 자가 있으니, 즉 시누이였습니다. 모든 일에 시어머니의 코치 노릇을 할 뿐 아니라 심지어 서울에서 온 손님과 해운대를 갔다 오면, 내일은 반드시 시어머니가 없는 돈을 박박 긁어서라도 갔다 옵니다. 모두가 내 부덕의 소산이라 하겠으나, 남보다 많이 보고 남보다 많이 배운 나로서 인정인들 남만 못하겠습니까. 우리의 이 역경에서 일어나기에는 아무 여유가 없었던 까닭이었습니다.

나는 유럽과 미국 여행에서 돌아오는 길에 여러 친척과 친구들에게 토산물을 다소 사 가지고 왔습니다. 그러나 시어머니와 시누이며, 그 외 근친에게는 사 가지고 오지 아니하였습니다. 이는 내가 방심하였다는 것보다 그들에게 적당한 물건이 없었기 때문입니다. 본국 와서 사드리려고 한 것이 흐지부지된 것입니다. 프랑스에서 오는 짐 두 짝이 모두 포스터와 그림엽서와 레코드와 화구뿐인 것을 보면서, 그들은 섭섭히 여기고 비웃은 것이지요. 이로 인하여 시어머니와 시누이가 말하지 않는 중에 감정의 간극이 생긴 것 이외다.

씨의 동북 남매는 3남매였지요. 누이 둘이 있으니 하나는 천치요, 하나는 지금 말하는 시누이니, 과도하게 똑똑하여 빈틈없이 일 처리를 하는 여성이었습니다. 청춘 과부로 재가하였으나, 일점혈육 없이 어디서 낳아온 딸 하나를 금지옥엽으로 양육할 뿐이요, 남은 정은 어머니와 오라비에 쏟으니 푼푼이 모은 돈도 오직 오라비를 위함이었죠. 그리하여 될 수 있는 대로 오라비와 고향에서 가까이 살다가 여생을 마치려 했습니다. 어느 때 내가, "나는 동래가 싫어요. 암만해도 서울 가서 살아야겠어요." 하였지요. 이상의 여러 가지를 모아 오라비 댁은 어머니께 불효요, 친척에 불목이요, 고향을 싫어하는 달뜬 사람이라고 결론 내린 것입니다. 이것이 어느 기회에 나타나 이혼설에 보조가 될 줄 하느님 외에 누가 알았겠습니까. 과연 속 좁은 여성의 감정이란 무서운 것이요, 그것을 짐작치 못하고 넘어가는 남성은 한없이 어리석은 것이더군요.

한 가정에 주부가 둘이어서 시어머니는 '내 살림'이라 하고, 며느리는 따로 예산이 있고, 시누이가 간섭을 했네요. 살림하는 마누라가 꾀사실하고, 전후 좌우에는 형제 친척이 와글와글하니, 다정치도 못하고, 약지도 못하고, 돈도 없고, 방침도 없고, 나이도 어리고, 구습에 단련되지도 못한 일개 주부의 처지가 참으로 난처하였답니다. 사람은 그 외형은 다 같으나, 그 내막이 얼마나 복잡하며 이성 외에 감정의 움직임이 얼마나 얼기설기 얽매어 있던지요.

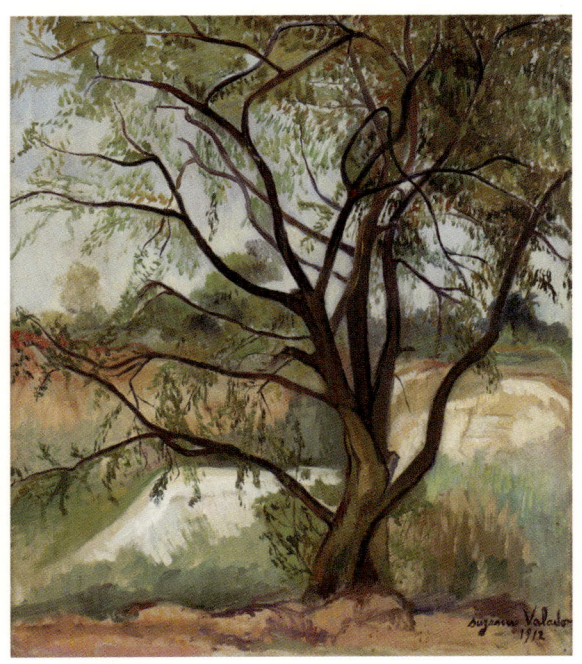

나무 / 수잔 발라동 / 1912.

이혼 고백장
— C와 관계

●

   C의 명성은 일찍부터 들었으나, 처음 대면은 파리에 서였습니다. 그를 대접하려고 요리를 하고 있는 나에 게 "안녕합쇼."하는 처음 인사는 유심히도 힘이 있는 말이었지요. 이후 부군은 독일로 가서 있고, C와 나는 불어를 모르는 관계상 통역을 두고 언제든지 3인이 동 반하여 식당, 극장, 뱃놀이, 시외 구경을 다니며 놀았 습니다. 그리하여 과거지사, 현지사, 장래지사를 논하 는 중에 공감되는 점이 많았고, 서로 이해하게 되었습 니다. 그는 이탈리아 구경을 하고, 나보다 먼저 파리를 떠나 독일로 갔습니다. 그 후 쾰른에서 다시 만났지요.

내가 그때 이런 말을 했더랬지요.

"나는 공을 사랑합니다. 그러나 내 남편과 이혼은 아니하렵니다."

그는 내 등을 툭툭 두드리며, "과연 당신이 할 말이오. 나는 그 말에 만족하오." 하였습니다.

나는 제네바에서 어느 고국 친구에게, "다른 남자나 여자와 잘 지내면, 반면으로 자기 남편이나 아내와 더 잘 지낼 수 있지요." 하였습니다. 그는 공명하였습니다.

이와 같은 생각이 있는 것은 필경 자신을 속이려는 것인지 모르겠으나 나는 결코 내 남편을 속이고 다른 남자, 즉 C를 사랑하려고 하는 것은 아니었답니다. 오히려 남편에게 정이 두터워지리라고 믿었습니다. 유럽과 미국의 일반 남녀 부부 사이에서 이러한 공공연한 비밀이 있는 것을 보았습니다. 이런 비밀이 있는 것은 당연한 일이요, 중심이 되는 본부나 본처를 어찌하지 않는 범위 내의 행동은 죄도 아니요, 실수도 아니라 가장 진보한 사람에게 마땅히 있어야 할 감정이라고 생각합니다. 그러므로 이러한 사실이 판명되면 웃어두는 것이 수요, 일부러 하나의 흠을 지을 필요가 없는 것이지요. 장발장이 생각납니다. 어린 조카들이 배고파서 못 견디는 것을 차마 볼 수 없어서 이웃집에 가 빵 한 조각을 집은 것 때문에 전후 19년이나 감옥 출입을 하게 되었지요. 그 동기는 얼마나 아름다웠던가요. 도덕이 있고 법률이 있어도 그의 양심을 속이지 아니하였는지요. 원인과 결과가 따로따로 나지 아니한가요. 이 도덕과 법률 때문에 원통한 죽음이 오죽 많을 것이며, 원한을 품은 자가 얼마나 있을까요.

나혜석

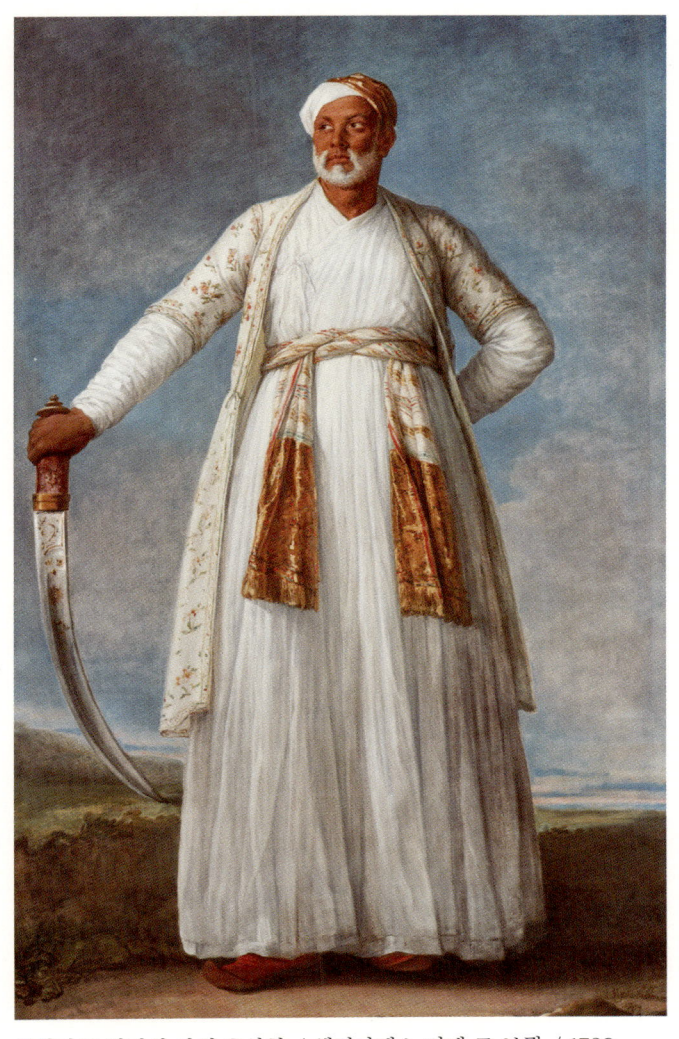

무함마드 더비쉬 칸의 초상화 / 엘리자베스 비제 르 브룅 / 1788.

이혼 고백장
– 집안 운수는 역경 속으로

●

　소위 관리 생활할 때 다소 여유가 있어 고향에 집을 짓고, 땅을 사고, 유럽과 미국 유람 시 2만여 원을 썼습니다. 은사금으로 2천 원 받은 것은 변호사 개업비용에 다 들어가고, 수입은 한 푼도 없고, 불경기는 날로 심각해졌습니다. 아무런 방침 없어 내가 직접 전선에 나서는 수밖에 없었습니다. 그러나 운명의 손길은 이 길까지 막고 있었습니다.

　귀국 후 8개월 만에 심신 과로로 하여 쇠약해졌습니다. 더욱이 내 무대는 경성입니다. 하지만 경제적 관계로 서울에 살림을 차릴 수 없게 되었지요. 또 어린것들과 살림을 제치고 떠날 수 없는 상황이었습니다. 꼼짝할 수 없이 위기가 절박한 가운데서 그저 마음만 졸이고 있을 뿐 따름이지요. 만일 이때 젖먹이 어린것만 없고 취직만 되어 생계를 할 수 있었다면, 우리 앞에 이러한 비극이 가로 걸치지를 아니했을지도 모르지요.

바로 이때의 일이었습니다. 소위 편지 사건 말입니다. 당시 나를 도와줄 사람은 C밖에 없었습니다. 그리하여 무엇을 하나라도 경영해 보려고 좀 내려오라고 한 것입니다. 그리고 다시 찾아 사귀기를 바란다고 한 것입니다. 그것이 중간 악한배들이 잘못 전하여 '내 평생을 당신에게 맡기오.'가 되어 씨의 대노를 산 것이지요. 하지만 나의 말을 믿기보다는 그들의 말을 믿을 만치 부부의 정의는 이미 기울어졌고, 씨의 마음은 변하기를 시작하였지요.

조선에도 생존 경쟁이 심하고 약육강식이 심하여졌습니다. 게다가 이들은 남이 잘못되는 것을 잘 되는 것보다 좋아하는 심사를 가진 사람들이었습니다. 이미 씨의 입으로 이혼을 선전해 놓은 상태에서 편지 사건이 있으니 일없이 남의 말로만 종사하는 악당들은 그까짓 계집을 왜 데리고 사느냐고, 천치 바보라 하여 씨에게 치욕을 가하였습니다. 그중에는 유력한 조력자가 3, 4인 있었는데, 소위 사상가적 견지로 보아 나를 혼자 살도록 해보고 싶은 호기심으로 이혼을 강권하고 후보자를 얻어주고 전후 시나리오를 꾸며주었더군요. 그들의 심사에는 한 가정의 파멸, 어린이들의 전도를 동정하는 인정미보다 이혼 후에 나와 C의 관계가 어찌 되는가를 구경하고 싶었고, 억세고 줄기찬 한 계집년의 전도가 참혹히 되는 것을 연극 구경같이 하고 싶은 것밖에 없었답니다.

자기의 행복은 자기밖에 모르는 동시에 자기의 불행도 자기밖에 모르는 것이더군요. 이 사람 저 사람에게 이혼 의사를 물어보고 10년간 동거하던 옛날 애처의 결점을 발로시키는 것도 보통 사람의 행위라 할 수 없거니와, 해라 해라 하는 부추김에 놀아나 결심을 굳히는 것도 보통 사람의 행위라 할 수는 없는 것이지요.

 여하간 씨의 일가가 비운에 처한 동시에 씨의 일신의 역경이 절정에 달하였답니다. 사건이 있으나 돈이 없어서 착수치 못하고, 여관에 있지만 3, 4개월이나 숙박료를 못 내니 밤낮으로 주인 대할 면목 없었지요. 사회에서는 이혼설로 비난이 자자하니 행세할 체면조차 없고 성격상으로 판단력이 부족하니 매사에 주저하여, 씨는 양 뺨 뼈가 불쑥 나오도록 마르고, 눈이 쑥 들어가도록 밤에 잠을 못 자고 번민하였더군요. 씨는 잠 아니 오는 밤에 곰곰이 생각하였겠지요. 우선 질투에 받쳐 오르는 분함은 얼굴을 붉게 하였더군요. 그리고 자기를 생각하고 또 세상맛을 본 결과, 돈 벌기처럼 어려운 것이 없는 줄 알았겠지요. 안동현 시절에 남용하던 것이 후회되고, 아내가 그림 그리려고 화구 산 것이 아까워졌을 겁니다.

 사람의 마음은 마치 배의 돛대를 끼워 달면 바람을 따라 달아나는 것처럼 그 근본 생각을 다는 대로, 모든 생각은 다 그 편으로 향하여 달아나는 것이지요. 씨가 그렇게 생각할수록 한시도 그 여자를 자기 아내 명의로 두고 싶지 않은 감정이 불과 같이 일어났을 테지요. 동시에 씨는 자기 친구 하나가 기생 서방으로 놀고 편히 먹는 것을 보았습니다. 이것도 자기 역경에서 다시 살리는 한 방책으로 생각했을 때, 이혼설이 공개되니 여기저기 돈 있는 갈보들이 후보 되기를 청원하는 자가 많아 그중에서 하나를 취하였던 것이겠지요. 이때가 아내에게 이혼 청구를 하고 만일 승낙치 않으면 간통죄로 고소를 하겠다고 위협을 하는 때였습니다.

아아, 남성은 평상시에 무사할 때는 여성이 바치는 애정을 충분히 향락하면서 한 번 법률이라든가 체면이라는 형식적 속박을 받으면 어제까지 방자하고 향락하던 자기 몸을 돌이켜 금일의 군자가 되어 점잔을 빼는 비겁자요, 횡포자가 아니던가요. 그래서 우리 여성은 모두 일어나 남성을 저주하고자 합니다.

무제 / 암리타 셰어 길 / 1935.

나혜석

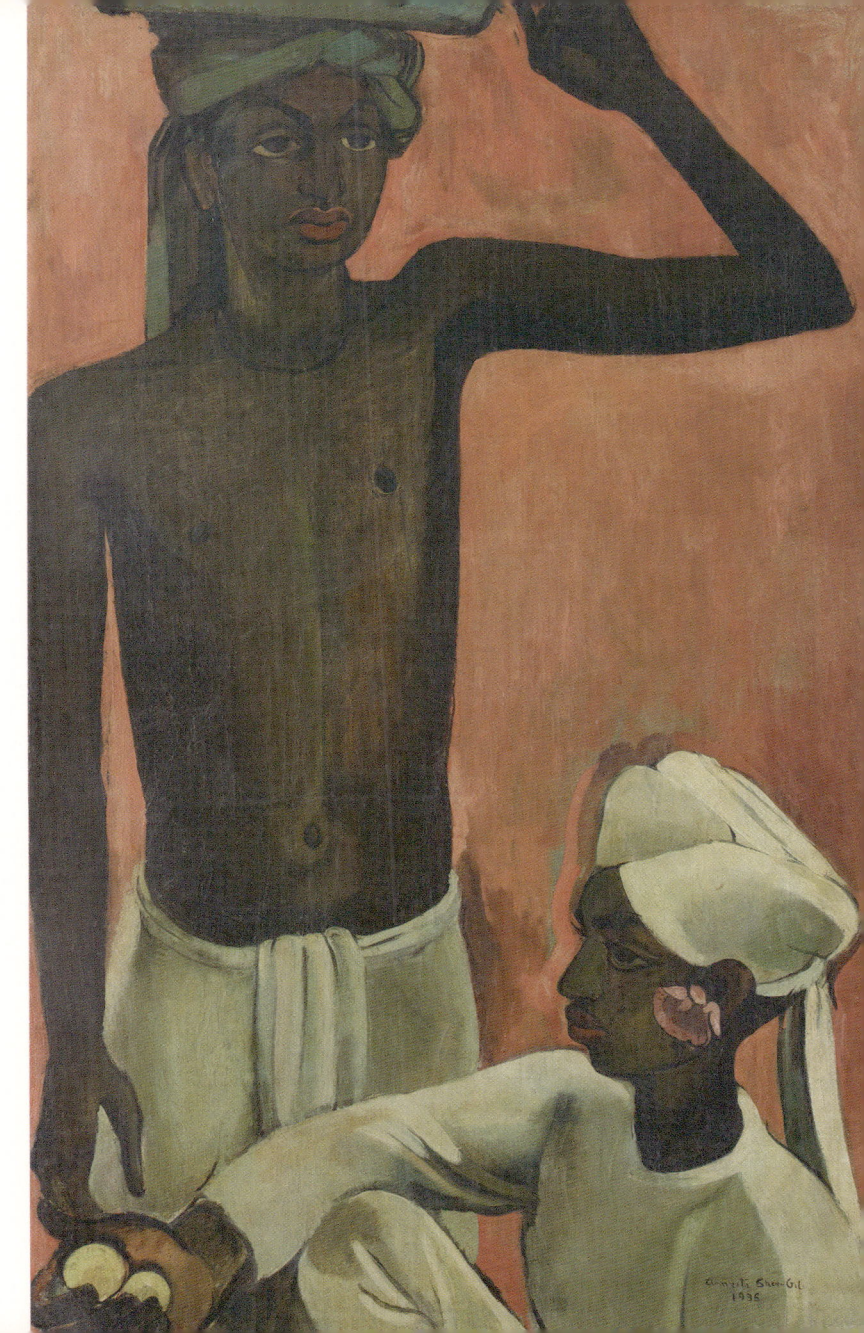

이혼 고백장
— 이혼

●

   내가 아이들을 데리고 동래에 있었을 때였습니다. 경성에 있는 씨가 도착한다는 전보가 왔습니다. 나는 대문 밖까지 마중을 나갔지요. 씨는 나를 보고 못 본 척하면서 실쭉하더군요. 씨의 안색은 창백하였고, 눈은 올라갔습니다. 그래서 나는 깜짝 놀랐습니다. 그리고 무슨 불상사가 있는 듯하여 가슴이 두근거렸더랬죠. 씨는 건넌방으로 가더니 나를 부릅니다.

   “여보, 이리 좀 오.”
   “그게 무슨 소리요? 별안간에.”

"당신이 C에게 편지하지 않았소?"

"그러지 아니했소."

"왜 거짓말을 해. 하여간 이혼해."

그는 부들거리며 내 장 속에 넣었던 중요 문서 및 보험권을 꺼내서 각기 나눠 가지고 안방으로 가서 자기 어머니에게 맡깁니다.

"얘, 고모 어머니 오시래라. 삼촌도 오시래라."

얼마 지나지 않아 하나씩 둘씩 모여들었습니다.

"나는 이혼을 하겠소이다."

"얘, 그게 무슨 소리냐. 어린것들을 어쩌고."

어제 경성에서 미리 온 편지를 보고 병석에 누워있던 시어머니는 만류하였지요.

"어, 그 사람, 쓸데없는 소리."

형은 말하더군요.

"형님, 그게 무슨 소리요?"

"서방질하는 것하고 어찌 살아요."

그러자 일동은 잠잠하였습니다.

"이혼 못하게 하면 나는 죽겠소."

이때 일동은 머리를 한데 모아 소곤거리더군요. 그런데 시누이가 주장이 되어 일이 결정되네요.

"네 마음대로 해라. 어머니에게도 불효요, 친척에게도 불목이란다."

나는 좌중에 뛰어들었습니다.

나혜석

"하고 싶으면 합시다. 이러니 저러니 여러 말할 것도 없고, 없는 허물을 잡아낼 것도 없소. 그러나 이 집은 내가 짓고, 그림판 돈도 들었소. 돈 버는 데 혼자 벌었다고도 할 수 없으니 전 재산을 반분합시다."

"이 재산은 내 재산이 아니다. 다 어머니 것이다."

"누구는 산송장인 줄 아오, 주기 싫단 말이지."

"죄 있는 계집이 무슨 염치로."

"죄가 무슨 죄야. 만드니 죄지!"

"이것만 줄 것이니 팔아 가지고 가거라."

씨는 논문서 한 장, 약 5백 원 가량 되는 것을 내어 줍니다.

"이따위 것을 가질 내가 아니다."

씨는 경성으로 간다고 일어섭니다. 그러더니 그 길로 누이의 집으로 가서 의논하고 갔습니다. 나는 밤에 잠을 이루지 못하고 곰곰이 생각하였습니다. "아니다, 아니다. 내가 사죄할 것이다. 그리고 내 동기가 악한

것이 아니었다는 것을 말하자. 일이 커져서는 재미없
다. 어린것들의 앞길을 보아 내가 굴하자."

　나는 불현듯 경성을 향하였답니다. 그리고 여관으로
가서 씨를 만나 보았습니다.

　"모든 것을 내가 잘못하였소. 하지만 동기만은 결코
악한 것이 아니었소."
　"지금 와서 이게 무슨 소리야. 어서 도장이나 찍어."
　"어린 자식들은 어찌하겠소."
　"내가 잘 기르겠으니 걱정 말아."
　"그러지 맙시다. 당신과 내 힘으로 못 살겠거든 우리
종교를 잘 믿어 종교의 힘으로 살아 봅시다. 예수는 만
인의 죄를 대신하여 십자가에 못 박히지 아니했소?"
　"듣기 싫어."

　나는 눈물이 났으나 속으로는 웃었답니다. 세상을
그렇게 비뚤게 얽어맬 것이 무엇이던가요. 한번 남자
답게 껄껄 웃어두면 만사 무사히 해결되는 것 아닌가

나혜석

요. 나는 씨가 요지 부동할 것을 알았습니다.

그 길로 나는 모씨에게로 달려갔습니다.

"오빠, 이혼하자니 어쩔까요?"

"하지. 네가 고생을 모르니까 고생을 좀 해보아야 지."

"저는 자식들 앞길을 보아 못하겠어요."

"엘렌 케이 말에도 불화한 부부 사이에 기르는 자식 보다 이혼하고 새 가정에서 기르는 자식이 더 양호하 다지 아니하던가."

"그것은 이론에 지나지 않아요. 모성애는 존귀하고 위대한 것이니까요. 모성애를 잃는 어미도 불행하거니 와, 모성애로 길러지지 못하는 자식도 불행하지요. 이 것을 아는 이상 나는 이혼은 못 하겠어요. 오빠, 중재 를 시켜주셔요."

"그러면 지금부터 무조건 현모양처가 되겠는가?"

"지금까지 나 스스로 현모양처 아니 된 일이 없으나, 씨가 요구하는 대로 하지요."

"그러면 내 중재해 보지."

모씨는 전화기를 들어 사장과 영업국장에게 전화를 걸었답니다. 중재를 시키자는 말이었지요. 그러고는 전화 답이 왔습니다. 타협될 희망이 없으니 단념하라 하더군요.

모씨는, "하지, 해. 그만치 요구하는 것을 안 들을 필요가 무엇 있나."

모씨는 소설가인 만큼 인생 내면의 고통보다 사건 진행에 호기심을 가진 것이었어요.

결국 나는 여기서도 만족스러운 결과를 얻지 못하고 돌아왔답니다. 그날 밤 여관에서 잠이 아니 와서 엎치락뒤치락할 때 사랑에서는 기생을 불러다가 흥이냐 흥이 아니냐 놀며, 때때로 껄껄 웃는 소리가 스며들어 오더군요. 이 어떤 모순인지요. 상대자의 부정한 품행을 논할 땐 자기 자신이 청백해야 하는 것이 당연한 일이

거늘 남성이라는 명목 하에 이성과 놀고 자도 관계없다는 당당한 권리를 가졌으니, 사회제도도 제도려니와 그런 몰상식한 태도에는 웃음이 나왔습니다. 마치 어린애들 장난처럼 네가 그러니 나도 이러겠다는 행동에 지나지 않았지요. 인생 생활 내막의 복잡한 것을 일찍이 직접 경험하지도 못하고, 능히 상상조차 못 하는 씨의 일이라, 얼마 지나지 않아 후회할 것을 짐작하긴 했습니다. 하지만 이미 기생 애인에 열중하고 지난 일을 구실로 삼아 고집불통을 부리는 씨의 마음을 돌이키게 할 방침은 아무것도 없더군요.

나는 결국 동래를 향하여 떠날 수밖에 없었습니다. 봉천으로 달아날까, 일본으로 달아날까. 당시에는 요 고비만 넘기면 무사하리라고 확신하는 바였지요. 하지만 불행히도 내 수중에는 그만한 여비가 없더군요. 결국 고통에 못 견뎌서 대구에서 내렸습니다. Y씨 집을 찾아가니 반가워하며 연극장으로, 요릿집으로 데려가고, 술도 먹고, 담배도 피우며, 그 부인과 3인이 날을 새웠답니다. Y씨는 사위 얻을 걱정을 하며 인재를 구해달라고 하더군요. 나만 아는 내 고통은 쉴 새 없이 내 마음 속에서 빙빙 돌고 있었습니다. 할 수 없이 동래로 내려갔습니다. 씨에게서는 여전히 2일에 한 번씩 독촉장이 오더군요.

"이혼장에 도장을 찍으시오. 15일 내로 아니 찍으면 고소하겠소."

이에 대한 내 답장은 이러했습니다.

"남남끼리 합하는 것도 당연한 이치요, 떠나는 것도 당연한 이치나 우리는 서로 떠나지 못할 조건이 네 가지가 있소. 하나는 팔십 노모가 계시니 불효요, 둘째는 자식 4남매요. 학령 아동인 만큼 보호해야 할 것이요. 셋째는 한 가정은 부부의 공동생활인 만치 생산도 공동으로 되었을 뿐 아니라 분리하게 되는 동시에 마땅히 한 집이 두 집이 되는 생계가 있어야 할 것이요. 이것을 마련해 두는 것이 사람으로서의 의무가 아닐까 하오. 넷째는 우리 연령이 경험으로 보든지 시기로 보든지 순정, 즉 사랑으로만 산다는 것보다 이해와 의로 살아야 할 것이오. 내가 이미 사과하였고, 내 동기가 전혀 악으로 된 것이 아니오. 또 씨의 요구대로 현모양처가 되리라."

하지만 씨의 답장은 이러하였답니다.

"나는 과거와 장래를 생각하는 사람이 아니오, 현재로만 살아갈 뿐이오. 정말 자식을 못 잊겠다면 이혼 후 자식들과 동거해도 좋고, 전과 똑같이 지내도 무관하오."

나를 꾀는 말인지, 이혼의 과정이 어찌 되는지 모르는 몰상식한 말이었습니다. 해 달라, 안 해주겠다 하는 동안이 거의 한 달 동안이 되었지요.

하루는 정학시켜 달라고 부탁한 삼촌이 노심을 품고 앞장을 서고, 시숙들, 시누이들이 모여 나를 육박하였습니다.

"잘못했다는 증표로 도장을 찍어라. 그 뒷일은 우리가 다 무사히 만들 것이니."

"혼인할 때도 두 사람이 한 일이니까 이혼도 두 사람이 할 터이니, 걱정들 마시고 가시오."

나는 밤에 한잠 못 자고 생각하였답니다.

'일은 이미 틀렸다. 분명히 계집이 생겼고, 친척이 동의하고 한 일을 혼자 아니하려도 결국은 쓸데없는 일이다.'

나는 문득 이러한 방침을 생각하고 서약서 두 장을 썼습니다.

*서약서

부 000과 처 000은 만 2년 동안 재가 또는 재취를 않기로 하되, 피차의 행동을 보아 복구할 수가 있기로 서약함.

나혜석

부: 김우영 (인)

처: 나혜석 (인)

중재를 시키려 상경하였던 시숙이 도장을 찍어가지고 내려왔습니다. 그는 이렇게 말하더군요. "여보, 아주머니, 찍어줍시다. 그까짓 종이가 말하오? 자식이 4남매나 있으니 이 집에 대한 권리야 어디 가겠소? 그리고 형님도 말뿐이지, 설마 수속을 하겠소?"

옆에 앉았던 시어머니도, "그렇다 뿐이겠니? 그러다가 병날까 보아 큰 걱정이다. 찍어주고 저는 계집 얻어 살거나 말거나 너는 나하고 어린것들 데리고 살자, 그려."라고 하더군요.

나는 속으로 웃었습니다. 그리고 아니꼽고, 속상했답니다. 얼른 도장을 꺼내다가 주고, "우물쭈물할 것 무엇 있소, 열 번이라도 찍어주구려."

과연 종이 한 장이 사람의 심사를 어떻게 움직이는
지요. 예측하지 못했던 일이 하나씩 둘씩 생기고, 때에
따라 변하는 모양을 울음으로 볼까, 웃음으로 볼까요.
그저 무저항주의의 태도를 가지고 묵언 중에 타임이
운반하는 감정과 사물을 꾹꾹 참고 하나씩 겪어 제칠
뿐이었습니다.

[삼천리] 1934.08. 나혜석

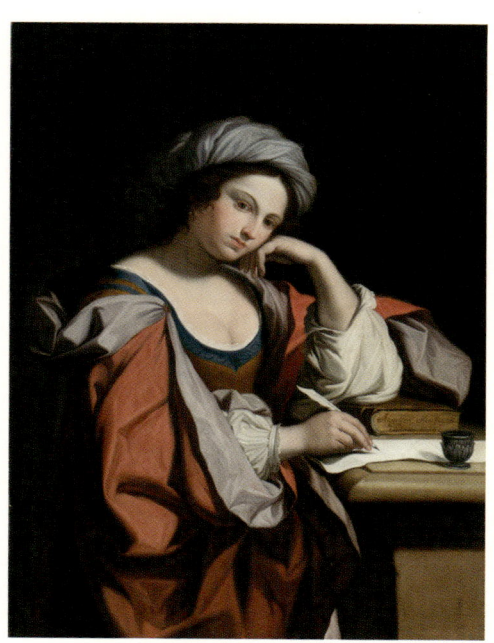

시빌 / 엘리자베스 비제 르 브룅 / 1775.

이혼 고백서
– 이혼 후

●

　H에게서 편지가 왔습니다. "K에게서 전화가 왔는데, 이혼 수속을 필하였다고 사방으로 통지하는 모양입디다. 참 우스운 사람이오. 언니는 그런 사람과 이혼 잘했소. 딱 일어서서 탁탁 털고 나오시오."

　그러나 네 아이를 위하여 내 몸 하나를 희생해야죠. 나는 그저 꼼짝 말고 있으렵니다. 이후 두 달 동안 있었더니 공기가 일변하더군요. 서울서 씨가 종종 내려오나, 나 있는 집에는 들르지 아니하고, 누이 집에만 들러 어머니와 아이들을 청해다가 봅니다. 그러자 시어머니는 눈을 흘기고, 시누이는 부추깁니다. 시숙들은 우물쭈물 부르고, 시어머니는 모든 권한을 가지게 되더군요.

동네 사람들은 "왜 아니 가누, 언제 가누."라면서 구경삼아 말합니다. 아이들은 할머니가 과자 사탕을 사주어가며 내 방에서 데려다 잡니다. 이와 같이 전쟁 후 승리자나 패배자 사이처럼 되어 나는 마치 포로와 같은 처지가 되어 버렸습니다. 나는 문득 이렇게 생각했습니다.

"내 어린것들을 살릴까, 내가 살아야 할까."

이 생각으로 꼬박 3일 밤을 철야하였답니다.

'오냐, 내가 있은 후에 만물이 생겼다. 그리고 자식이 생겼다. 아이들아, 너희들은 일찍부터 역경을 겪어라. 너희는 무엇보다 사람 자체가 될 것이다. 사는 것은 학문이나 지식으로 사는 것이 아니다. 사람이라야 사는 것이다. 장 자크 루소의 말에도 "나는 학자나 군인을 양성하는 것보다 먼저 사람을 기르노라."하였다. 내가 출가하는 날이 바로 일곱 사람이 역경에서 헤매는 날이다.'

그래서 내 개성을 위하여, 일반 여성의 승리를 위하여 짐을 억지로 싸가지고 출가 길을 차렸습니다. 그리고 북행 차를 탔습니다. '어디로 갈까. 집도 없고 부모도 없고 자식도 없고 친구도 없는 이 홀로 된 몸, 어디로 갈까, 어디로 갈까.' 일단 경성에서 혼자 살림하고 있는 오라비 댁으로 갔지요. 마침 제사 때라 봉천에서 남형이 돌아왔더군요. 이미 긴 편지로 사건의 전말을 말했거니와 이번 사건에서 일체 자기는 나서지를 아니하고 자기 아내를 내어보내어 타협을 교섭한 일도 있었습니다.

"하여간 당분간은 봉천으로 가서 있게 하지."

"C를 한 번 만나보고 결정해야겠소."

"일이 이만치 되고 K와 절연이 된 이상, C와 연을 맺는 것이 당연한 일이 아니겠소."

"별말 말아라. K가 지금 체면상 어쩌지를 못하여 그리 하는 것이니까 봉천에 가서 있으면 저도 생각이 있겠지."

이때 두어 친구는 절대로 서울 떠나는 것을 반대하였지요. 그들은 서울 안에 돈 있는 독신 여자가 많아 K를 유혹하고 있다고 했습니다. 이때 형은 이렇게 말했습니다.

"다른 여자를 얻는다면 K의 인격은 다 알 수가 있는 것이다. 그저 다 운명에 맡기고 가자, 가."

그래서 봉천으로 갔습니다. 나는 도무지 진정할 수 없었습니다. 물론 그림은 그릴 수 없었고, 소일조차 할 수 없었나이다. 그래서 나는 내 과거 생활을 알기 위하여 초고해 두었던 원고를 정리하였습니다. 그중에는

나혜석

모성에 대한 글, 부부 생활에 대한 글, 애인을 추억하는 글, 자살에 대한 글 등이 있었는데, 마치 지금 당할 모든 것을 예언한 것같이 되었더군요. 그리하여 전에 생각하였던 바를 미루어 마음을 수습할 수 있었던 것입니다. 그런데 한 달이 못되어 밀고 편지가 왔더군요.

"K는 여편네를 얻었소. 아이를 데려간다 하오."

아직도 설마 수속까지 하였으랴, 사회적 체면만 면하면 화해가 되겠지 하고 믿고 있던 나는 깜짝 놀랐습니다. 이때 형이 들어왔소이다.

"너 왜 밥도 안 먹고 그러니?"
"이것 좀 보오."

편지를 보여주었습니다. 형은 보고 비웃었습니다.

"네가 잘못 생각했지. 위인은 다 알았다. 그까짓 것 단념해버리고, 그림 하고나 살아라. 걸작이 나올지 아니?"

"나는 가보아야겠소."

"어디로?"

"서울로 해서 동래까지."

"다 끝난 일을 가보면 무얼 해, 빈정거림이나 받을 뿐이지."

"그러나 사람이 되고서 그럴 수가 있소? 생활비 한 푼 아니 주고 이혼이 무어요."

"2개년 간 별거 생활 하자는 서약은 어찌 된 모양이야?"

"그것도 제 맘대로 취소한 것이지."

"그놈, 미쳤군, 미쳤어."

"나는 가서 생활비 청구를 하겠소. 아니 내가 번 것을 찾겠소."

"그러면 가보되, 진중히 일을 해야 비웃음을 면한다."

나는 부산행 기차를 탔습니다. 경성 역에 내리니 전보를 받은 T가 나왔습니다. T의 집으로 들어가 우선 씨의 여관 주인을 청했습니다. 씨의 행동이 씨 혼자의 행동이 아니라 여관 주인을 위시하여 주위에 있는 친구들의 충동인 것을 안 까닭이었습니다.

"여보셔요."

"예."

"친구들의 가정이 불행한 것을 좋아하십니까, 행복된 것을 좋아하십니까?"

"네, 물으시는 뜻을 알겠습니다만, 너무 오해하지 마십쇼. 나는 전혀 몰랐는데, 하루는 짐을 가지고 나갑디다."

"나도 그 여자 잘 아오. 며칠이나 살겠소."

T는 말한다.

나는 두어 친구를 동반하여 북미창정 씨의 살림집을 향하여 갔습니다. 내가 밖에 서 있으니 씨가 우쭐우쭐 오더니 그 집으로 들어가지 아니하고 내 앞을 지나갑니다.

"여보, 찻집에 들어가 이야기 좀 합시다."

우리 두 사람은 찻집으로 들어갔습니다. "나 살 도리를 차려주어야 아니하겠소."

"내가 아나, C더러 살려 달래지."

"남의 걱정은 말고 자기 할 일이나 하소."

"나는 몰라."

나는 그 길로 구청으로 가서 복적 수속을 물은 다음, 용지를 가지고 사무실로 갔습니다.

"여보, 복적 해 주오."

"이게 무슨 소리야."

"지난 일은 다 잊어버리고 갱생하여 삽시다. 당신도 파멸이요, 나도 파멸이요, 두 사람에게 속한 다른 생명까지도 파멸이오."

"왜 그래."

"차차 살아보오. 당신 고통이 내 고통보다 심하리다."

"누가 그런 걱정하래?"

씨는 그냥 훌쩍 나가버리더군요.

그 이튿날이었습니다. 나는 씨를 찾아 사무실로 갔습니다. 씨는 마침 점심을 먹으러 자택으로 향하는 길이더군요.

"다점에 들어가 나하고 이야기 좀 합시다."

씨는 아무 말 없이 달음질을 하여 그 집 문으로 쑥 들어섰나이다. 그래서 나도 모르게 들어섰습니다. 뒤를 따라 방 안으로 들어섰지요. 여편네는 세간 걸레질을 치다가, "누구요?" 합니다. 세 사람은 마주 쳐다보고 앉았습니다.

"영감을 많이 위해준다니 고맙소. 오늘 내가 여기까지 오려던 것이 아니라 다점에 들어가 이야기를 하자고 했더니 그냥 오기에 쫓아온 것이오."
"길에서 많이 뵌 것 같은데요."
"그런지도 모르지요."
"내가 오늘 온 것은 이같이 속히 끝날 줄은 몰랐소. 이왕 이렇게 된 이상 나도 살 도리를 차려주어야 할 것 아니오? 그렇지 않으면 나도 이 집에서 살겠소. 인사 차리지 못하는 사람에게 인사를 차리겠소?"

　씨는 아무 말 없이 나가버렸습니다. 결국 나와 여편네와 담화가 시작되었습니다.

　"대체 어떻게 된 일이오?"
　"그야 내게 물을 것 무엇 있소. 알뜰한 남편에게 다 듣지 않았겠소."
　"그래, 그림 그리는 재주가 있으니까 살기야 걱정 없겠지요."
　"지팡이 없이 일어서는 장사가 있답니까?"
　"나도 팔자가 사나워서 두 계집 노릇도 해보았소마는, 어린것들이 있어 오죽 마음이 상하리까. 어린것들을 보고 싶을 때는 어느 때든지 보러 오시지요."
　"그야 내 마음대로 할 것이오. 저 남산 꼭대기 소나무가 얼마나 고상해 보이겠소마는, 그 꼭대기에 올라가 보면 마찬가지로 먼지도 있고 흙도 있을 것이오."
　"그 말씀은 내가 남의 첩으로 있다가 본처로 되어도

일반이겠다는 말씀이지요."

씨가 다시 들어왔습니다. 세 사람은 다시 주거니 받거니 이야기가 시작되었습니다. 이때 어느 친구가 들어왔나이다. 그는 이번 사건을 화해시키려고 애를 쓴 사람이었습니다.

"무얼 가지고 그러시오."
"둘이 번 재산을 나눠 갖자는 말 이외다."
"그 문제는 내게 일임하고, R선생은 나와 같이 나갑시다. 가시지요."

나는 더 있어야 별 수 없을 듯하여 핑계 삼아 일어섰습니다. 그리고 씨와 저녁을 먹으며 여러 이야기를 하였습니다. 나는 그 이튿날 동래로 내려갔습니다. 나는 기회를 타서 네 아이를 끼고 바다에 몸을 던질 결심이었습니다. 하지만 내 태도가 이상하였는지 시어머니와 시누이가 눈치를 채고 아이들을 끼고 둡니다. 결국 기회를 얻을래도 얻을 수가 없더군요. 또다시 짐을 정돈

하기 위하여 잠가두었던 장문을 열었습니다. 그런데 반이나 쑥 들어간 것을 보고 깜짝 놀랐지요.

"이 장문을 누가 곁쇠질을 했어요."
"나는 모른다. 저번에 아범이 와서 열어보더라."
"그래, 여기 있던 물건은 다 어쨌어요."
"안방에 갖다 두었다."
"그것은 다 이리 내놓으시오."

여편네들 혀끝에 놀아 잠근 장을 곁쇠질하여 중요 물품을 꺼낸 씨의 심사를 밉다고 할까, 분하다고 할까요. 나는 마음을 눅여서 생각하였습니다. 역시나 몰상식하고 몰인정한 태도이군요. 그만치 그가 경제적으로 핍박을 당한 것을 불쌍히 생각했습니다. 다시 최후의 출가를 결심하고, 경성으로 향하였습니다. 황망한 사막에 서 있는 외로운 몸이었답니다.

테후아나 의상을 걸친 자화상 / 프리다 칼로 / 1943.

나혜석

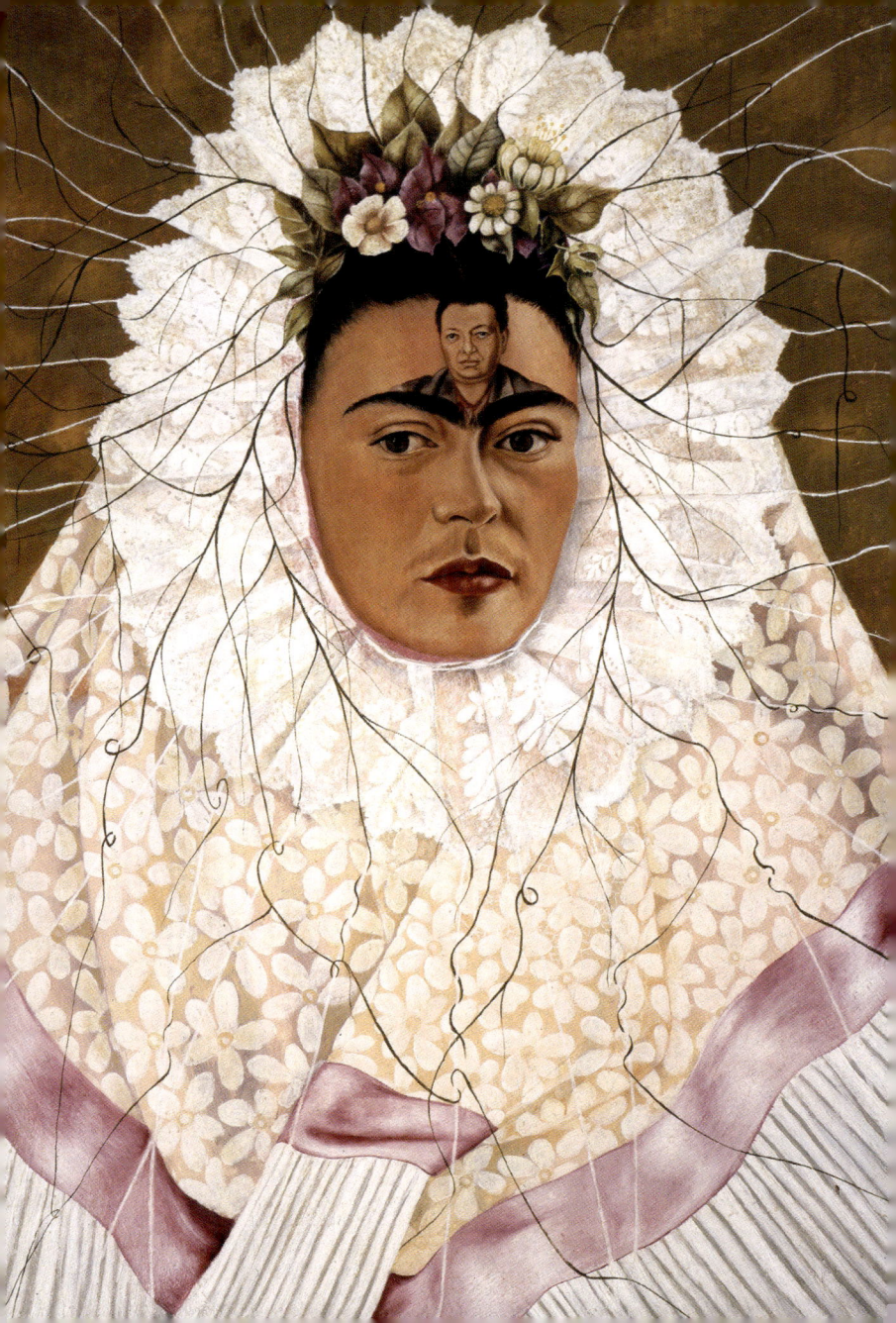

이혼 고백서
– 과연 어디로 향할까

●

모성애를 고수해 보려고 갖은 애를 썼답니다. 그래서 이 점으로 보아 나는 양심에 부끄러울 아무것도 없었습니다. 하지만 나는 죽을 수밖에 없는 사람이 되고 말았습니다. 죽는 일은 쉽지요. 한 번 결심만 하면 뒤는 극락이니까요. 그러나 내 사명에는 무엇이 있는 것 같습니다. 없는 길을 찾는 것이 내 힘이요, 없는 희망을 만드는 것이 내 힘이었나 봅니다.

역경에 처한 자의 요령은 노력입니다. 근면입니다. 번민만 하고 있는 동안 타임은 가고, 그 타임은 절망과 파멸밖에 갖다 주는 것이 없답니다. 나는 우선 제전에 입선될 희망을 만들었습니다. 그림을 팔고, 있는 것을 전당 하여 금강산행을 하였지요. 구 만물상 만상정에서 한 달간 지내는 동안 대소품 20개를 얻었습니다. 그런데 여기서 우연히 아베 요시에씨와 박희도씨를 만났답니다.

"아, 이게 웬일이오."

박희도씨도 나를 보고 놀랐습니다.

"선생, 여기에 R씨가 있군요."

아베 씨는 우리 방 문지방에 걸터앉으며 유심히 내 얼굴을 쳐다보았습니다.

"혼자이십니까?"
"혼자 몸이 홀로 있는 게 당연하잖아요."
"갑시다."

씨는 강한 어조이지만, 동정에 넘치는 말이었습니다.

"내일까지 완성될 그림이 있으니 내일 저녁때 내려
가지요."
"그럼 호텔에서 기다리지요."
"아무쪼록"

씨는 한 발을 질질 끌며 의자에 앉았습니다. 타고 다
니는 의자에.

"인간도 이쯤 되면 끝장이지."
"선생님도 별말씀을."

그 이튿날 호텔에서 만나도록 이야기하고 이번 압록
강 상류 일주 일행에 참여하도록 이야기가 진행되었답
니다. 그 이튿날 두 분은 주을 온천으로 가시고, 나는
고성 해금강으로 갔습니다. 고성군수 부인이 동경 유
학 시 친구였던 관계로 그의 사택에 가서 성찬으로 잘
놀고, 해금강에서도 역시 아는 친구를 만나 생복을 많

이 얻어먹었죠.

　북청으로 가서 일행을 만나 혜산진으로 향하였습니다. 후기령 경색은 마치 한 폭의 남화였습니다. 일행 중 아베 씨, 박영철 씨, 두 분이 계셔서 곳곳에서 환영을 받았고, 연회는 성대하였습니다. 신갈포로 압록강 상류를 일주하는 광경은 이루 형언할 수 없이 좋았습니다. 일행은 신의주를 거쳐 경성으로 향하고, 나는 봉천으로 향하였습니다. 거기에서 그림 전람회를 하고, 다롄까지 갔다 왔답니다. 그 길로 동경행을 차렸습니다. 대구서 아베 씨를 만나 경주 구경을 하고, 진영으로 가서 박간 농장을 구경하고, 자동차로 통도사, 범어사를 지나 동래를 거쳐 부산에 도착하여 연락선을 탔습니다. 동경역에는 C가 출영 하였더군요. 그는 의외로 내가 오는 것을 보고 놀랐답니다.

　파리에서 그린, 내게는 걸작이라고 할 만한 『정원』을 제전에 출품하였습니다. 하룻밤은 입선이 되리라 하여 기뻐서 잠을 못 자고, 하룻밤은 낙선이 되리라 하여 걱정이 되어서 잠을 못 잤답니다. 1,244점 중 200점 선출로 입선이 되었습니다. 너무 기뻐 전신이 떨렸습니다. 이로 인하여 나는 면목이 섰고, 내 일신의 생계가 생겨났습니다. 사람은 남성이나 여성이나 다 힘을 가지고 납니다. 그 힘을 사람은 어느 시기에 가서는 자각합니다. 누구라도 한 번이나 두 번은 다 자기 힘을 의식하지요. 나는 평생 처음으로 자기 힘을 의식하였답니다. 그때에 나는 퍽이나 행복했습니다. 아, 아베씨는 내가 갱생하는 데 은인입니다. 정신적으로나, 물질적으로나 얼마나 힘을 써 주었던지 그 은혜를 잊을 길이 없습니다.

원숭이와 함께 있는 자화상 / 프리다 칼로 / 1943

나혜석

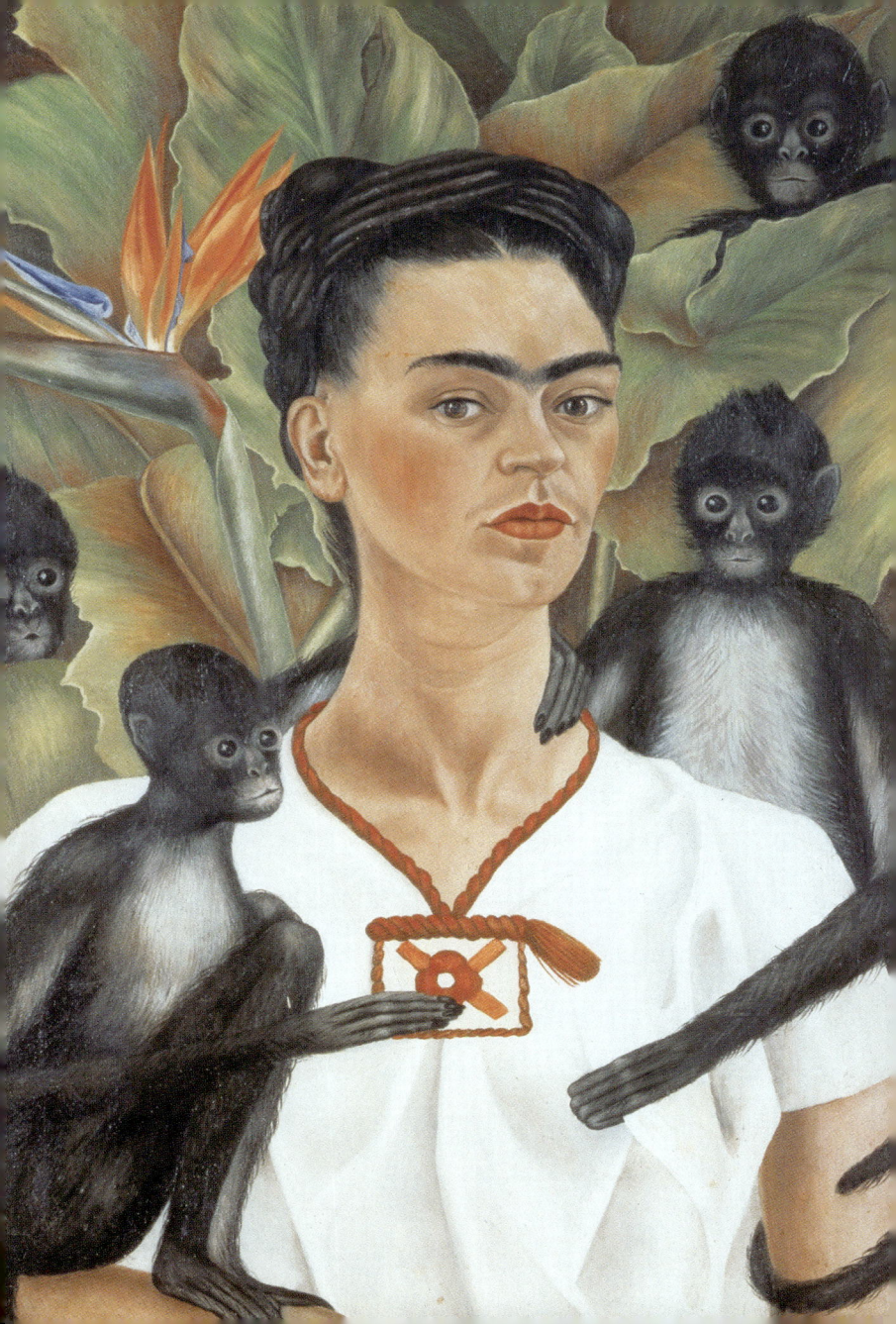

이혼 고백서
— 모성애

●

   기백만에 달하는 여성이 기천 년 전 옛날부터 자식을 낳아 길렀습니다. 이와 동시에 본능적으로, 맹목적으로 육체와 영혼을 무조건으로 자식을 위하여 바쳐왔답니다. 이는 여성으로 날 때부터 가지고 나온 도덕이자 의무이고, 이보다 이상적인 천직은 없었습니다. 그러므로 연인의 사랑, 친구의 사랑은 상대적이요, 보수적이나, 어머니가 자식을 사랑하는 것만은 절대적이요, 대가를 바라지 않으며, 희생적이랍니다. 그리하여 최고로 존귀한 것은 모성애가 되고 말았습니다. 많은 여성은 자기가 가진 이 모성애로 인하여 얼마나 만족

나혜석

을 느꼈으며, 행복했는지 모릅니다. 그러나 때로는 이 모성애에 얽매어하고 싶은 것을 하지 못하고, 비참한 운명 속에서 울고 있는 여성도 적지 않습니다. 그래서 이 모성애는 여성에게 최고 행복인 동시에 최고 불행한 것이 되고 말았습니다. 여성이 자기 개성을 잊고 살 때는 남성으로부터 모든 생활을 보장받을 때 무한히 편하였고 행복스러웠습니다. 하지만 여성도 인권을 주장하고 개성을 발휘하려고 하며, 남성만 믿고 있지 못해 생활전선에 나서게 된 지금에는 무한한 고통이요, 때로는 불행을 느낄 때도 있습니다.

나는 어느덧 네 아이의 어머니가 되고 말았습니다. 그러나 내가 애를 쓰고, 애를 배고, 애를 낳고, 애를 젖먹여 기른 것은 큰 사실입니다. 과연 하나를 기르고 둘을 기르는 동안 지금까지의 애인에게서나 친구에게서 맛보지 못하는 애정을 느끼게 되었답니다. 유럽과 미국 여행을 하고 온 후로는 자식에게 대한 이상이 서 있게 되었습니다. 아이들의 개성이 눈에 뜨이고, 그들의 앞길을 지도할 자신이 생겼습니다. 그리하여 나는 그들을 길러보려고 얼마나 애쓰고, 굴복하고, 사죄하고, 화해를 요구하였는지 모릅니다. 그러나 모든 것이 무용지물이 되고 말았네요.

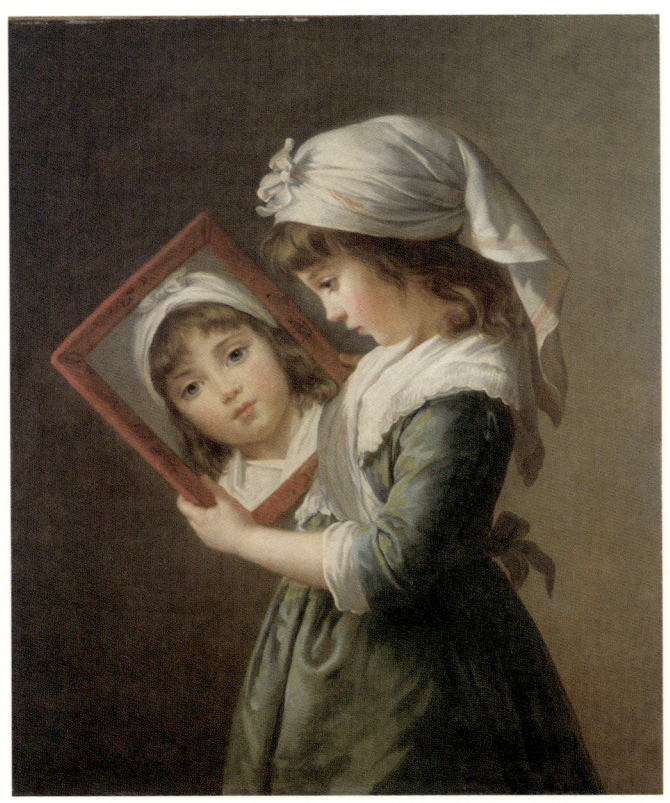

줄리 르 브룅 거울을 보며 / 엘리자베스 비제 르 브룅 / 1787.

나혜석

이혼 고백서
— 금욕생활

●

　야밤에 눈을 뜨면 허공의 구석으로부터 일진의 바람이 어디선지 모르게 불어 들어옵니다. 그때 고적이 가슴 속에 퍼지는 것을 깨닫습니다. 지금까지 내가 느끼는 고적은 아프지만 해될 것은 없었습니다. 지금 느끼는 고적은 마치 독초 가시에 찔리는 자국처럼 아픔을 깨달았습니다. 어디로부터 와서 어디로 가는지 모르는 가운데서 무엇을 하든지 그 뒤는 고적합니다.

　내가 주장하는 것은 소위 정조를 고수한다는 것보다는 것보다 재혼하기까지 중심을 잃지 말자는 것입니다. 즉 내 마음 하나를 잊지 말자는 것입니다. 나는 이미 중심을 잃은 사람이 되고 말았습니다. 중심까지 잃은 내게 남은 진정은 파멸뿐입니다. 그래서 오직 중심 하나를 붙잡기 위하여 절대 금욕생활을 하였습니다.

남녀를 물론, 임신 시기에도 금욕생활이 용이한 일은 아닙니다. 나도 이때만큼은 태몽을 꾸면서 고통으로 지냈답니다.

나는 처녀와 같고, 과부와 같은 심리를 가질 때가 종종 있습니다. 독신자는 이러한 경구가 있는 것을 잊어서는 아니 됩니다. "모든 사람에게 허락할까, 한 사람에게도 허락지 말까." 이성의 사랑은 무섭습니다. 사람의 정열이 무한히 올라가는 것이 아니라 한란계의 수은이 백도까지 올라갔다가 도로 저하하듯이 사랑의 초점을 백도라 치면, 그 이상 올라가지 못하고 저하하는 것입니다. 그리하여 열정이 고상할 시는 상대자의 행동이 미화, 선화 하지만, 저하할 시는 여지없이 추화, 악화해지는 것이랍니다. 나는 이것을 잘 압니다. 그리하여 사랑이 움틀 만하면 딱 분질러 버립니다. 나는 사랑이 저하한 뒤 나타나는 고적을 무서워합니다. 싫어합니다. 이번이야말로 다시 이런 상처를 받게 되는 날은 갈 곳 없이 사지 말고는 돌아갈 길이 없는 까닭입니다. 아, 무서운 것!

적막한 것이 사람입니다. 그러므로 사람은 살아있는 것이 무의미하다고 생각하기에는 너무 깊은 감각을 줍니다. 어디로 굴리든지, 어떻게 하든지, 거기까지 가는 사람은 은택을 입은 사람입니다. 적막에서 돌아오는 그것이 우리의 희망일는지 모릅니다.

아, 사람은 혼자 살기에는 너무 작습니다. 타임의 1일은 짧으나, 그 타임이 계속되는 1년이나 2년은 길기 때문입니다.

자화상 / 암리타 셰어 길 / 1931.

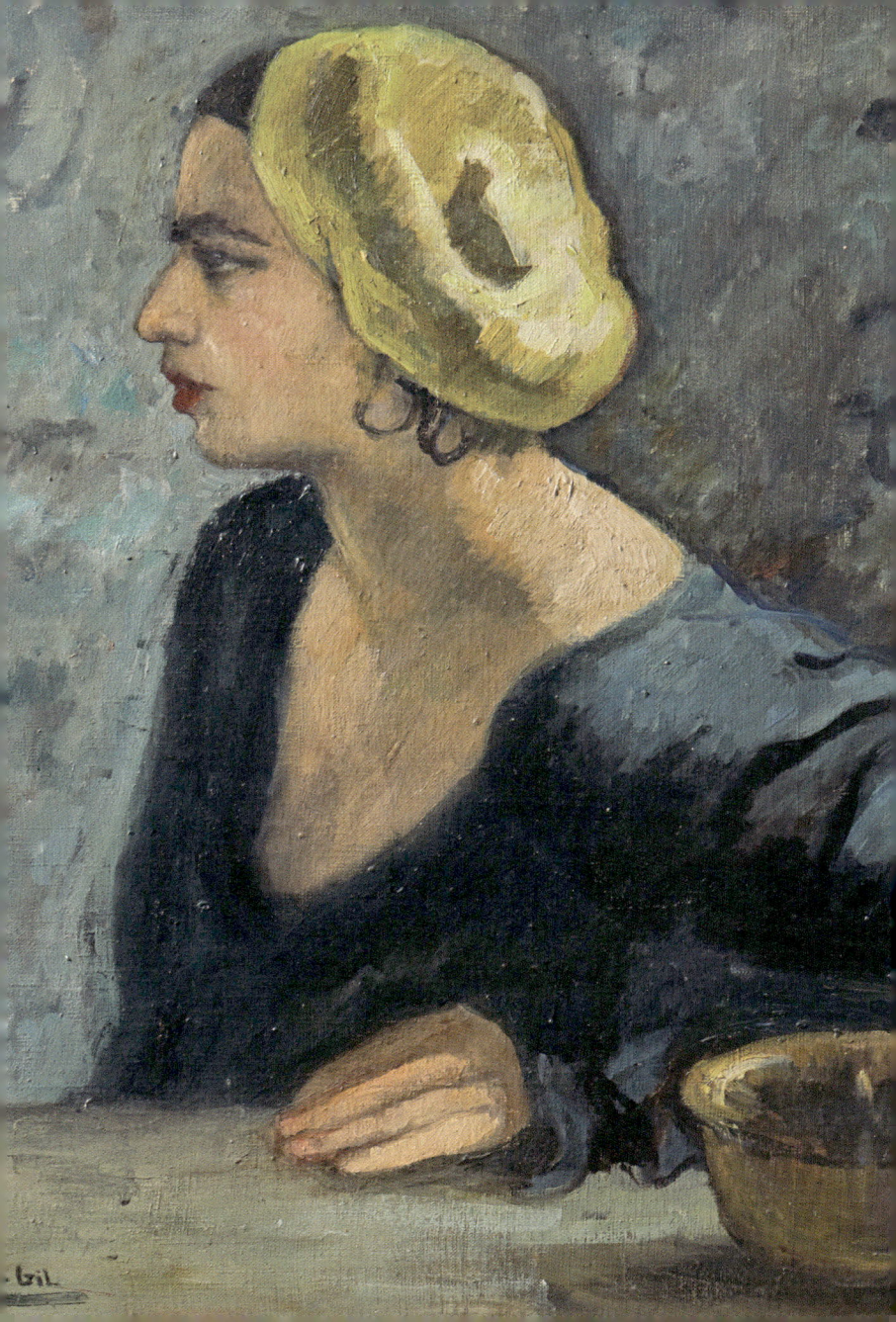

이혼 고백서
− 이혼 후 소감

●

나는 사람으로 태어난 것을 후회합니다. 나는 사람으로 태어나고 싶어 태어난 것이 아니라, 사람이 어떠한 것인지, 이 세상이 어떠한 곳인지 모르고 태어난 것 같습니다. 이 인생이 더 추하고 비참한 것이요, 더 절망적으로 되었다 하더라도 나는 원망치 아니합니다. 지금 나는 죽어도, 살아도, 똑같다고 생각합니다. 죽음은 무서운 것입니다. 그럴 때마다 자기를 참으로 살렸는지, 아니하였는지 봅니다. 나는 자기를 참으로 살릴 때는 죽음이 무섭지 않답니다. 다만, 자기를 다 살리지 못하였을 때 죽음이 무섭습니다. 그런 고로 죽음의 공포를 깨달을 때마다 자기의 부덕함을 통절히 느낍니다.

나는 자기를 천박하게 만들고 싶지 않은 동시에 타인을 원망하기 전에 자기를 반성하고 싶습니다. 자기 내심에 천박한 마음이 생기는 것을 알고, 이를 고치지 않고는 도저히 있지 못하는 사람은 그야말로 인류의 보물입니다. 이러한 사람은 벌써 자기 마음속에 있는 잡초를 잊고, 좋은 씨를 이르는 곳마다 뿌려 사람 마음의 양식이 되는 자입니다. 즉 공자나 석가나 예수와 같던 사람이지요. 하지만 아무런 것이더라도, 그것을 비추는 재료로 화해 버리고 맙니다. 바다는 아무리 더러운 것이 뜨더라도 그 자체를 더럽히지 않습니다.

모든 사람의 경우와 처지를 생각해봅시다. 그때 거기에서 자기를 찾습니다. 사랑을 깨닫습니다. 그러므로 자기가 요구하는 사람을, 먼저 자기를 만들 것입니다. 사람은 자기 내심의 자기도 모르는 진정한 자기를 가지고 있습니다. 보이지도, 알지도 못하는 자기를 찾아내는 것이 사람 일생의 일거립니다. 즉 자아발견이지요.

사람은 쓸데없는 격식과 세간의 체면과 반쯤 아는 학문의 속박을 많이 받습니다. 있으면 있을수록 더 가지고 싶은 것이 돈이랍니다. 높으면 높을수록 더 높아지고자 하는 것이 지위이지요. 사람의 행복은 부를 얻은 때도 아니요, 이름을 얻은 때도 아니요, 어떤 일에 일념이 되었을 때입니다. 일념이 된 순간에 전신이 깨끗해지는 행복을 깨닫습니다. 즉 예술적 기분을 깨닫는 때랍니다.

인생은 어쩌면 고통, 그것일는지 모릅니다. 고통은 인생의 사실이지요. 인생의 운명은 고통입니다. 일생을 두고 병으로 인한 고통을 깊이 맛보는 데 있습니다. 그리하여 이 고통을 명확히 사람에게 알리는 데 있습니다. 그리고 이 고통을 명확히 사람에게 알리는 데 있습니다. 범인은 고통의 지배를 받고, 천재는 죽음을 가지고 고통을 이겨내어 영광과 권위를 취해 살 방침을 차립니다. 이는 고통과 쾌락을 넘어 자기에게 사명이 있기 때문입니다. 그리하여 최후는 고통 이상의 것을 만들고 맙니다.

번뇌 중에서도 일의 시초를 지어 잊는다.

내 갈 길은 내가 찾아 얻어야 한다.

사람은 누구든지 자기 운명이 어찌 될지 모릅니다. 속 마디를 지은 운명이 있습니다. 끊을 수 없는 운명의 철쇄이지요. 그러나 너무 비참한 운명은 종종 약한 사람이 반역을 일으키게 합니다. 나는 거의 재기할 기분이 없을 만치 때리고 욕하고 저주했습니다. 그러나 나는 필시 같은 운명의 줄에 얽혀 없어질지라도 필사의 투쟁에 끌리고 애태우고 괴로워하며 재기하려 합니다.

벨벳 드레스를 입은 자화상 / 프리드 칼로 / 1926.

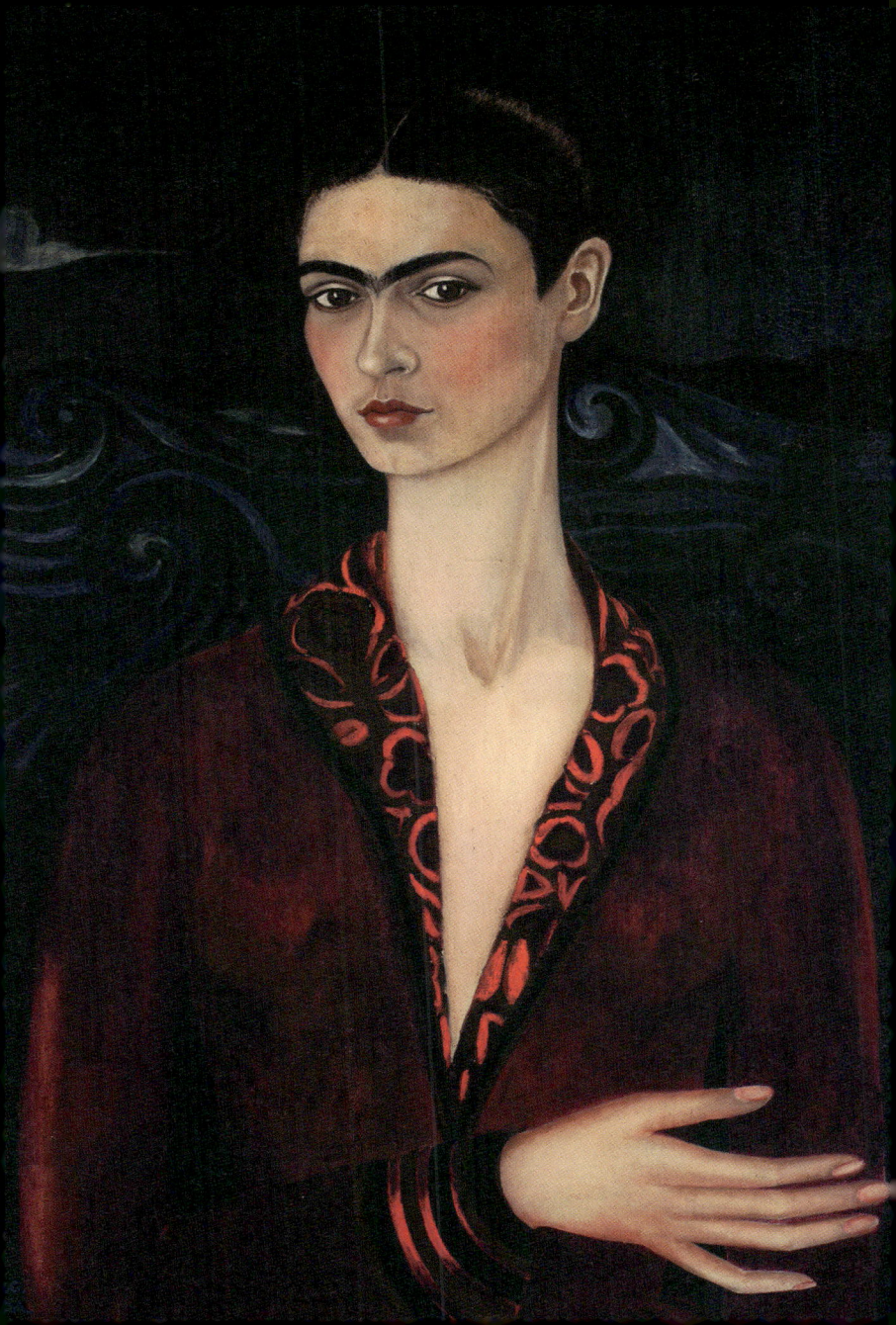

이혼 고백서
— 조선 사회의 인심

●

  우리가 유럽과 미국을 여행하기까지는 그다지 심하지 아니하였습니다. 하지만 갔다 와서 보니 전에 비하여 일반 레벨이 훨씬 높아진 것이 완연히 눈에 띄었습니다. 그리하여 유식계급이 많아진 동시에 생존경쟁이 심하여졌습니다. 생활 전선에 선 이천만 민중은 저축이 없고, 직업도 없고, 실력도 없이 살 길에 헤맵니다. 그래서 할 수 없이 오사카로, 만주로 남부여대하여 가는 자가 적지 않습니다. 그러나 조선도 이제는 돈이 있든지, 실력 즉 재주가 있든지 하여야만 살게 되었답니다.

나혜석

사상상으로 보면 국제적 인물이 통행하는 관계로 각 방면의 주의, 사상이 수입되었습니다. 이에 좁게 알고, 널리 보지 못한 사람으로 그 요령을 취득하느라 방황하는 것은 당연한 이치입니다. 비빔밥을 그냥 먹을 뿐이요, 그중에서 맛을 취할 줄 모르는 것이 대부분입니다. 그러므로 오늘은 이 주의에서 놀다가 내일은 저 주의에서 놀게 되고, 오늘은 이 사람과 친했다가 내일은 저 사람과 친하게 됩니다. 일정한 주의를 확립하지 못하고, 확고한 인생관이 서지를 못하여 바람에 날리는 갈대와 같은 시일을 보내고 맙니다. 이는 대개 정치 방면에 길이 막히고, 경제에 얽매어 자기 마음을 자기가 마음대로 가질 수 없는 관계도 있겠지만, 너무 산만해지고 말았습니다.

조선의 유식계급 사회는 그저 불쌍합니다. 제일 무대인 정치 방면에서 길이 막히고, 배우고 쌓은 학문은 그 용도가 없어지고, 이 이론, 저 이론 말해도 이해해줄 사회가 못되니, 그나마 사랑에나 살아볼까 합니다. 하지만 가족제도에 얽매인 가정을 이해하지 못한 처자

덕분에 눈살이 찌푸려지고, 생활이 신산스러울 뿐이죠. 애매한 요릿집에나 출입하며, 죄 없는 술에 투정을 부리고, 몰상식한 기생을 품고 즐깁니다. 그러나 그도 역시 만족을 주지 못합니다. 이리 가보면 나을까, 저 사람을 만나면 나을까 하나, 남은 것은 오직 고적뿐입니다.

유식계급 여성. 즉 신여성도 불쌍할 따름입니다. 아직도 봉건 시대의 가족제도 밑에서 자라나고, 시집가서 살림하는 그들의 복잡성이란 말할 수 없이 난국이지요. 오히려 반쯤 아는 학문이 신구식의 조화를 잃게 할 뿐이요, 음기를 돋을 뿐이랍니다.

그래도 그대들은 대학에서 전문적으로 인생철학을 배우고, 서양에나 동경에서 그들의 가정을 구경하지 아니하였는지요. 마음과 뜻은 하늘에 있고, 몸과 일은 땅에 있는 것이 아닌가요. 달콤한 사랑으로 결혼하였으나, 너는 너요, 나는 나대로 놀게 되니, 사는 아무 의미가 없어지고, 아침부터 저녁까지 반찬 걱정만 하게 되는 것이 아닌지요. 급기야 신경과민, 신경과민, 신경쇠약에 걸려 독신여성을 부러워하고 독신주의를 주장하는 것이 아닙니까.

여성을 보통 약자라 하지만, 결국 강자입니다. 여성을 작다하나, 위대한 것은 여성입니다. 행복은 모든 것을 지배할 수 있는 그 능력에 있는 것이랍니다. 가정을 지배하고, 남편을 지배하고, 자식을 지배한 나머지 사회까지 지배하소서. 그렇다면 최후 승리는 여성에게 있는 것이 아닌가요.

조선 남성의 심사는 이상합니다. 자기는 정조 관념이 없으면서 처에게나 일반 여성에게 정조를 요구하고, 또 남의 정조를 빼앗으려고 합니다. 서양이나 동경 사람쯤 하더라도 내가 정조 관념이 없으면 남의 정조 관념이 없는 것을 이해하고 존경합니다. 남의 정조를 유린하는 이상, 그 정조를 고수하도록 애호해주는 것도 보통 인정이 아닌가요. 종종 방종한 여성이 있다면 자기가 직접 쾌락을 맛보면서 간접으로 말살시키고 저

작시키는 일이 적지 않습니다. 이 어찌 미개한 부도덕
인지요.

조선의 일반 인심은 과도기인 만큼 탁 터 나가지를
못하면서, 내심으로는 그런 것을 요구합니다. 경제에
얽매여 움치고 뛸 수 없으나, 지글지글 끓는 감정을 풀
곳이 없다가 누가 앞을 서는 사람이 있으면 가부를 막
론하고 비난합니다. 그들에게는 확실한 인생관이 없는
만큼 사물에 해결책이 없으며, 동정과 이해 없이 형세
닿는 데로 이리 긋고, 저리 긋게 됩니다.

무슨 방침을 세워서라도 구해줄 생각은 조금도 없이
마치 연극이나 활동사진 구경하듯이 재미있어하고, 비
웃으며, 질타하여 일껏 선 안에 착심 하였던 유망한 청
년을 위축의 불구자를 만드는 것이 아닌지요. 보십시
오, 유럽과 미국에서는 돌비한 행동을 하는 자를 유행
으로 삼아 그것을 장려하고, 그것을 인재라 하며, 그것
을 천재라 하지 않습니까. 그러므로 앞을 다투어 창작
물을 내니, 일진월보가 보이지 않습니까. 하지만 조선

은 어떠합니까? 조금만 변한 행동을 하면 곧 말살시켜 재기치 못하게 하니, 이는 고금의 예를 보아도 알 수 있습니다. 천재는 당시 풍속 습관의 만족을 갖지 못할 뿐 아니라 차대를 추측할 수 있고 창작해낼 수 있지만, 변동을 행하는 자를 어찌 경솔히 보겠습니까.

가공할 것은 천재의 싹을 분질러 놓는 것입니다. 그러므로 조선 사회에는 지금 이후로는 제1선에 나서 활동하는 사람도 필요하거니와, 제2선, 제3선에 처하여 유망한 청년으로 역경에 처하였을 때 그 길을 틔워주는 원조자가 있어야 할 것이요, 사물의 원인 동기를 심찰 하여 쓸데없는 도덕과 법률로써 재판하여 큰 죄인을 만들지 않는 이해자가 있어야 할 것입니다.

헝가리 집시 소녀 / 암리타 셰어 길 / 1932.

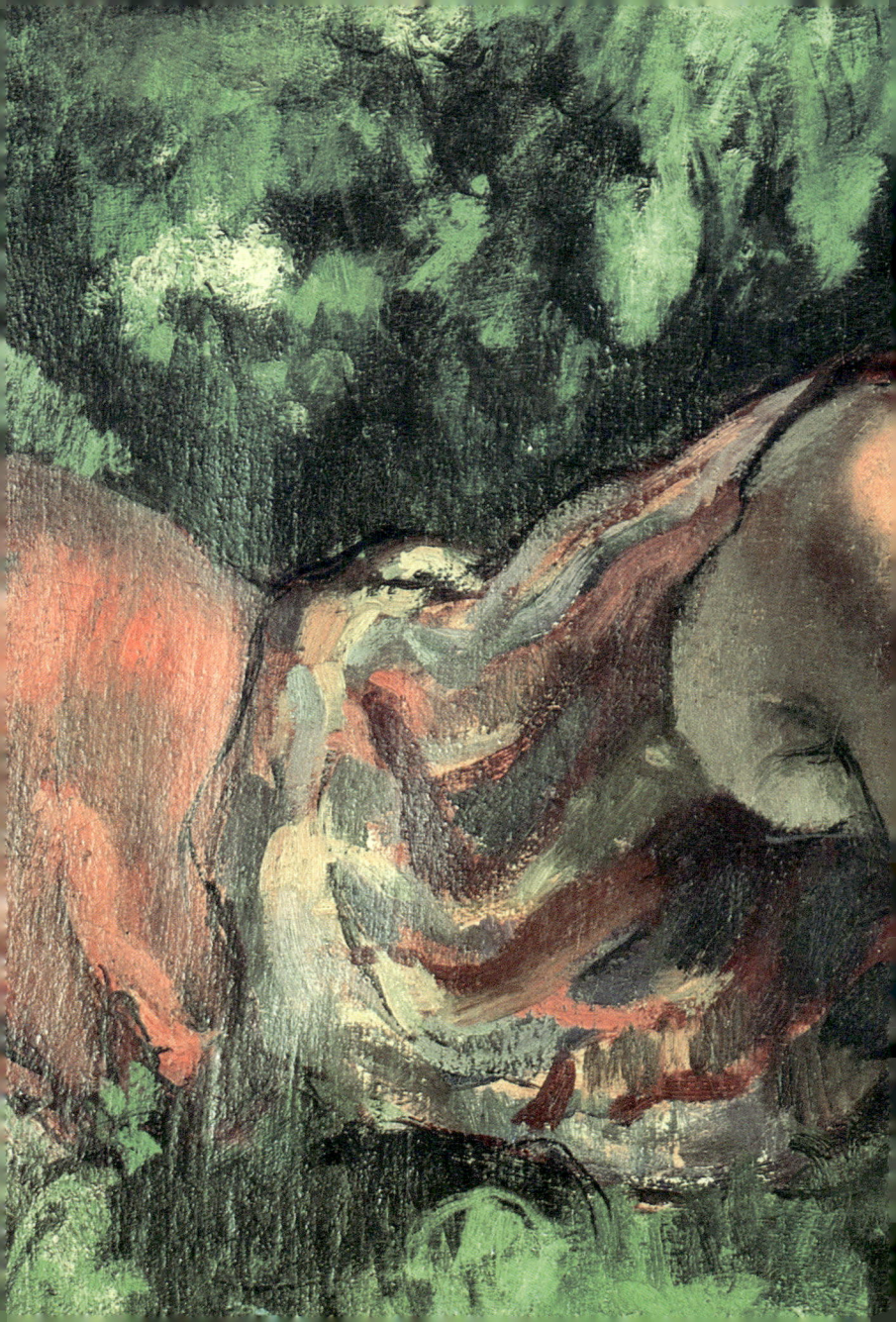

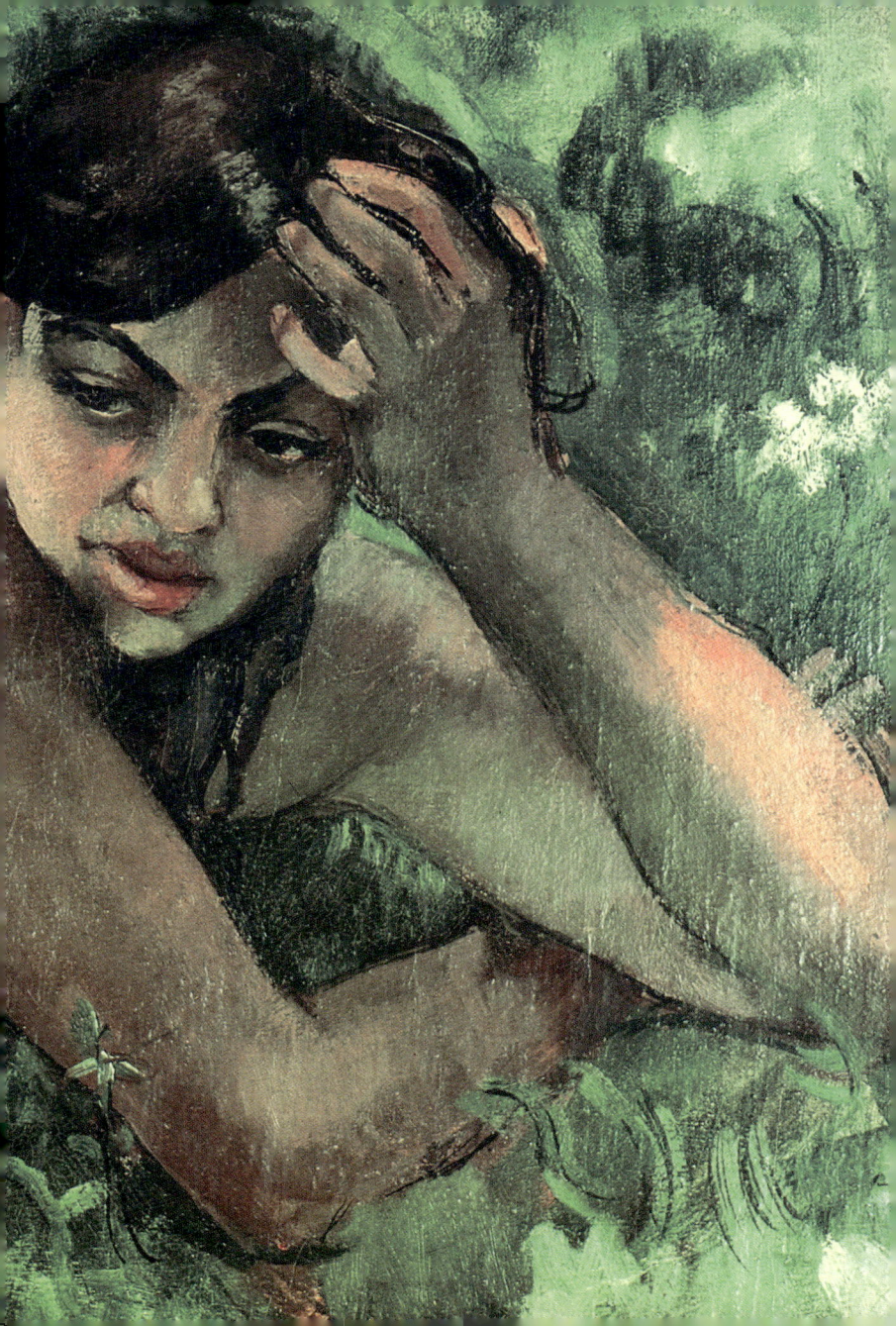

이혼 고백서
— 청구 씨에게

●

　씨여, 이만하면 떨어져 있는 동안 내 생각을 알겠고, 변동된 내 생활을 알겠습니다. 그러나 여보셔요, 아직까지도 나는 내게 적당하고 행복한 길이 어디 있는지를 찾지 못하였어요. 씨와 동거하면서 때때로 의사 충돌을 하며 아이들과 살림살이에 엄벙덤벙 시일을 보내는 것이 행복스러웠을는지, 또는 방랑생활로 나서 스케치 박스를 메고 캔버스에 그림을 그리고 다니는 이 생활이 행복스러울지 모르겠습니다. 그러나 인생은 가정만도 인생이 아니요, 예술만도 인생이 아니랍니다. 이것저것 합한 것이 인생이지요. 마치 수소와 산소가 합한 것이 물인 것과 같이. 여보셔요, 내 주의는 이러하답니다. 사람 중에는 보통으로 사는 사람과 보통 이상으로 사는 사람이 있다고 봅니다. 그러면 그 보통 이상으로 사는 사람은 보통사람 이상의 정력과 개성을 가진 자일 테지요. 더구나 근대인에게 남이 하는 일을 다 하고, 남는 정력으로 자기 개성을 발휘하는 것이 가장 최고 이상일 것입니다. 이는 이론뿐만 아니라 사례가 많으니 위인 걸사들의 생활이 바로 그러하지요. 즉 수신제가 치국평천하는 고금이 다를 것 없답니다. 나는 이러한 이상을 가지고 10년 가정생활에 내 일을 계속해왔고, 지금부터라도 실행할 자신이 있던 것입니다. 그러므로 부분적으로나마 내 생활의 행복이 될 리 만무하고, 종합적이라야 정말 내가 요구하는 행복의 길일 것입니다. 이 이상이 파괴되는 것이 어찌 유감이 아닐 수 있겠습니까.

감정의 순환기가 10년이라 하면, 싫었던 사람이 좋아도 지고, 좋았던 사람이 싫어도 지며, 친했던 사람이 멀어도 지고, 멀었던 사람이 친해도 지며, 선한 사람이 악해도 지고, 악했던 사람이 선해지기도 하지요. 씨의 10년 후 감정은 어떻게 될까요. 이상에도 말하였거니와, 부부는 세 시기를 지나야 정말 부부생활의 의미가 있다고 하였습니다. 나는 이미 그대의 장점과 단점을 다 알고 씨는 나의 장점과 단점을 다 아는 이상, 상호 보조하여 살아갈 우리가 아니었던가요.

하여간 이상 몇 가지 주의로 이혼은 내 본의가 아니요, 씨의 강청이었음이 분명합니다. 나는 무저항적으로 양보한 것이니 천만 번 생각해도 우리 처지로 우리 인격을 통일치 못하고 우리 생활을 통일치 못한 것은 부끄러운 일입니다.

아울러 바라는 바는 80 노모의 여생을 편하게 하고, 네 아이의 양육을 충분히 주의해 주시고, 나머지 씨의 건강을 바라나이다.

[삼천리] 1934. 09.

나혜석

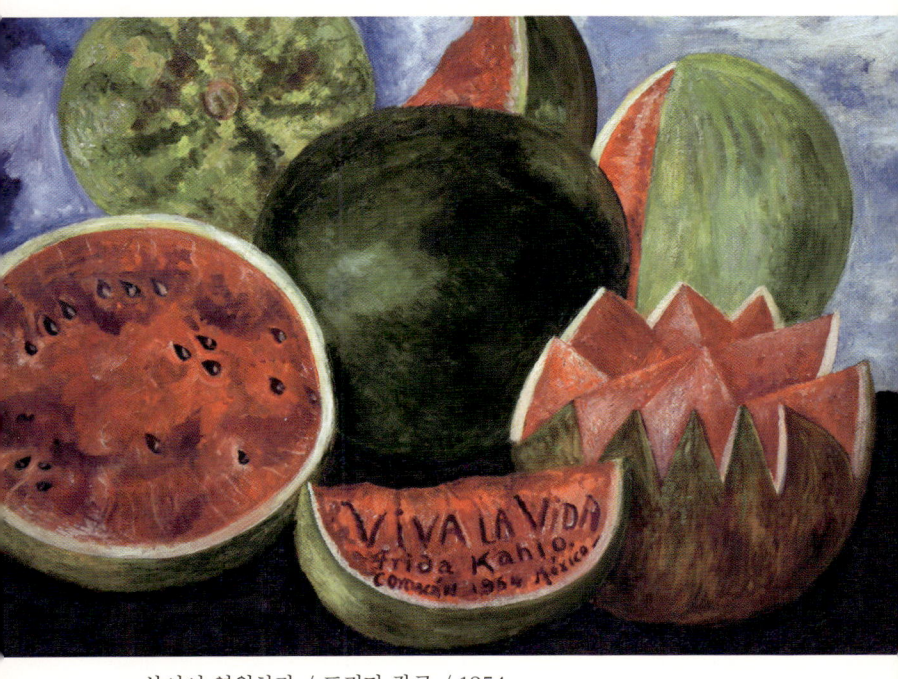

삶이여 영원하라 / 프리다 칼로 / 1954.
프리다 칼로의 생애 마지막 그림이다. 이 작품을 그린 후 8일 뒤 세상을 떠났다.

노라

나혜석

나는 인형이었네요.

아버지의 착한 딸인 인형으로
남편의 착한 아내인 인형으로
그들의 노리개였을 뿐.

노라를 놓아주세요.

순순히 놓아주고
높은 장벽을 열고 깊은 규문을 열고
자유의 대기 중에 노라를 놓아주세요.

나는 사람이니까.

남편의 아내가 되기 전에,
자녀의 어미가 되기 전에
아버지의 딸이 되기 전에
나는 첫째로 사람입니다.

냇물

나혜석

쫄쫄 흐르는 저 냇물
흐린 날에는 푸르죽죽
맑은 날에는 반짝반짝
캄캄한 밤에는 흑색같이

달밤엔 백색같이
비오면 방울방울
눈이 오면 녹여주고
바람이 불면 무늬를 지어

아침부터 저녁까지
춥든지 덥든지
싫든지 좋든지
언제든지 쉼 없이

외롭게 흐르는 냇물
냇물! 냇물!
저렇게 흘러서
호湖가 되고 강이 되며 해海가 되면
흐리던 물은 맑아지고
맑던 물이 파래지고
퍼렇던 물은 짜지네요.

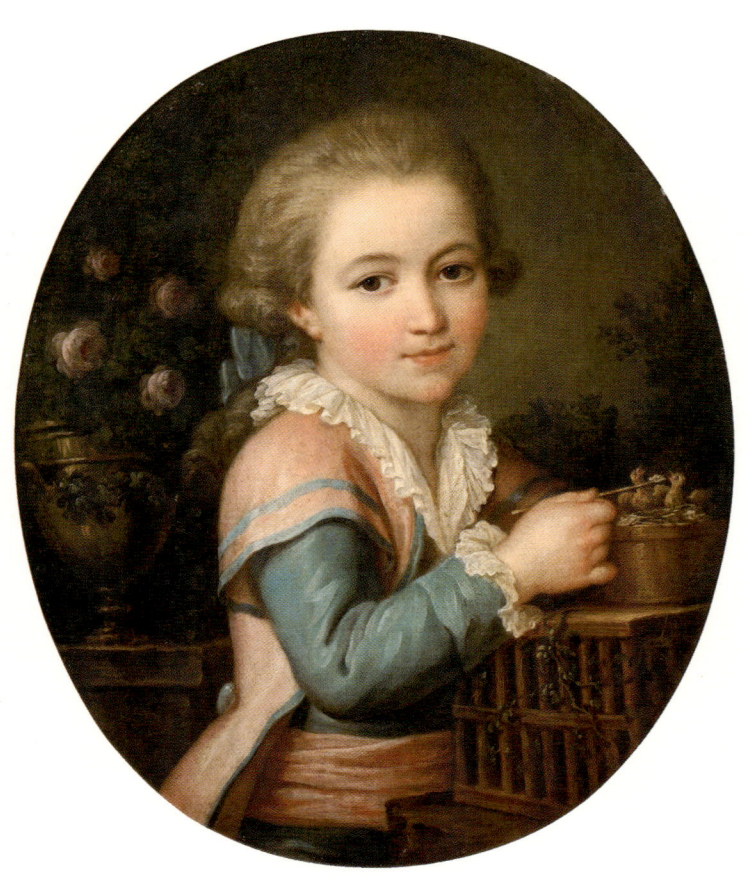

두 마리 새에게 먹이를 주는 소년의 초상화
마리 빅토와 르모앙 / 1820년 이전.

나혜석

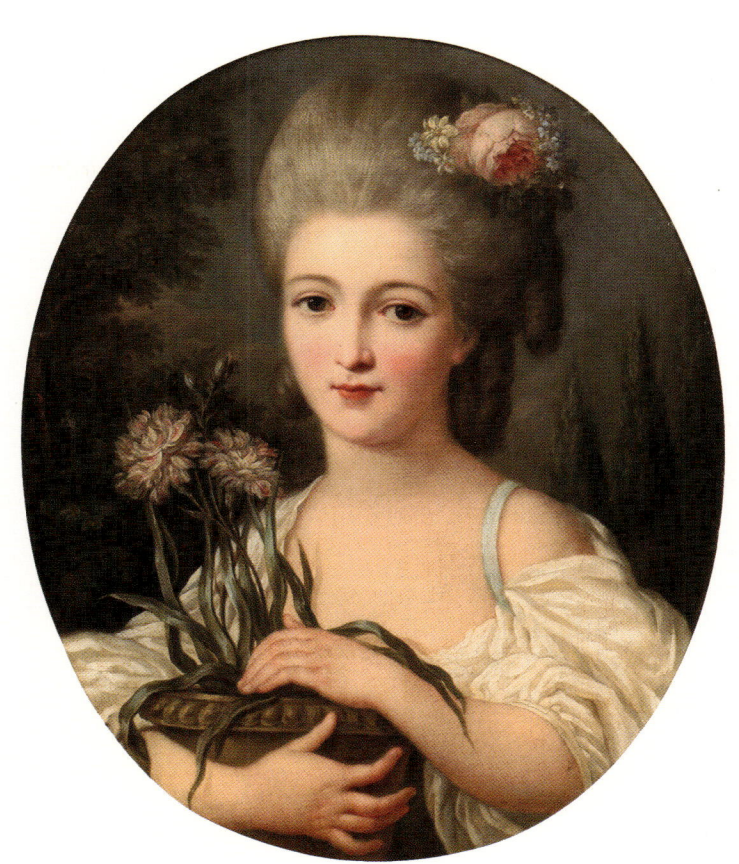

화분을 들고 있는 소녀의 초상화
마리 빅토와 르모앙 / 1820.

인형의 집

나혜석

내가 인형을 가지고 놀 때
기뻐하듯
아버지의 딸인 인형으로
남편의 아내 인형으로
그들을 기쁘게 하는
위안물이 되어버렸습니다.

남편과 자식들에 대한
의무처럼
내게는 신성한 의무가 있습니다.
나를 사람으로 만드는
사명의 길을 밟아서
사람이 되고 싶습니다.

가시목걸이를 한 자화상 / 프리다 칼로

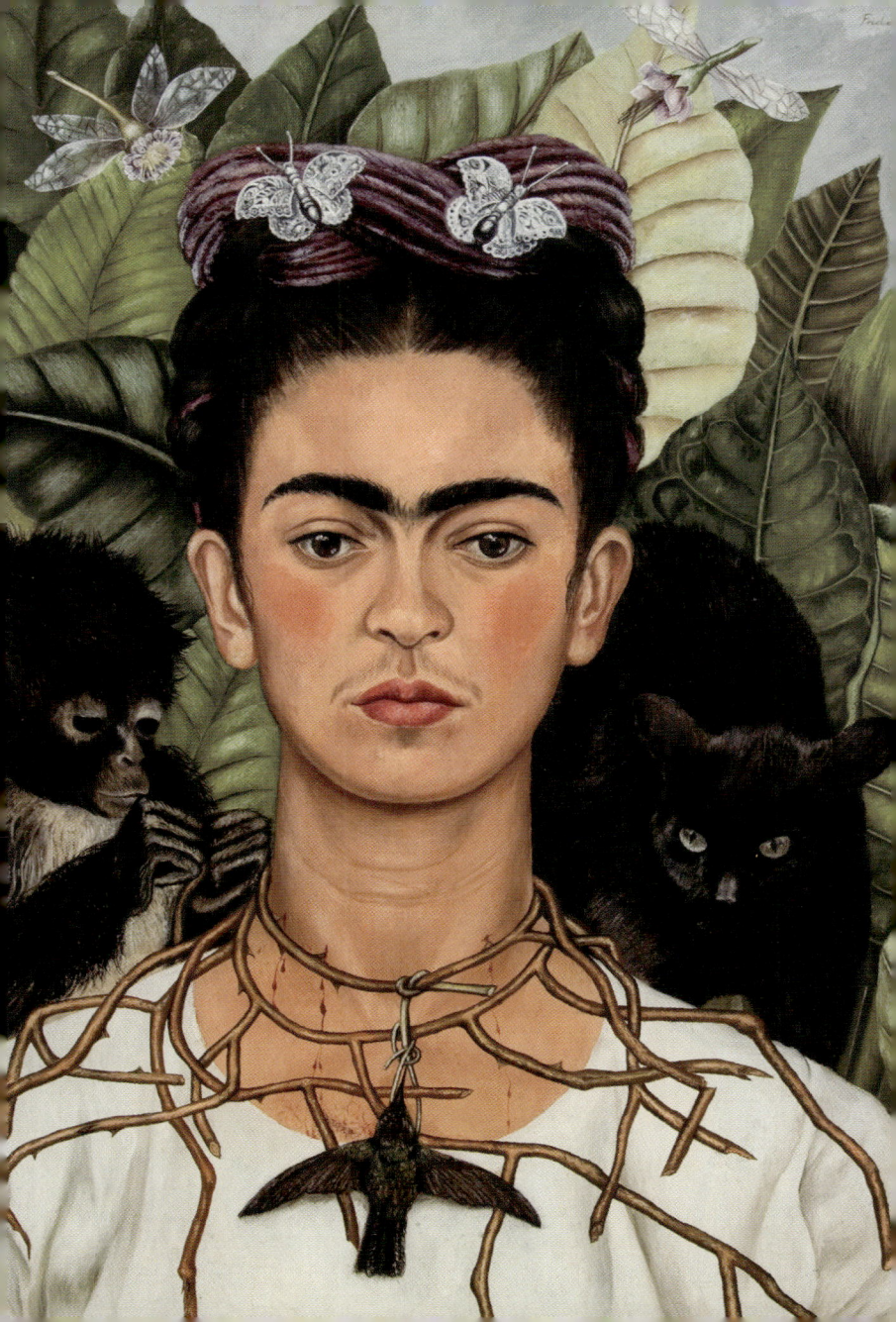

나는 알고 있습니다. 억제할 수 없는
내 마음에서
온통을 다 헐어 맛 보이는
진정 사람을 제외하고는
내 몸이 값어치가 없다는 것을
나는 이제야 깨달았습니다.

아아! 사랑하는 소녀들이여,
부디 나를 보아
정성으로 몸을 바쳐 주십시오.
많은 암흑이 횡행할지라도
다른 날, 폭풍우 뒤에
사람은 바로 너와 나
노라를 놓아주십시오.

나혜석

최후로 순순하게

엄밀히 막아놓은

장벽에서

견고히 닫혔던

문을 열고

부디 노라를 놓아주십시오.

시砂

나혜석

야윈 가운데 깔려 있어 값없는
모래가 되고 보면 줍는 사람도 없이
바람 불면 먼지 되고
비 오면 진흙 되고
인마人馬에게 밟히면서도
싫다고도 못하고 이 세상에 있어
이따금 저 천변川邊에

포공영浦公英, 야국화, 메꽃, 꽃다지
꽃 피었다가 스러지면 흔적도 없이
뉘라서 찾아오랴
뉘라서 밟아주랴
모래가 되면 값도 없이

식당 안에서 / 베르트 모리조 / 1875.

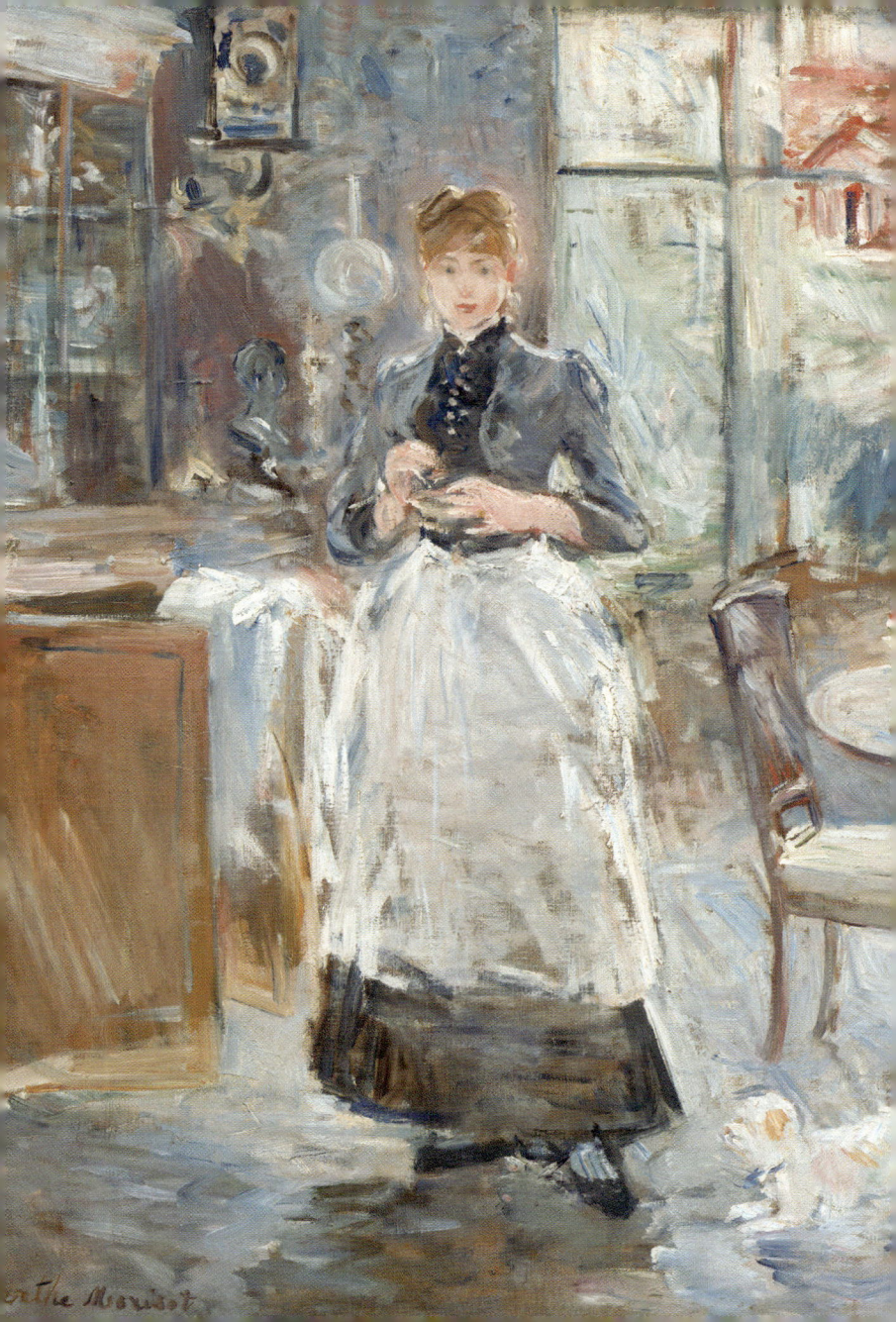

노천명

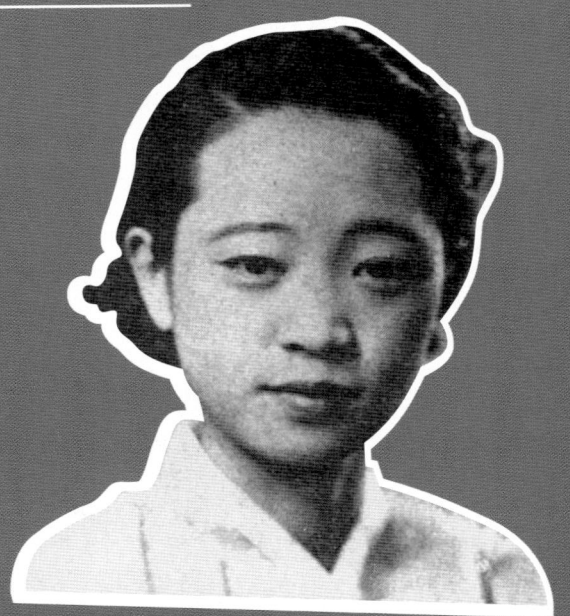

눈이 펑펑 쏟아지면
　　　내 속에선 사과꽃이 핀다.

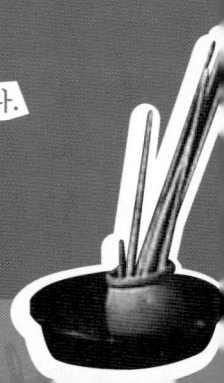

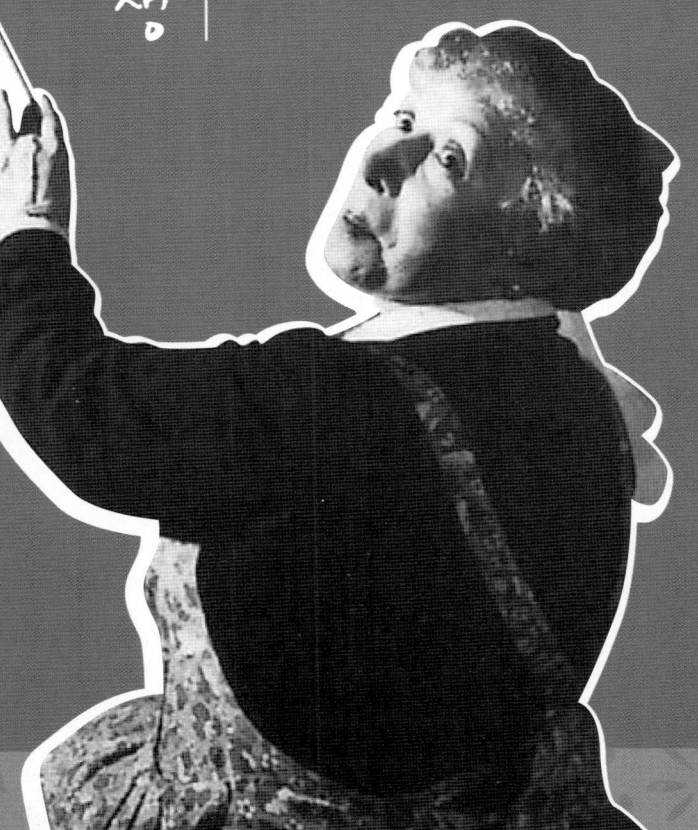

마
리
로
랑
생

나를 열광시키는 것은

오직 그림밖에 없으며,

따라서 그림만이

영원토록 나를 괴롭히는

진정한 가치이다

검정 나비

노천명

너를 피해 달음질치기 어언 열 몇 해
입 축일 샘가 하나 없는 길에서
자갈돌 발부리를 차 피 내며
죽기로 달리다
문득 고개를 돌리니

너는 내 그림자- 나를 따랐군요.
내려앉은 꽃잎모양
상장喪章과도 같이
드리워 지나니
오-나의 마지막 날은 언제인가요.

마놀라 / 마리 로랑생 / 1925.

노천명

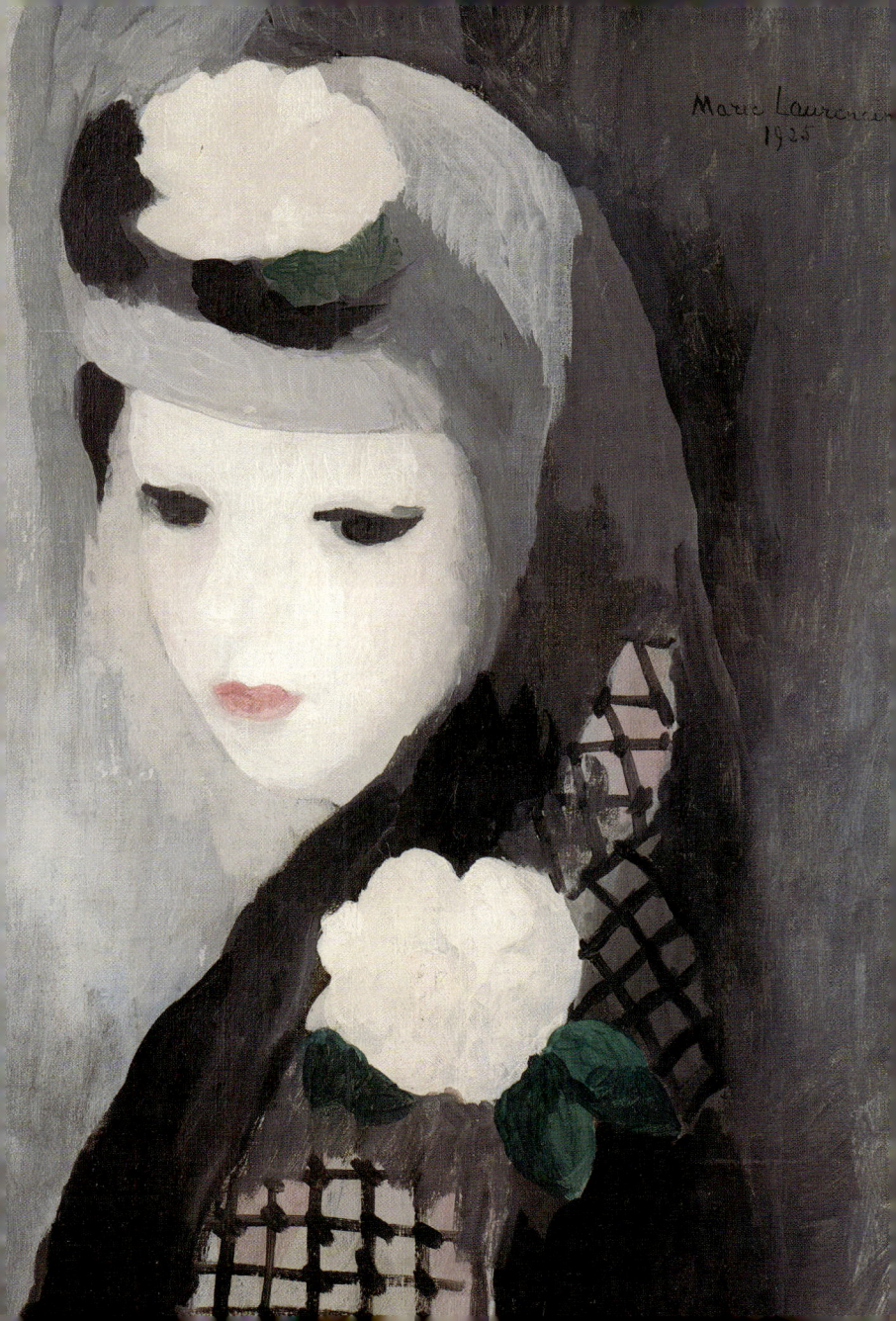

고독

노천명

변변치 못한 화를 받던 날
어린애처럼 울고 나서
고독을 사랑하는 버릇을 지었습니다.

번잡이 이처럼 싱그러울 때
고독은 단 하나의 친구라고 할까요.

그는 고요한 사색의 호숫가로
나를 달래 데리고 가
내 이지러진 얼굴을 비추어 줍니다.

고독은 오히려 사랑스러운 것
함부로 친할 수도 없는 것-
왠지 함부로 가까이하기도 어려운 것인가 봐요.

두 명의 여자와 기타 / 마리 로랑생 / 1929.

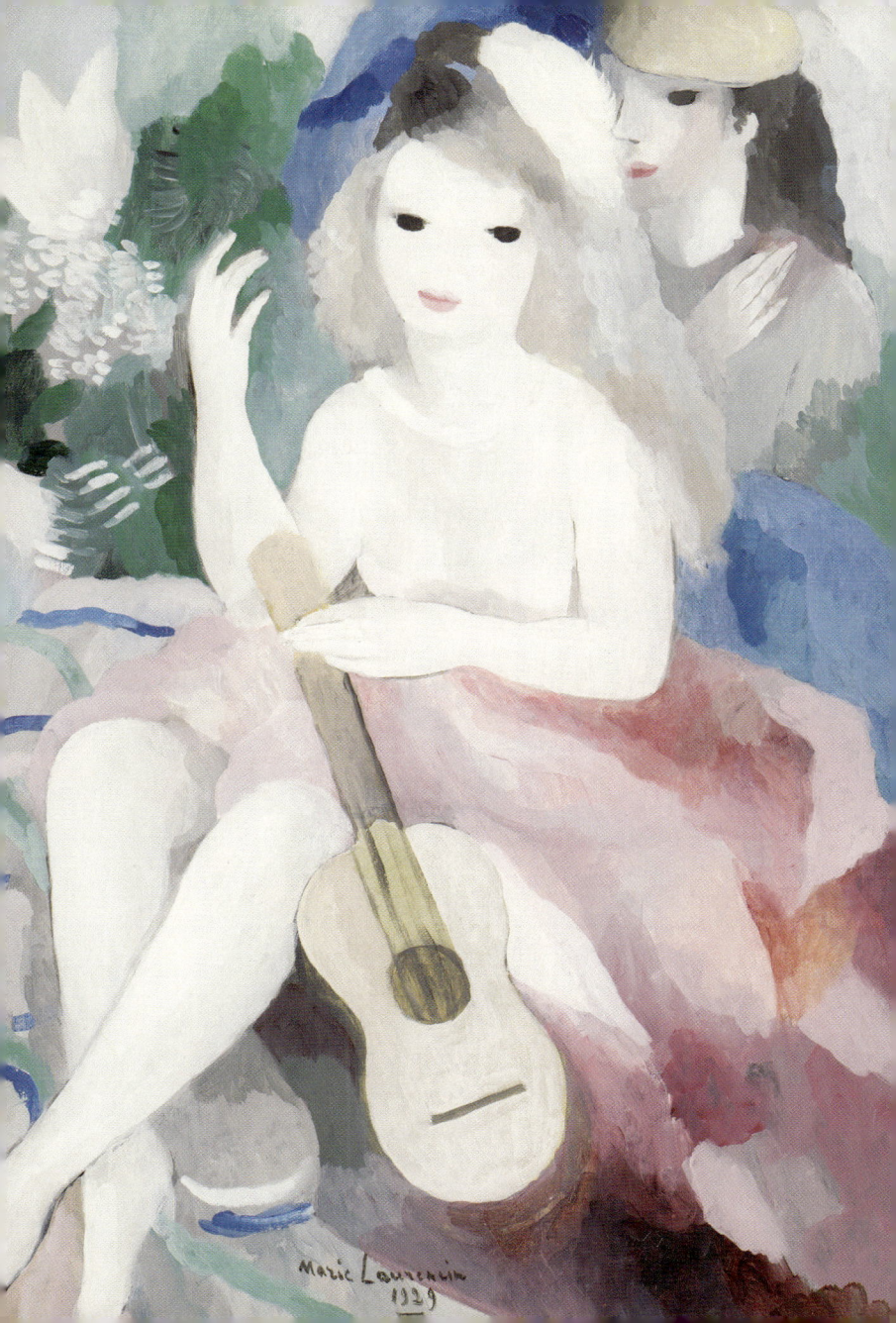

고별

노천명

어제는 나에게 찬사와 꽃다발을 던지고
우뢰와 같은 박수를 보내 주던 인사들인데.
오늘은 멸시의 눈초리로 혹은 무심히
내 앞을 지나쳐 버립니다.

청춘을 바친 이 땅
오늘 내 머리에는 용수가 씌워졌습니다.

고도孤島에라도 좋으니
차라리 머언 곳으로-
나를 보내 주십시오.
뱃사공은 나와 방언이 달라도 좋답니다.

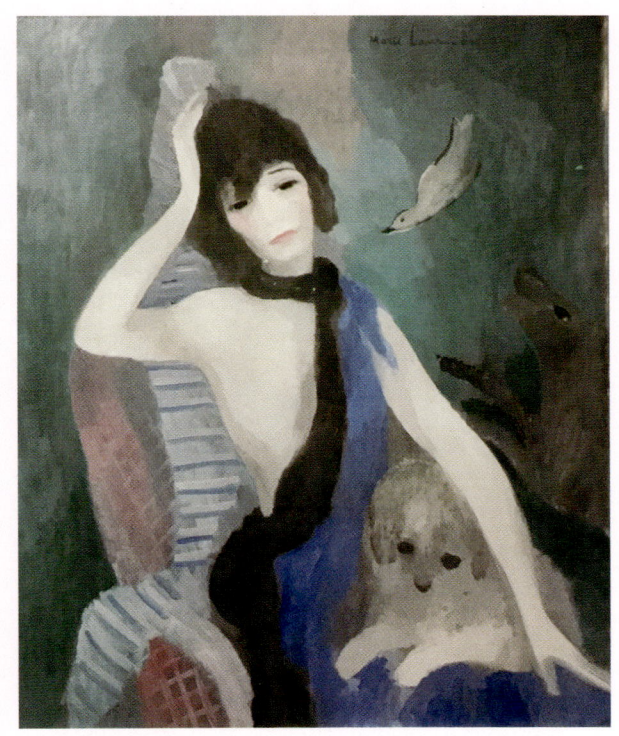

코코 샤넬의 초상화 / 마리 로랑생 / 1938.

내가 떠나면
정든 책상은 고물상이 업어 갈 것이고
아끼던 책들은 천덕구니가 되어
장터로 나가겠지요.

나와 친하던 이들, 또 나를 시기하던 이들
잔을 드십시오. 그대들과 나 사이에
마지막인 작별의 잔을 높이 듭시다.

우정이라는 것, 또 신의라는 것
과연 이것은 다 어디 있는 것인지요.
생쥐에게나 뜯어먹게 던져 주십시오.

온갖 화근이었던 이름 석자를
갈기갈기 찢어서 바다에 던져 버리렵니다.
부디 나를 어느 떨어진 섬으로
멀리 멀리 보내주십시오.

노천명

눈물어린 얼굴을 돌이키고
이제 나는 이곳을 떠나렵니다.

개 짖는 마을들아
닭이 새벽을 알리는 촌가들아
잘 있길.

별이 있고
하늘이 보이고
거기에서는 자유가 닫혀지지 않는 곳이라면-

감사

노천명

저 푸른 하늘과
태양을 볼 수 있고

대기를 마시며
내가 자유롭게 산보를 할 수 있는 한

나는 충분히 행복합니다.
이것만으로도 나는 신에게
감사할 수 있습니다.

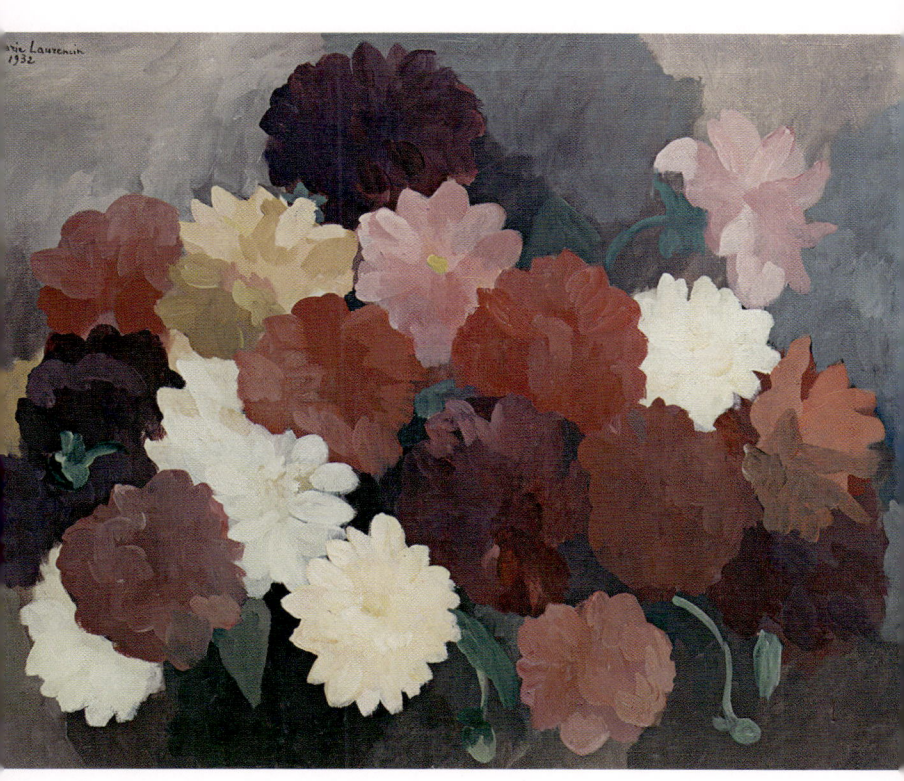

국화꽃 / 마리 로랑생 / 1940.

곡哭 촉석루

노천명

논개 치마에 불이 붙어
논개 치맛자락에 불이 붙어

논개는 남강 비탈 위에 서서
화신처럼 무서웠다지요.

'우짤고 오매야! 촉석루가 탄다, 촉석루가!'
마지막 지붕이 무너질 때는

기왓장이 내려앉는 소리에
온 진주가 진동을 했다지요.

기왓장만 내려앉은 게 아니랍니다.
고을 사람들의 넋이 내려앉았기에

'비봉산 서장대'가 몸부림을 치더랍니다.
조용히 살아가던 조그마한 마을에

이 얼마나 참혹한 재앙이었는지요.

밀어붙인 환한 벌판은
일찍이 우리의 낯익은 상점들이 있던 곳

할매 때부터 정이 든
우리들의 집이 서 있던 자리
문둥이가 우는 밤

진주가 더 섧게 통곡하는 것을
진주가 더 섧게 마치 두견모양 목 메이는 것을.

교정

노천명

흰 양옥이 푸른 나무들 속에
진주처럼 빛나는 오후-
닥터 노엘의 조울이라는 강의를 듣기보다
젊은 학생들은
건너편 포플러 나무 위로 드높이
날리는 깃발 보기를 더 좋아했습니다.

향수가 물이랑처럼 꿈틀거립니다.
퍼덕이는 깃발에 이국 정경이 아롱집니다.
지향 없는 곳을 마음은 더듬었습니다.
그리고 낯선 거리에서
금발의 처녀를 만났습니다.

깊숙이 들어간 정열적인 그 눈이
이국 소녀를 응시하면서
'형제여!'
은근히 뜨거운 손을 내밀겠지요.

푸른 포루나무!
흰 양옥!
붉은 깃발!

아, 내 제복과 함께 잊히지 않는 정경이여‥‥

서커스 / 수잔 발라동 / 1889.

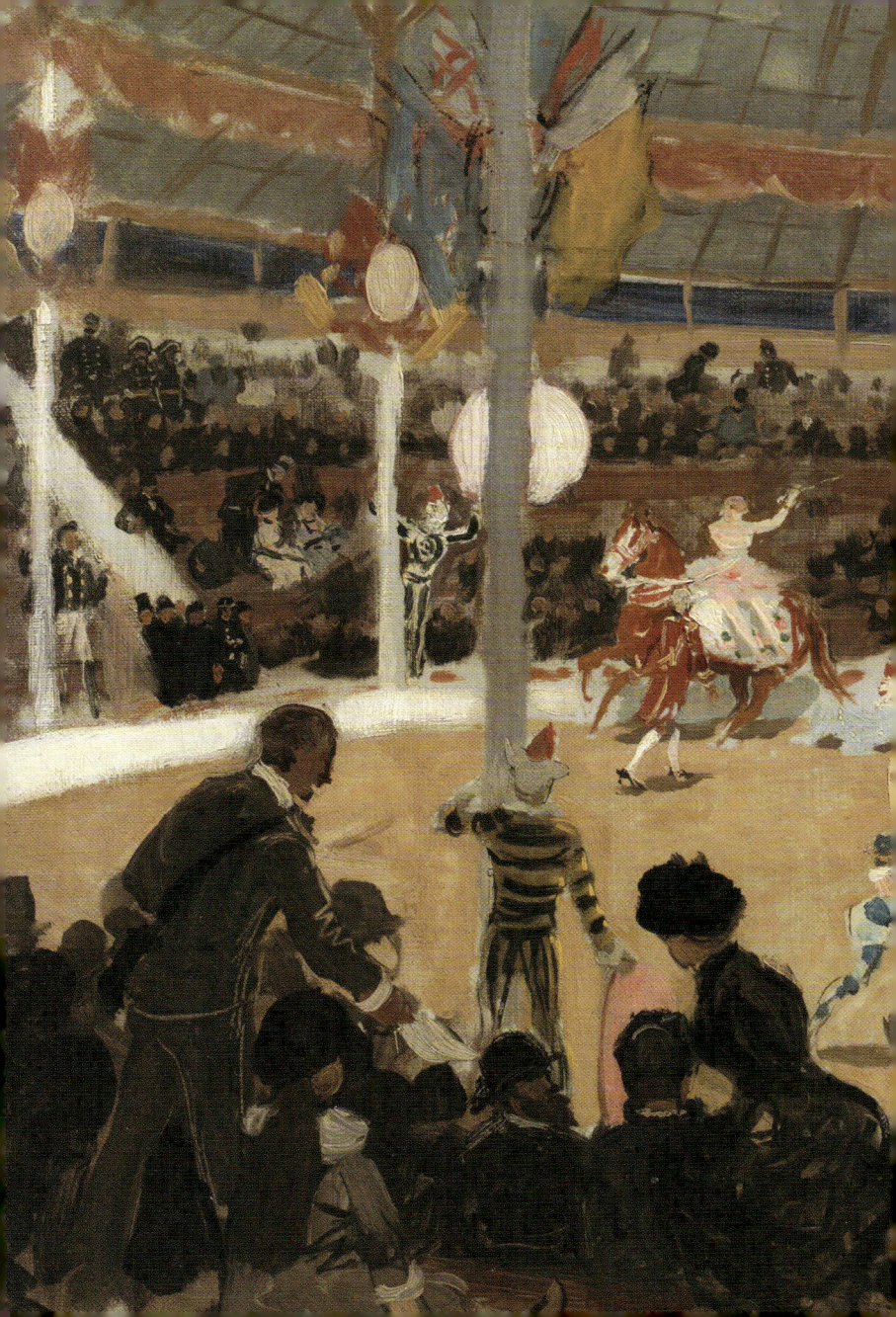

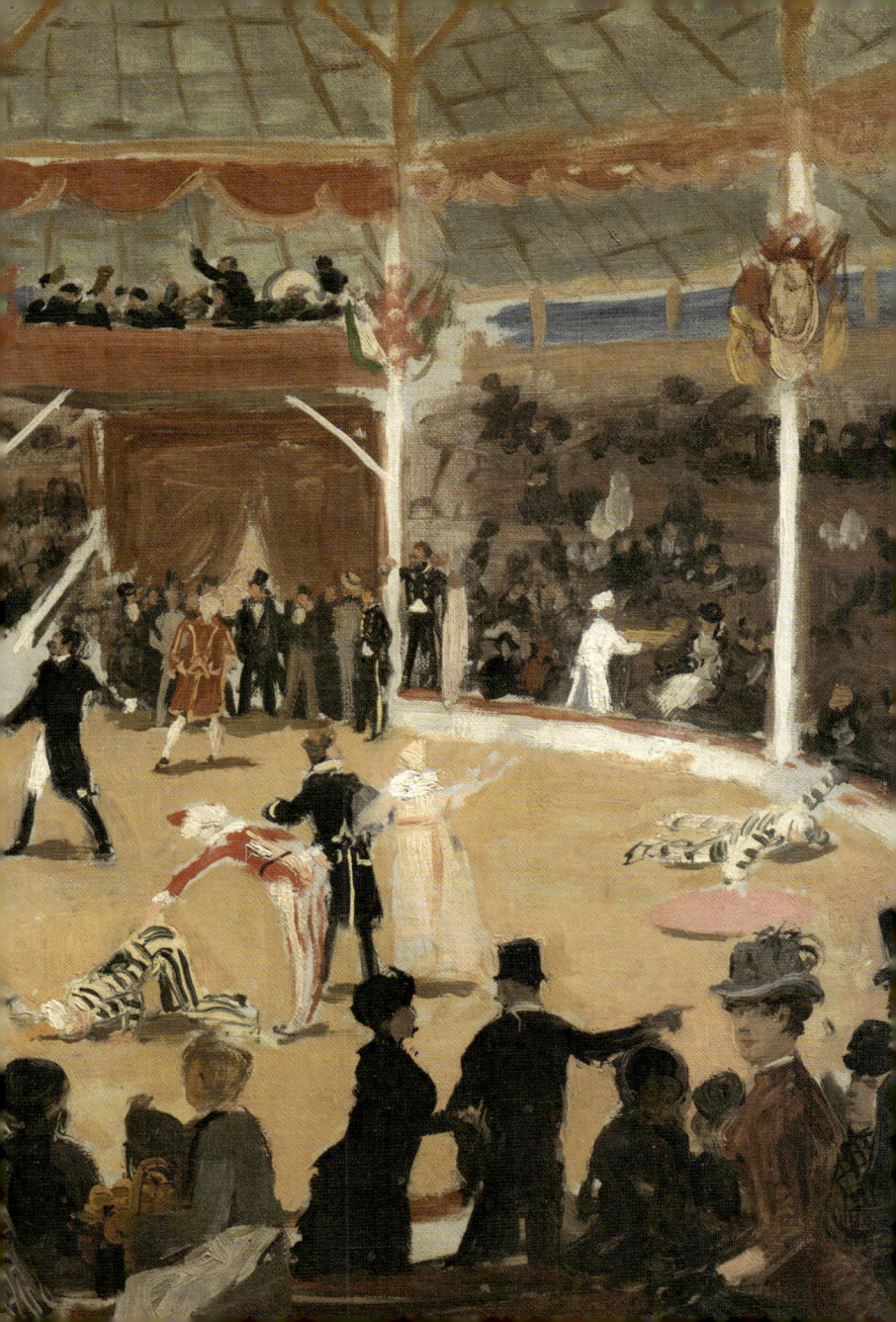

구름같이

노천명

큰 바다의 한 방울 물만도 못한
내 영혼의 지극한 적음을 이제야 깨닫고
모래 언덕에서 하염없이
갈매기처럼 오래오래 울어 보았습니다.

어느 날 아침 이슬에 젖은
푸른 밤을 거니는 내 존재가
하도 귀한 것 같아 들국화를 꺾어 들고
아침다운 아침을 종다리처럼 노래했습니다.

허나 쓴웃음을 치는 이 마음
삶과 죽음, 이 세상 모든 것이
길이 못 풀 수수께끼이니
내 생의 비밀인들 어찌 알겠습니까.

바닷가에서 눈물 짓고‥‥
이슬 언덕에서 노래를 불렀습니다.
그러나 뜻 모를 이 생은
마치 구름같이 왔다 가나 봅니다.

귀뚜라미

노천명

몸을 둔 곳 알려서는 덜 좋아-
이런 모양을 보여서도 안 되는 까닭에
숨어서 기나긴 밤 동안 울어 새웁니다.

밤이면 나와 함께 우는 이도 있어
달이 밝으면 더 깊이 숨겨 둡니다.
오늘도 저 섬돌 뒤

내 슬픈 밤을 지켜야 합니다.

헬레나 루빈스타인의 초상화 / 마리 로랑생 / 1934.

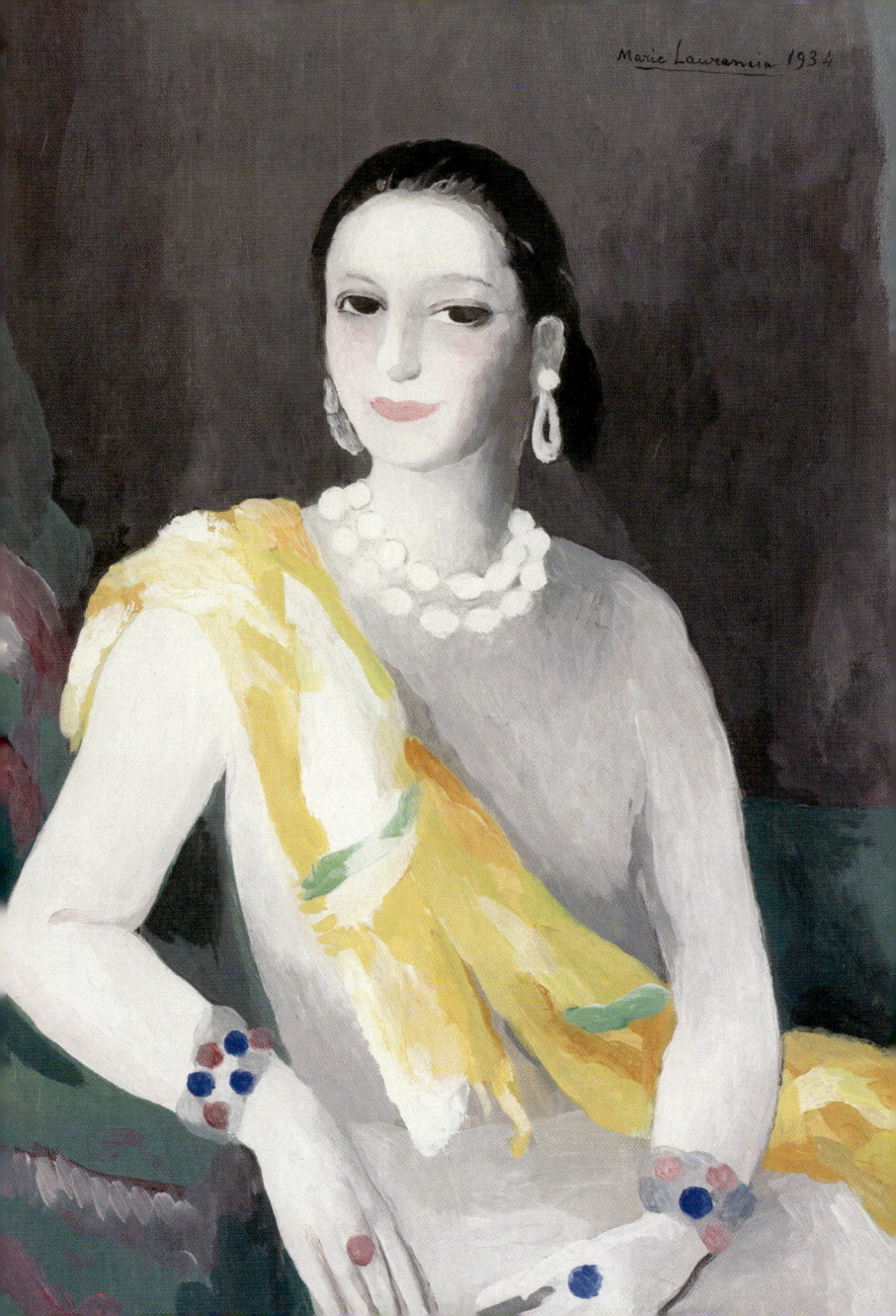

그대 말을 타고

노천명

멀리서 종소리가 들려옵니다.
날이 이제야 새나 봅니다.
천년 같은 기인 밤이었습니다.

고독과 어두움이 나를 두르고
모진 바람은 채찍모양 내게 감겨들었건만
그대를 기다리며 이 밤을 참았답니다.

그대 얼굴은 나의 태양이었나니
외로움에 몸부림치면
커다란 얼굴을 해 주고

밖에서 마음이 얼어 들어오면 녹여 주고
한밤중 눈물을 지으면 씻어 주었습니다.
어느 객주집 마구간

말의 눈엔 새벽달이 비치고
곡마단 계집아이들도 잠이 들었을 무렵
그대를 기다리는 내 기도가 울려졌습니다.

이제야 오시렵니까 아니면 저제나 오시렵니까
당신의 말굽 소리를 듣는다면
단박에 내가 십년은 젊어지겠습니다.

길

노천명

솔밭 사이로 솔밭 사이를 걸어 들어가자면
불빛이 흘러나오는 고가가 보입니다.

거기-
벌레 우는 가을이 있었습니다.
벌판에 눈 덮인 달밤도 있었습니다.

흰 나리꽃이 향을 토하는 저녁에
손길이 흰 사람들은
꽃술을 따 문 병풍의
사슴을 이야기했습니다.

솔밭 사이로 솔밭 사이로 걸어가자면

지금도

전설처럼

고가엔 불빛이 보이련만

숱한 이야기들이 생각날까봐

몸을 소스라침은

바로 비둘기같이 순한 마음에서입니다. · · · ·

가을의 구도

노천명

가을은 깨끗한 시악시처럼
맑은 표정을 하는가 하면 또
외로운 여인네같이 슬픈 몸짓을 지녔습니다.
바람이 수수밭 사이로
우수수 소리를 치며 설레고 지나는 밤엔

들국화가 달 아래 유난히 희어 보이고
건넛마을 옷 다듬는 소리에
차가움을 머금었습니다.
친구여! 잠깐 우리 멀어 집시다.
호수 같은 생각에 혼자 가만히

잠겨 보고 싶답니다.·····

두 여자 / 암리타 셰어 길 / 1936.

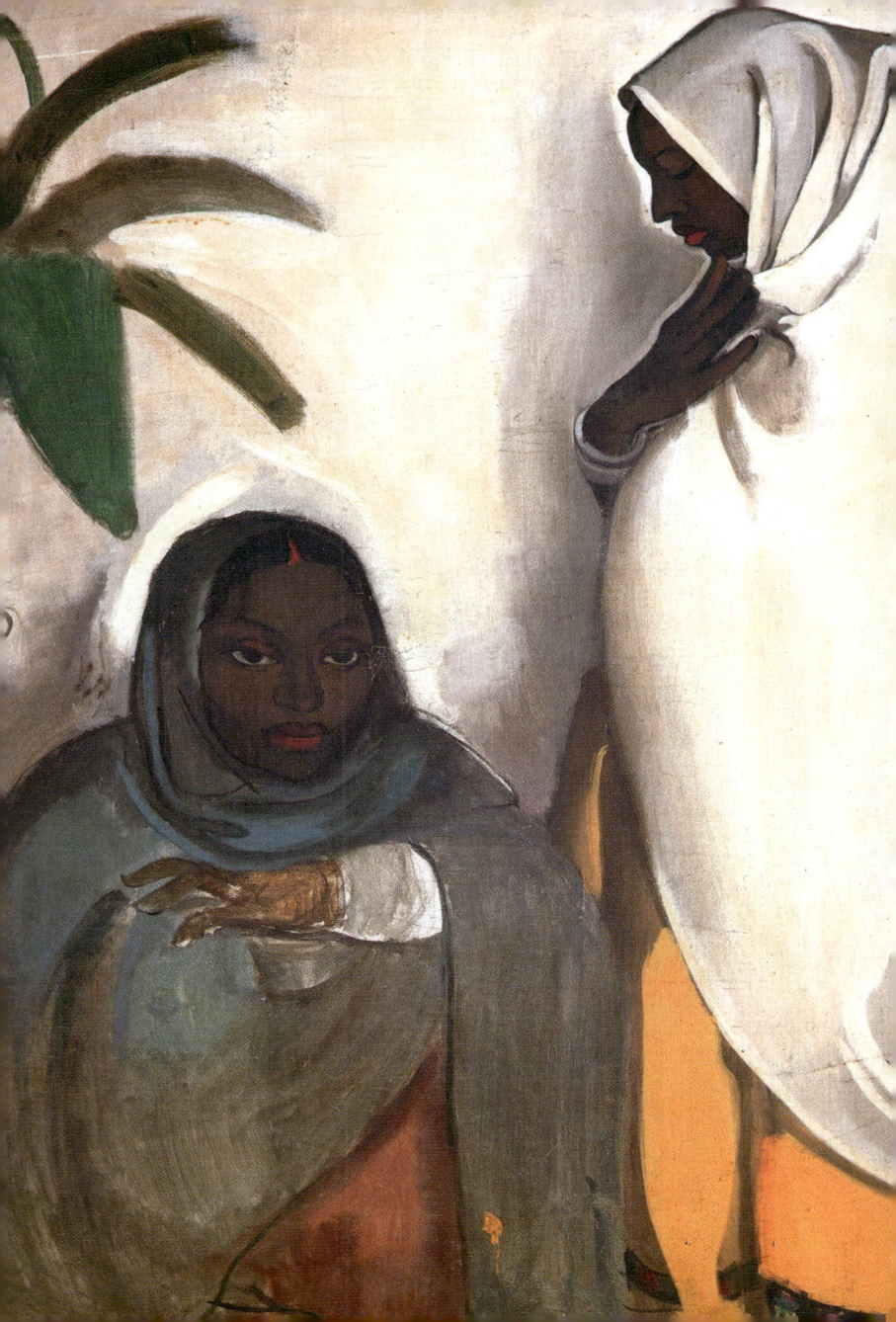

꽃길을 걸어서

노천명

그 겨울이 다 가고
산에 있던 아이들 손엔
할미꽃이 들려졌습니다.
사립문에 기대어 서서
진달래 자욱한 앞산을 바라보면
큰애기의 가슴은 파도처럼
부풀어 올랐습니다.

사월 큰애기의 꿈은
무지개같이 찬란했습니다.
웬일인지 이 봄엔 삼팔선이 터지고
나갔던 그이가 돌아올 것만 같습니다.

'갔다 오리다'
생생하게 지금도 귀에 들립니다.
군복을 입은 모습
어찌 그리 늠름하고 더 잘나 보였던지요.

그이가 일선으로 나간 뒤부터
뉴스 영화의 군인들이 모두 다
그이 같이 반가워졌습니다.

주여
이 봄엔 통일을 꼭 가져다 주소서
그리하여
진달래 곱게 핀 꽃길을 걸어서
승전한 그이가 돌아오게 해 주소서

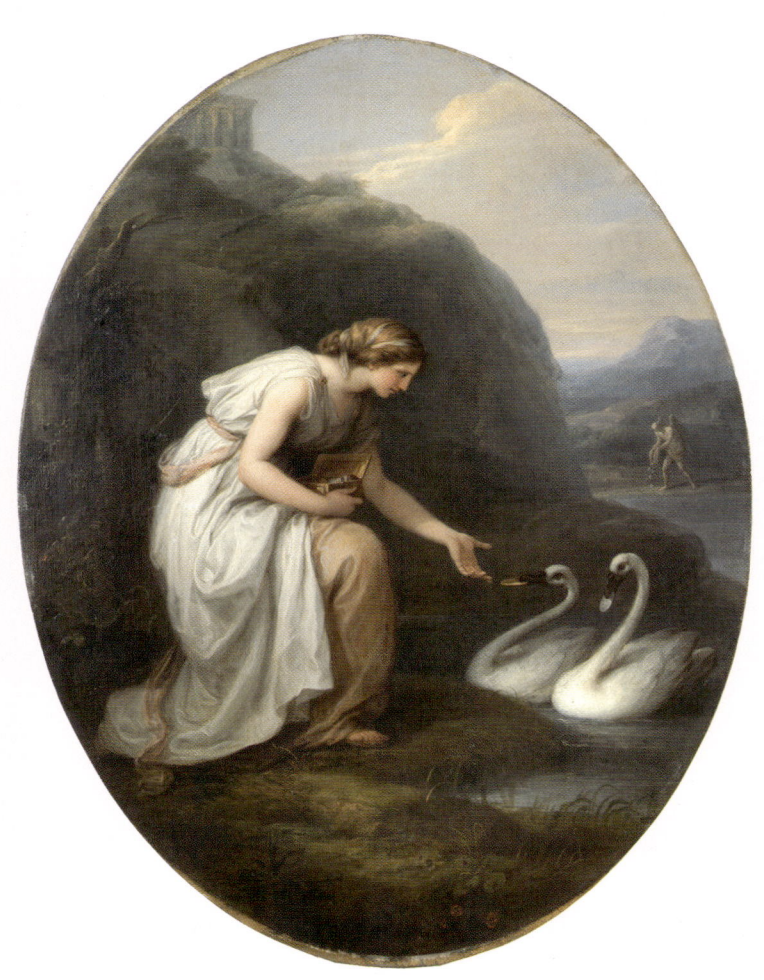

불멸의 요정 / 안젤리카 카우프만 / 1783.

노천명

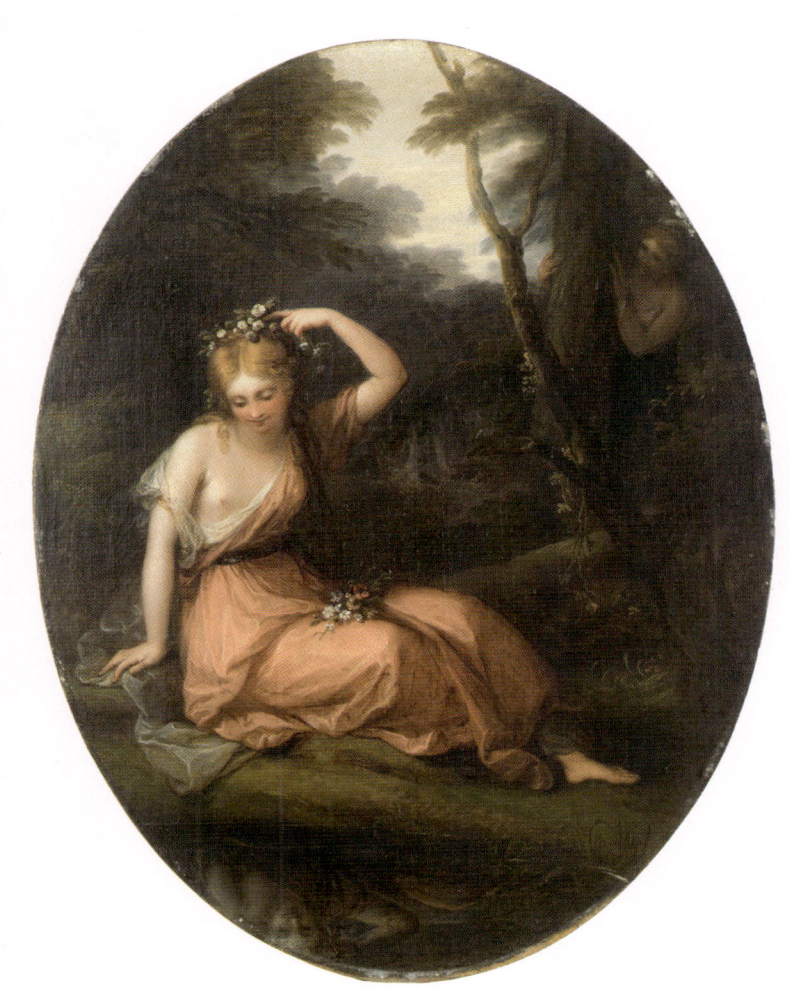

실비아 / 안젤리카 카우프만 / 1783.

남사당

노천명

나는 얼굴에 분을 하고
삼단 같은 머리를 땋아 내리는 사나이

초립에 쾌자를 걸친 조라치들이
날나리를 부는 저녁이면
다홍치마를 두르고 나는 향단이가 됩니다.

이리하여 장터 어느 넓은 마당을 빌려
램프불을 돋운 포장 속에선
내 남성이 십분 굴욕을 느낍니다.

산너머 지나온 저 촌엔
은반지를 사 주고 싶은
고운 처녀도 있었건만

다음날이면 떠남을 짓는
처녀여
나는 집시의 피였습니다,
내일은 또 어느 동리로 들어갈지요.

우리들의 도구를 실은
노새의 뒤를 따라
산딸기와 이슬을 털며

길에 오르는 새벽은
구경꾼을 모으는 날라리 소리처럼
슬픔과 기쁨이 섞여 핍니다.

여름날 / 베르트 모리조 / 1894.

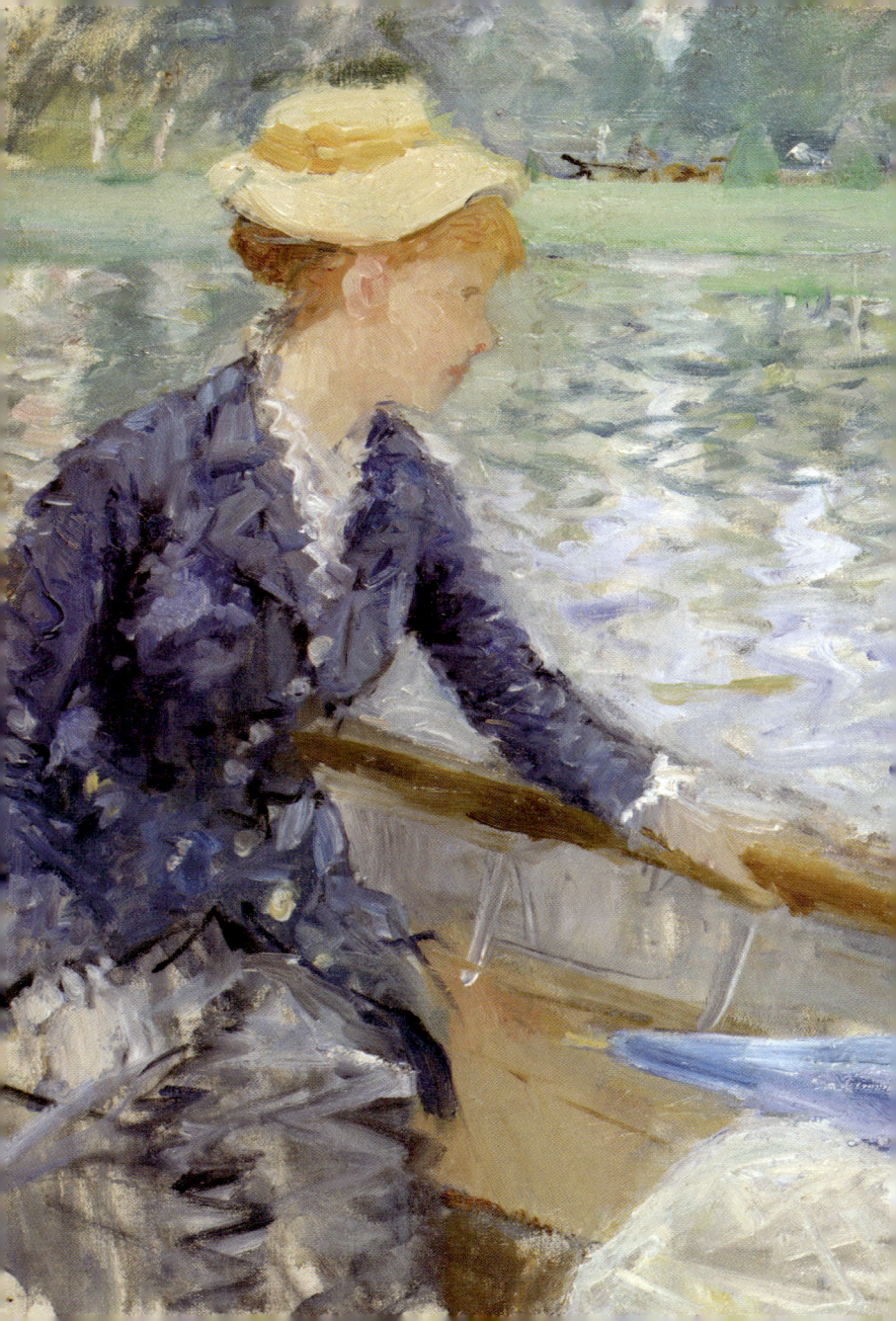

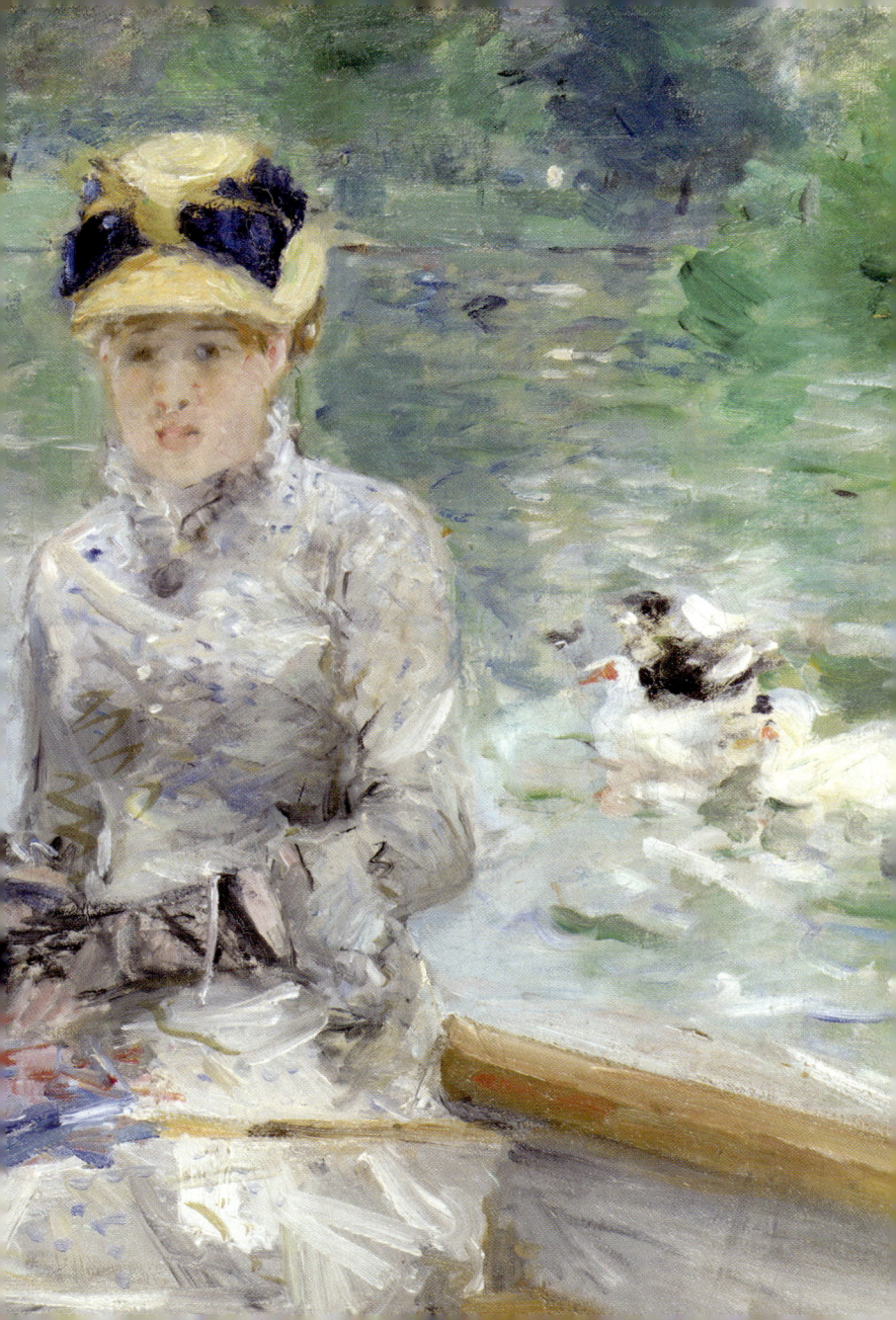

포구의 밤

노천명

마술사 같은 어둠이 꿈틀거리며
무거운 걸음새로 기어드니
찌푸린 하늘엔 별조차 안 보이고
바닷가를 헤매는 물새의 울음소리는
엄마를 찾는 듯···· 내 애를 끓입니다.

한가람 청풍이 물 위를 스치고 가니
기슭에 나룻배엔 등불만 조을고
사공의 노랫가락은 마디마디 구슬퍼
호수같이 고요하던 마음 바다에 잔물결이 이니
한때의 옛 곡조가 다시 떠돕니다.

이 바다 물결에 내 노래를 띄워-
그 물결이 닿는 곳마다 펼쳐나 볼까요.
바위에 부딪치는 구원의 물 소리
내 그윽한 느낌에 눈감고 듣노니
마산포의 밤은 말없이 깊어만 갑니다·····.

풍요의 여신을 데리고 오는 평화의 여신
/ 엘리자베스 비제 르 브룅 / 1780.

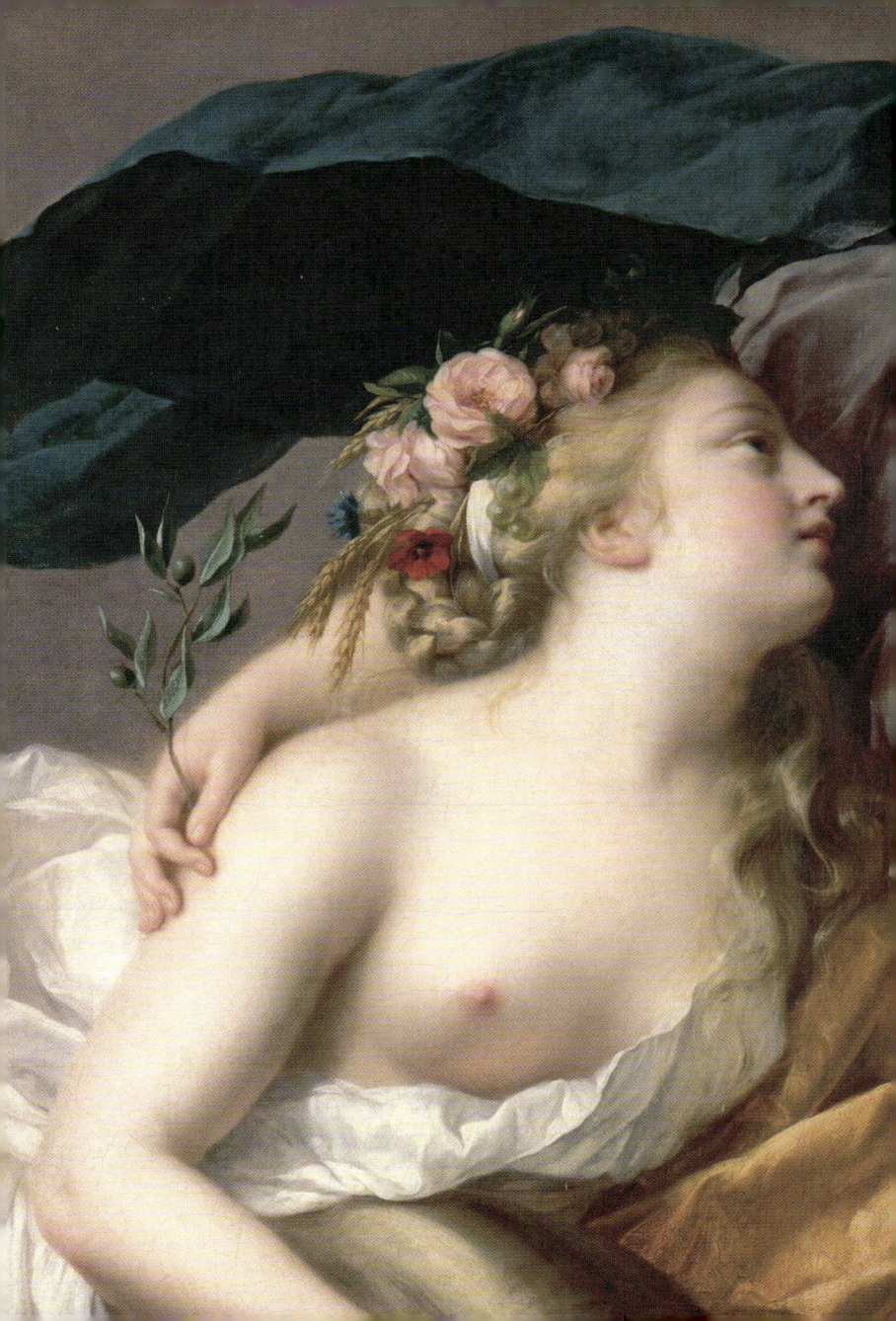

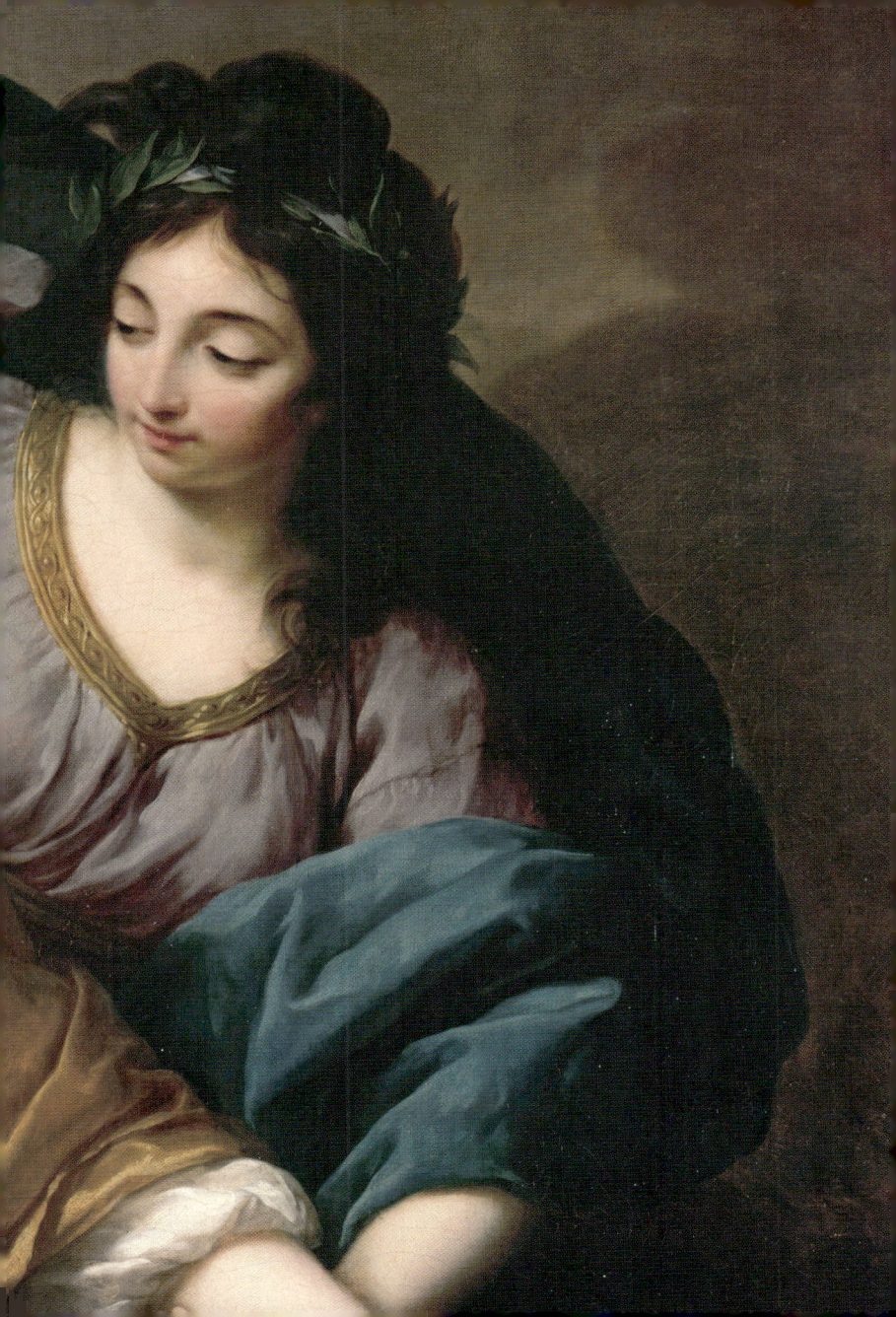

당신을 위해

노천명

장미 모양
으스러지게 곱게 피는 사랑이 있다면
당신은 어떻게 하실건지요.

감히 손에 손을 잡을 수도 없고
속삭이기에는 좋은 나이에 열없고
그래서 눈은 하늘만을 쳐다보면

얘기는 우정 딴 데로 빗나가고
차디찬 몸짓으로 뜨거운 맘을 감추는
이런 일이 있다면 어떻게 하실건지요.

행여 이런 마음을 알지 않을까 하면
얼굴이 화끈 달아올라
그가 모르기를 바라며

말없이 지나가려는 여인이 있다면
과연 당신은 어떻게 하실건지요.

돌아오는 길

노천명

차마 못 봐 돌아서 오며 듣는 기차 소리는
한나절 산골의 당나귀 울음보다
더 처량했습니다.

포도 위에 소리 없이 밤안개가 어립니다.
마음 속엔 고삐를 놓은 슬픔이 딩굽니다.

먼-한길에 걸음이 안 걸려
몸은 땅 속에 잦아들 것만 같네요.

거리의 플라타너스도 눈물겨운 밤
일부러 육조 앞 먼 길로 돌았답니다.

길바닥엔 장미꽃이
피었다-사라졌다-다시 핍니다.
하지만 해저의 소리를
누가 들은 적이 있던지요.

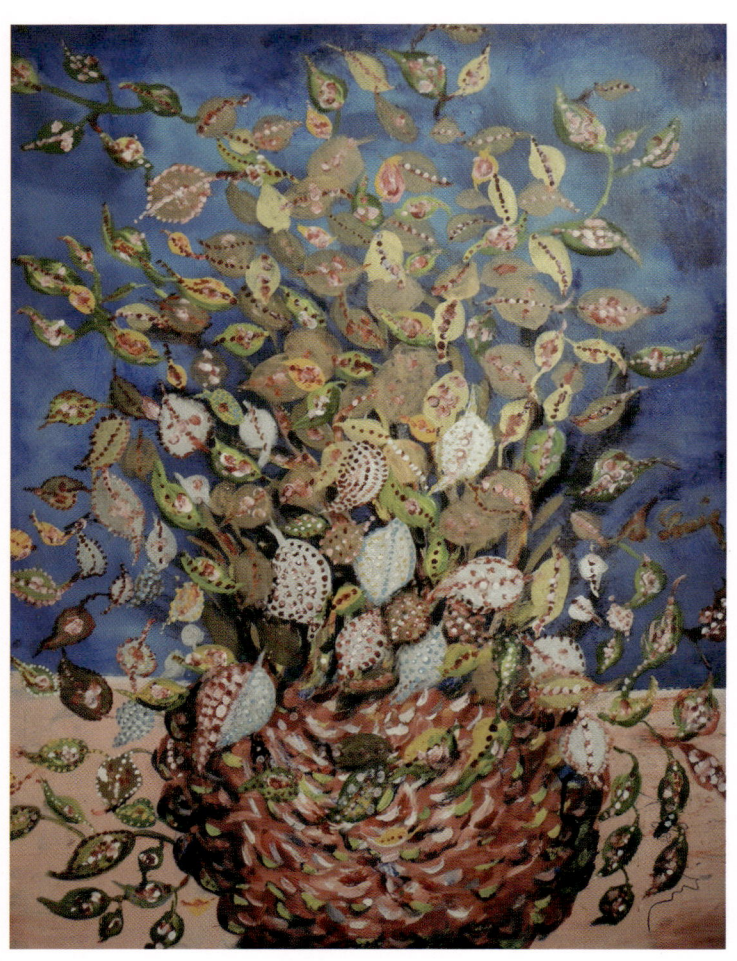

잎사귀 / 세라핀 루이 / 1930.

노천명

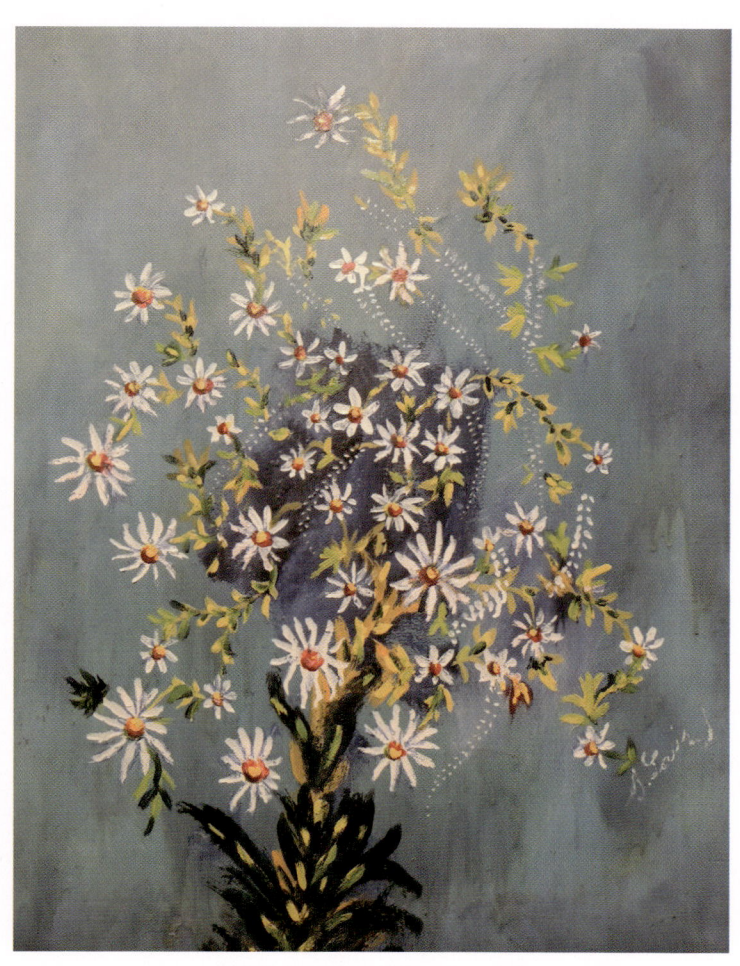

데이지 / 세라핀 루이 / 연도 미상.

동경

노천명

내 마음은 늘 타고 있습니다.
무엇을 향해선가-

아득한 곳에 손을 휘저어 보십시오.
발과 손이 매여 있음도 잊고
나는 숨 가삐 허덕여 봅니다.

일찍이 그는 피리를 불었습니다.
그러나 피리 소리가 어디서 나는지
나는 모릅니다.
예서 난다지⋯⋯ 제서 난다지⋯⋯

어디엔지 내가 갈 수 있는 곳인지도 모릅니다.
허나 아득한 저곳에
무엇이 있는 것만 같습니다.

내 마음은 그칠 줄 모르고
타고 또 타기만 합니다.

빨래 널기 / 베르트 모리조 / 1875.

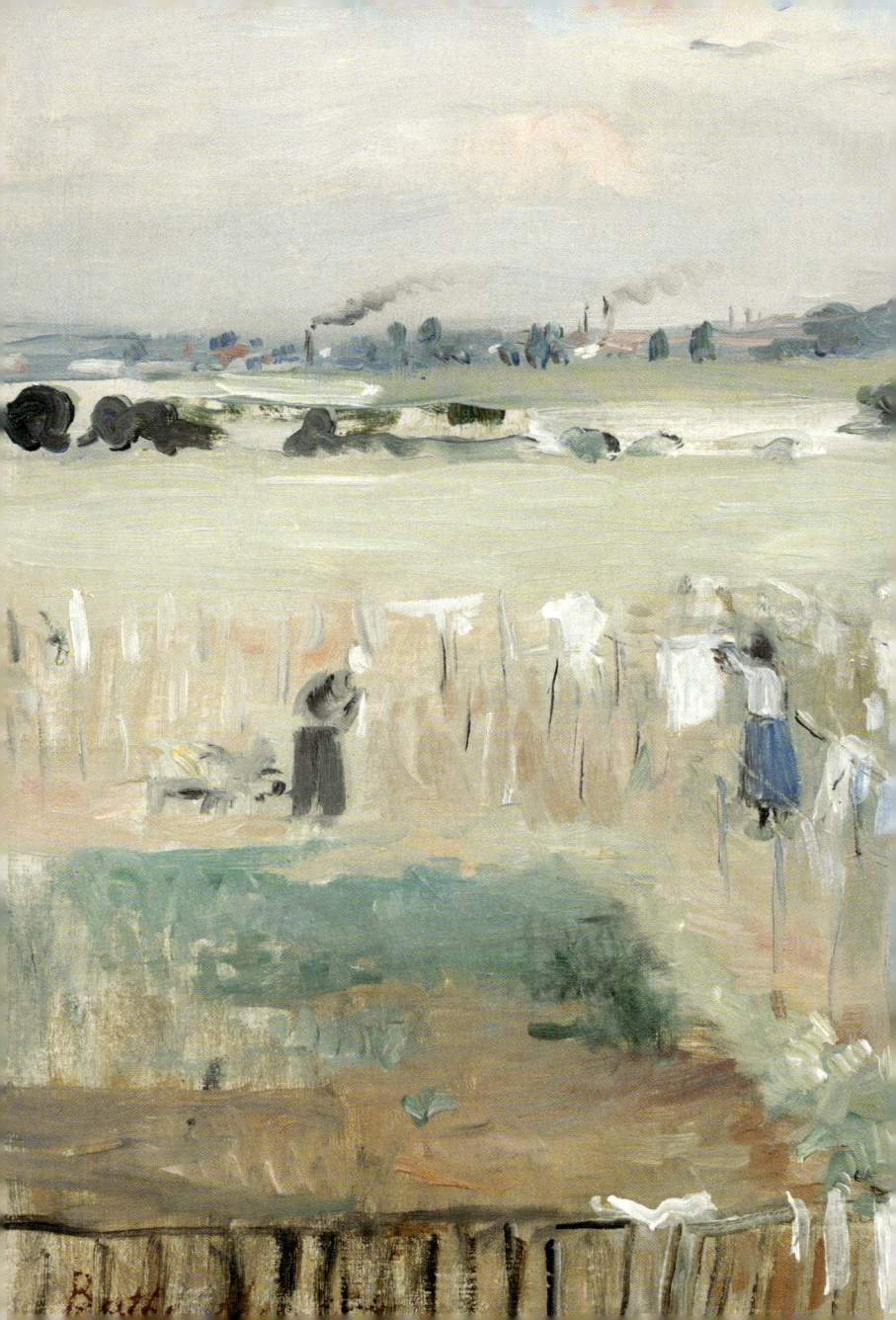

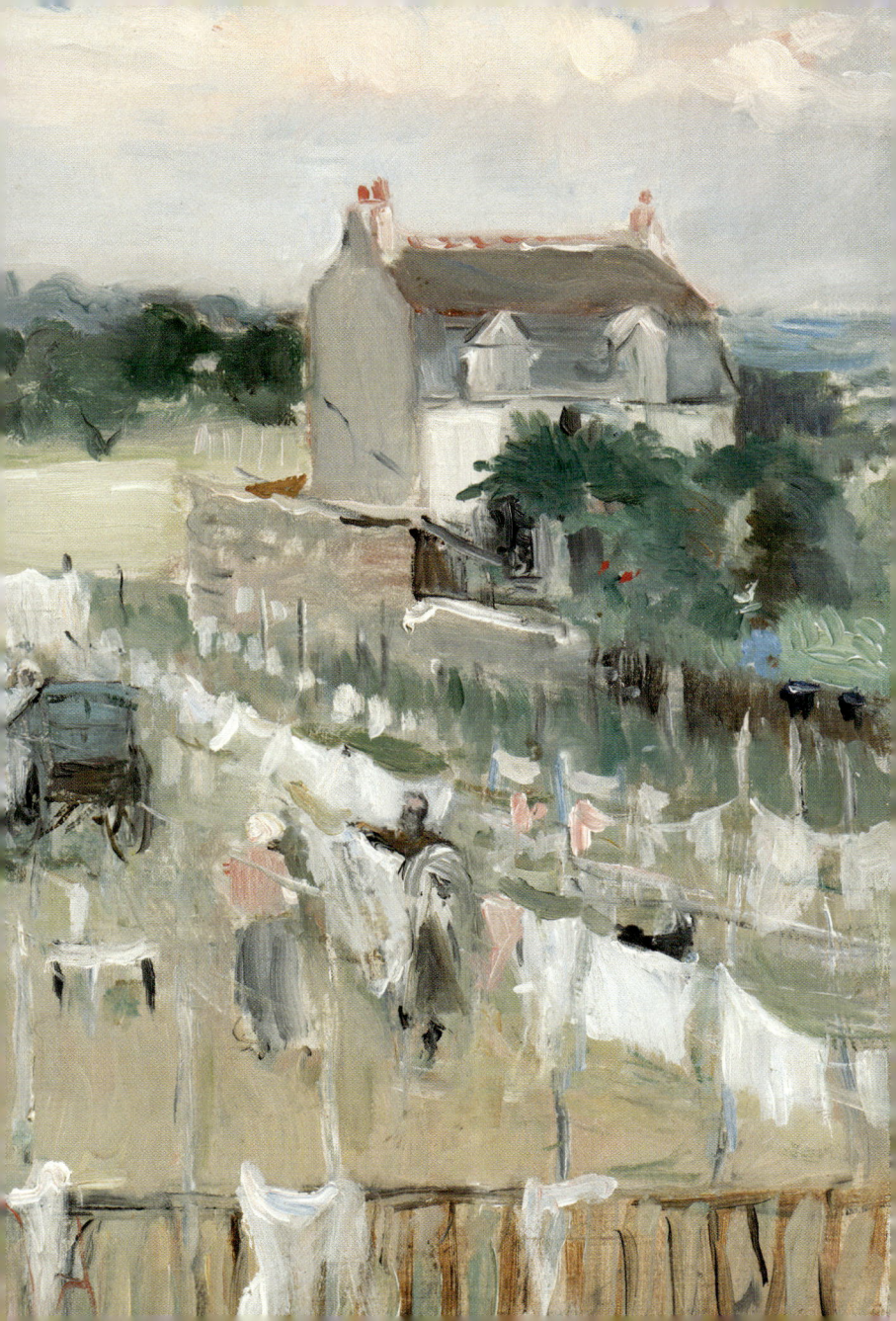

동기

노천명

언니와
밤을 밝히던 새벽은
'성사星赦'를 받는 것 같습니다.
내 야윈 뺨엔 눈물이 비 오듯 했습니다.

지금도 생각하면 눈이 뜨거워-
언니가 보고 싶어 떠나가는 날은
천릿길을 주름잡아 먼 줄도 모릅니다.

감나무 집집이 빠알간 남쪽은
말들이 거세어 '이방異邦'도 같건만
언니가 산대서

그곳은 늘상 마음에 그리운 곳입니다-

오늘도 남쪽에서 온 기인 편지
읽고 읽으면 구슬픈 사연들

'불이나 뜨뜻이 때고 있는지
외따로 너를 혼자 두고
바람에 유리문들이 우는 밤엔 잠이 안 온다'

두루마지를 잡은 채
눈물이 피잉 돌았습니다.

만가

노천명

일찍이 걷던 거리엔 그날처럼
사스임이 오고… 가고…
모퉁이 약국집 새장의 라빈도 우는데-
이 거리로 오늘은 상여가 한 채 지나갑니다.

요령을 흔들며 조용히 지나는 덴
낯익은 거리들····
엄숙히 드리운 검은 포장 속엔
벌써 시체가 된 그대 냄새가 납니다.

그대 상여 머리에 옛날을 기념하려
흰 장미와 백합을 가득히 얹어
향기로 내 이제 그대의 추기를
고이 싸려 합니다.

망향

노천명

언제든 가리라
마지막엔 돌아가리라
목화꽃이 고운 내 고향으로-

아이들이 한울타리 따는 길머리론
계림사로 가는 달구지가 조을고 지나가고
대낮에 잔나비가 우는 산골

등잔 밑에서
딸에게 편지 쓰는 어머니도 있었습니다.

동굴레산에 올라 무릇을 캐고
접종화 싱아 뺙국채 장구채
범부채 마주재 기룩이
도라지 곰취 참두릅 개두릅을 뜯던 소녀들은
말끝마다 '꽈' 소리를 찾고
개암쌀을 까며 소년들은
금방맹이 놓고 간 도깨비 얘길 즐겼습니다.

목사가 없는 교회당
회당지기 전도사가 강도상을 치며
설교하던 촌
그 마을이 문득 그리워
아라비아서 온 반마처럼
향수에 잠기는 날이 있습니다.

언제든 가리
나중엔 고향 가 살다 죽으리

모밀꽃이 하얗게 피는 곳
조밥과 수수엿이 맛있는 고을
나뭇짐에 함박꽃을 꺾어 오던 총각들은
서울 구경이 소원이더니
차도 타 보지 못한 채 마을을 지키겠네요.

꿈이면 보는 낯익은 동리
우거진 덤불에서
찔레순을 꺾다 나면 꿈이었습니다.

두 친구 / 마리 로랑생 / 1949.

노천명

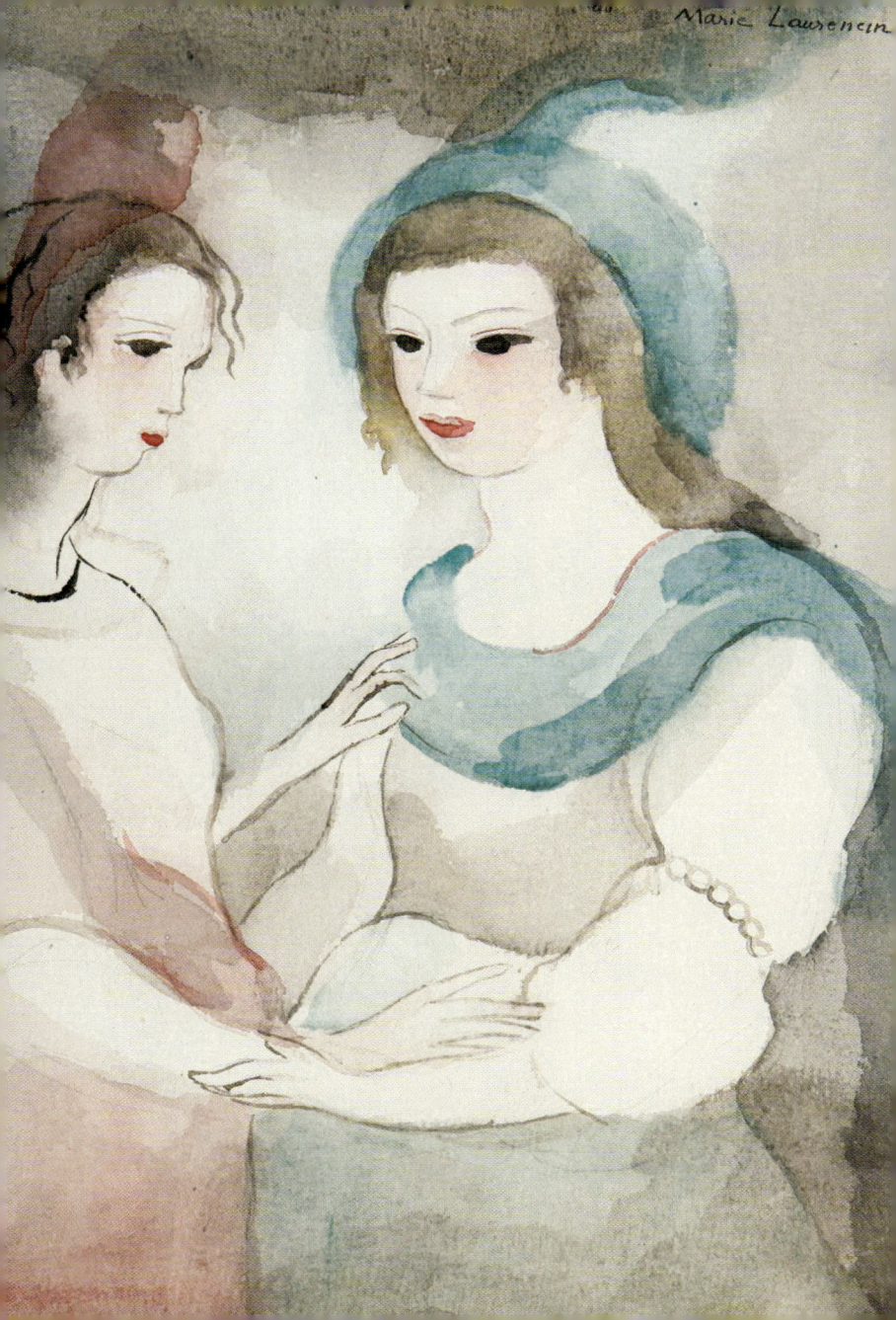

개 짖는 소리

노천명

개 짖는 소리가 들려옵니다.
마치 아는 이의 음성처럼 반갑군요.
인가가 여기선 가까운가 봅니다.

개 짖는 소리를 듣고 있으면
식구들 신발이 툇돌 위에 나란히 놓인
어느 집 다행多幸한 정경이 떠오릅니다.

날이 새면 부엌엔 밥김이 어리고
화롯가엔 찌개가 보글보글 끓고
할머니는 잔소리를 해도 좋을 테지요.

새벽녘 개 짖는 소리는
인가의 정경을 실어다 줍니다.
감방 안에서 생각하는 바깥은
하나같이 행복스럽기만 하네요.

바다에의 향수

노천명

기억에 잠긴 남빛 바다는 아득하고
이를 그리는 정열은 걷잡지 못한 채
낯선 하늘 머언 물 위에서
오늘도 떠가는 구름으로 마음을 달래 봅니다.

지금쯤 바다 저편엔 칠월의 태양이
물 위에 빛나고
기인 항해에 지친 배의 육중스런 몸뚱이는
집시-의 퇴색한 꿈을 안고
푸른 요 위에 뒹굽니다.
낯익은 섬들의 기억을 뒤적거리며‥‥

푸른 밭을 갈아 흰 이랑을 뒤에 남기며
장엄한 출범은 이 아침에도
있었을테지요‥‥
늠실거리는 파도-바다의 호흡-흰 물새-
오늘도 내 마음을 차지합니다.-

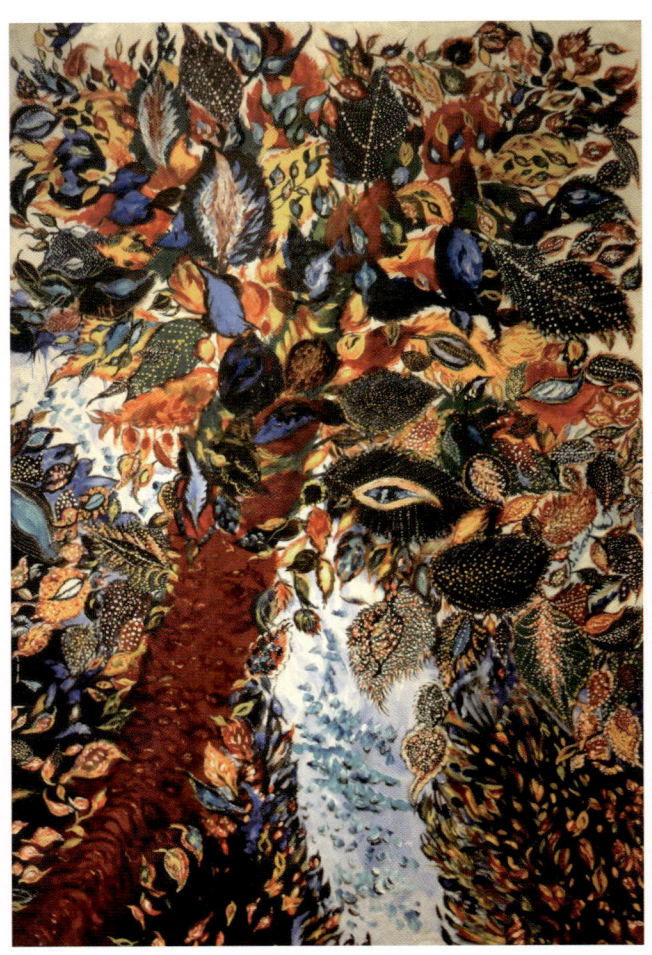

천국의 나무 / 세라핀 루이 / 1930.

노천명

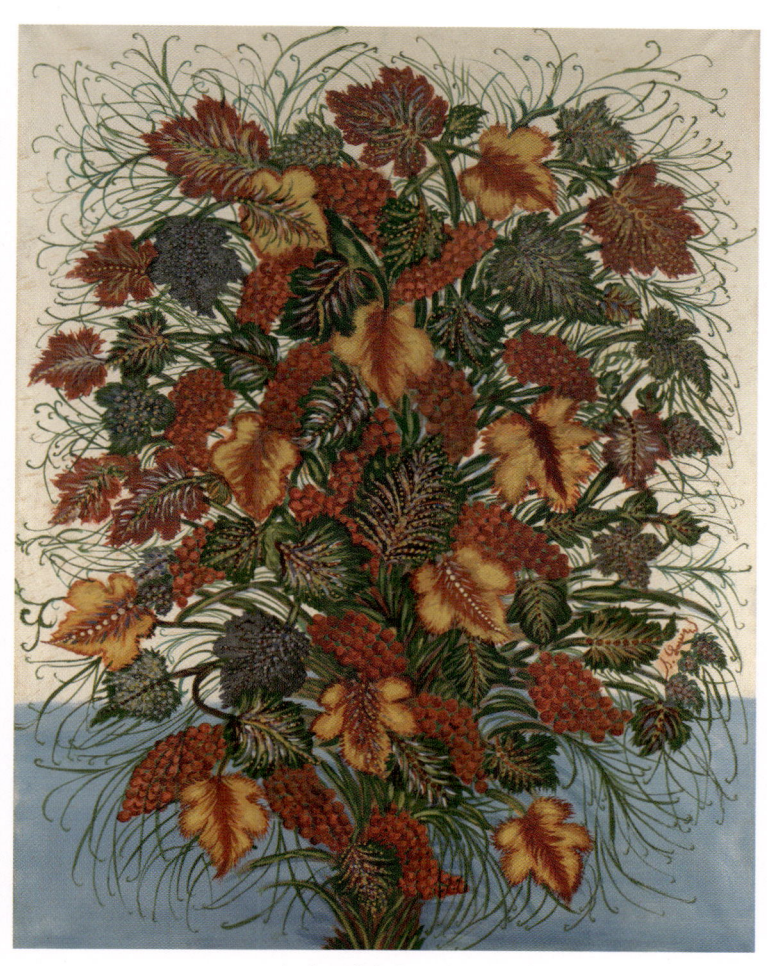

포도송이 / 세라핀 루이 / 1930.

박쥐

기인 담 밑에 옹송그리고
누워 있는 집 없는 아이들은
바람이 소스라치게 기어들 때마다
강아지처럼 웅웅대며
서로의 체온을 의지합니다.

박쥐의 날개를 얼리는 밤-
청동 화롯가엔 두 모녀의 이야기가
찬 재를 모으며 흩으며 잠든 줄 모르네요.

아들의 굳게 다문 입술이 떨리며
눈물을 삼키고 떠나던 밤- 그 밤의 광경이
어머니의 가슴엔 아프게 새겨졌습니다.

해가 바뀌는 밤에 늙은 어머니는
아들의 이름을 중얼거리며 눈물짓습니다.
젊은이가 떠난 뒤 이런 밤이 벌써 세 번째.

같은 하늘이지만 낯선 땅 한구석에선
조국을 원망하나 미워하지 못하는
정情의 칼에 어여지는 아픈 가슴이 있겠지요.

별을 쳐다보며

노천명

나무가 항시 하늘로 향하듯이
발은 땅을 딛지만 우리
별을 쳐다보며 걸어갑시다.

친구보다
좀 더 높은 자리에 있어 본댔자
명예가 남보다 뛰어나 본댔자

또 미운 놈을 혼내 주어 본다는 일
그까짓 것이 다- 무엇입니까.

그저 술 한 잔만도 못한
대수롭잖은 일들입니다.

발은 땅을 딛지만 우리
별을 쳐다보며 걸어갑시다.

모르꾸르의 정원에서 / 베르트 모리조 / 1884.

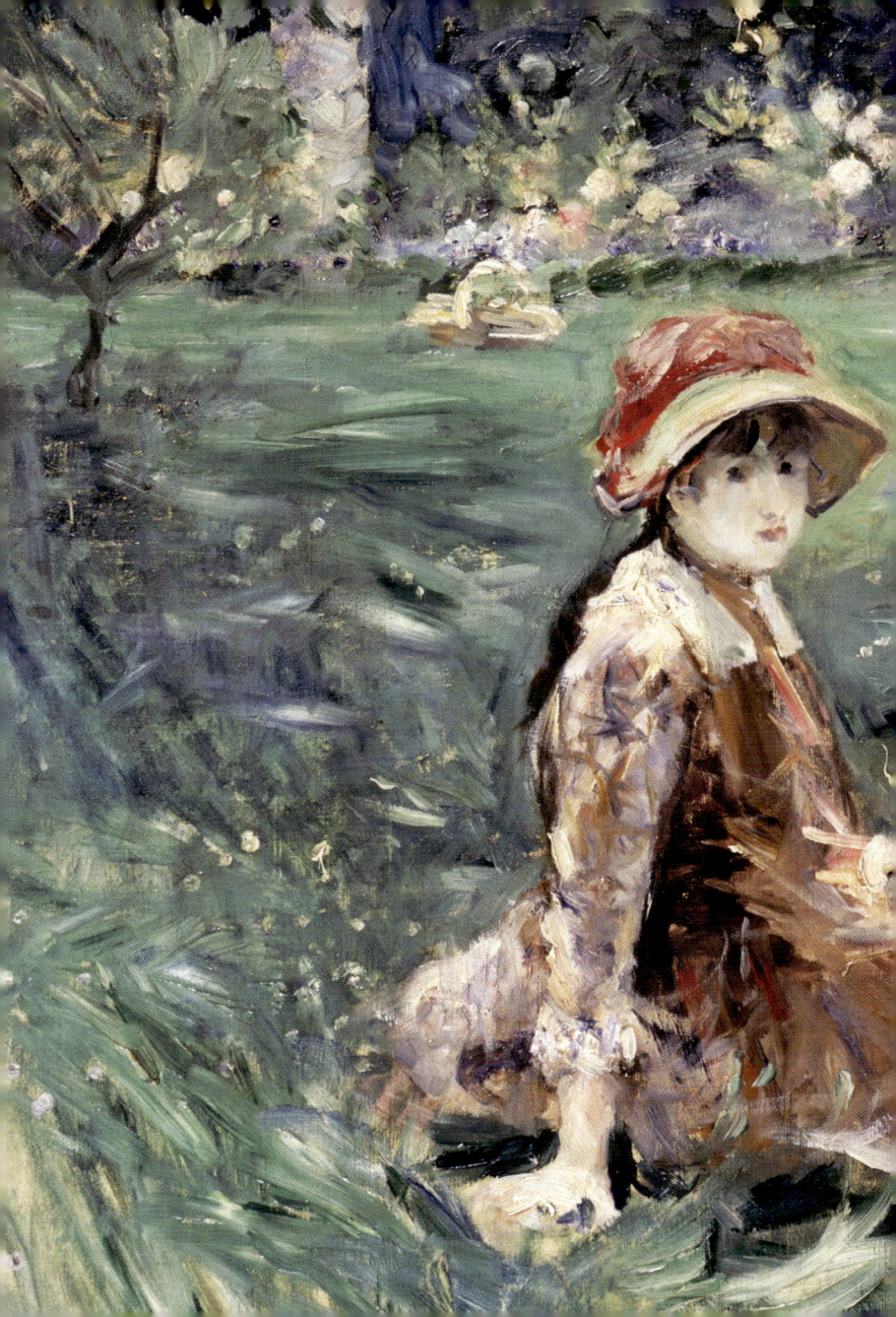

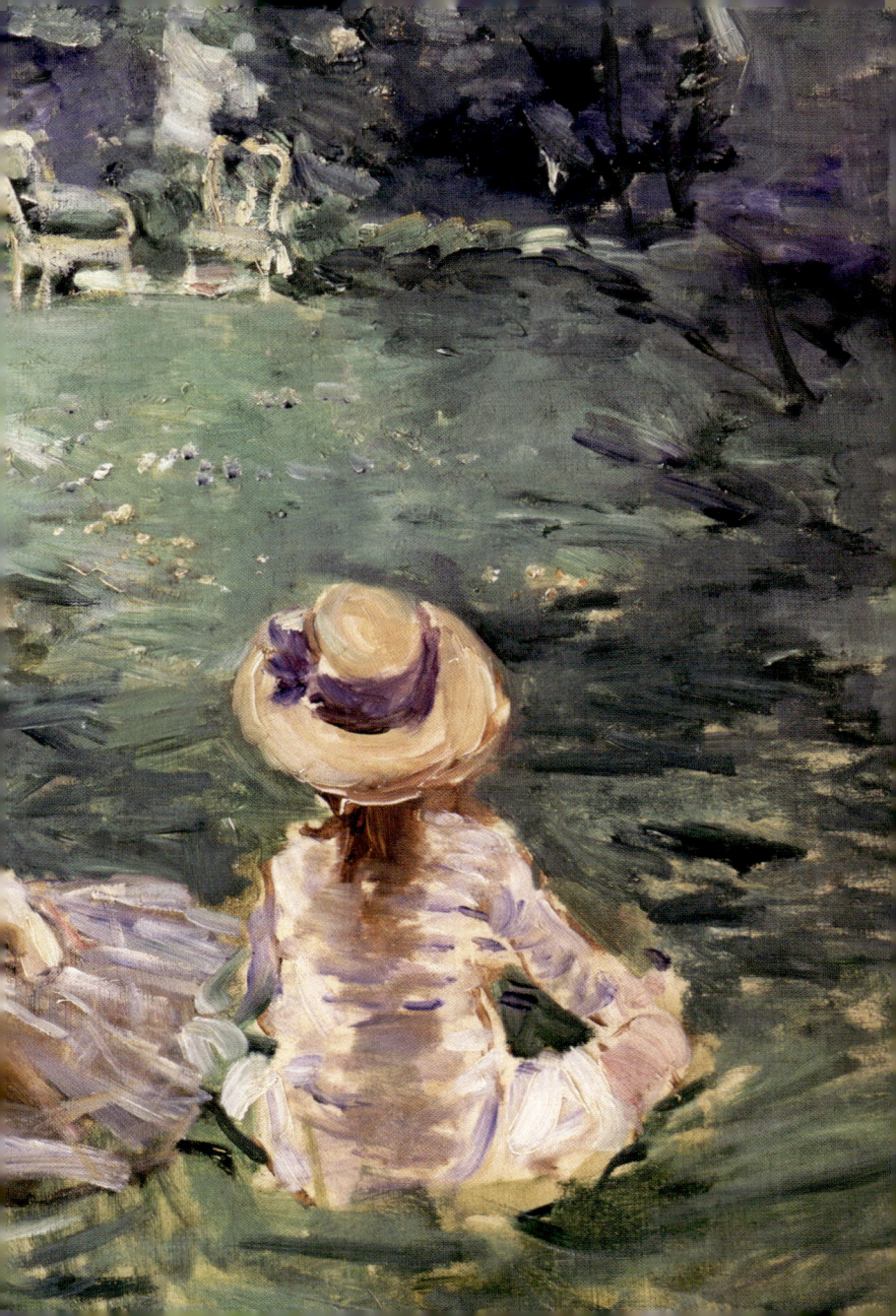

봄의 서곡

노천명

누가 오는데 이처럼들 부산스러운가요.
목수는 널빤지를 재며 콧노래를 부르고
하나같이 가로수들은 초록빛
새 옷들을 받아들었습니다.

선량한 친구들이 거리로 거리로 쏟아집니다.
여자들은 왜 이렇게 더 야단일까요.
나는 포도鋪道에서 현기증이 납니다.
삼월의 햇볕 아래
모든 이지러졌던 것들이 솟아오릅니다.
보리는 그 윤나는 머리를 풀어 헤쳤습니다.

바람이 마음대로 붙잡고 속삭입니다.
어디서 종다리 한 놈이
포루루 떠오르지 않나요.
끼어먼 살구남에 곧
올연한 분홍 '베일'이 씌워지나 봅니다.

비련송

노천명

하늘은 곱게 타고 양귀비는 피었어도
그대일래 서럽고 서러운 날들
사랑은 괴롭고 슬프기만 한 것인지요.

사랑의 가는 길은 가시덤불 고개
그 누가 이 고개를 눈물 없이 넘었을까요.
영웅도 호걸도 울고 넘는 이 고개

기어이 어긋나고 짓궂게 헤어지는
운명이 시기하는 야속한 이 길
아름다운 이들의 눈물의 고개

영지 못엔 오늘도 탑 그림자가 안 비치고
아사달은 뉘를 찾아 못 속으로 드는 거며
구슬아기 아사녀의 이 한을 어찌 푸나요.

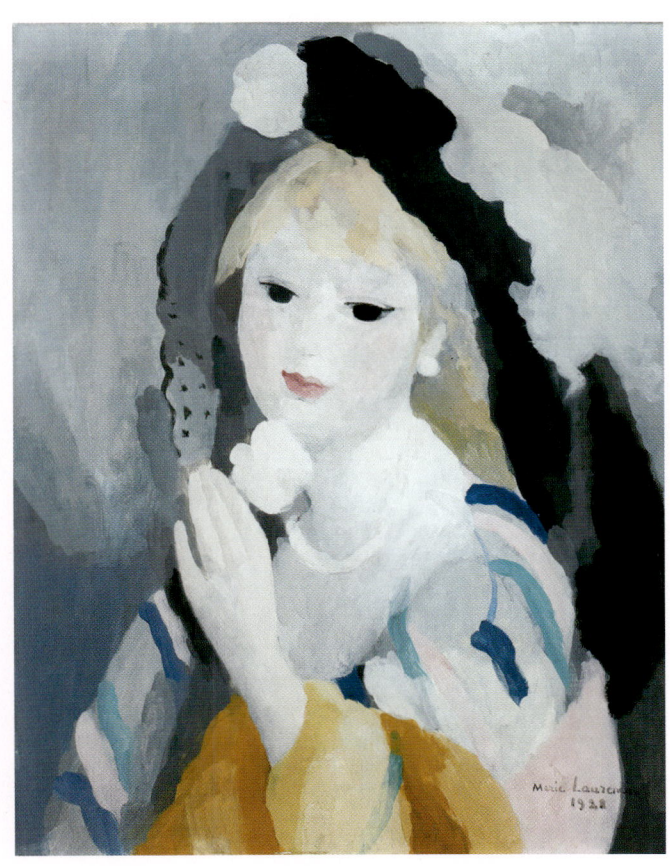

흰 장미를 든 여자 / 마리 로랑생 / 1928.

사슴

노천명

모가지가 길어서 슬픈 짐승이여
언제나 점잖은 편 말이 없군요.

관이 향기로운 너는
무척 높은 족속이었나 봅니다.

물 속의 제 그림자를 들여다보고
잃었던 전설을 생각해 내고는

어찌할 수 없는 향수에
슬픈 모가지를 하고 먼 데 산을 쳐다보는군요.

___

두 명의 어린 소녀 / 마리 로랑생 / 20세기경.

노천명

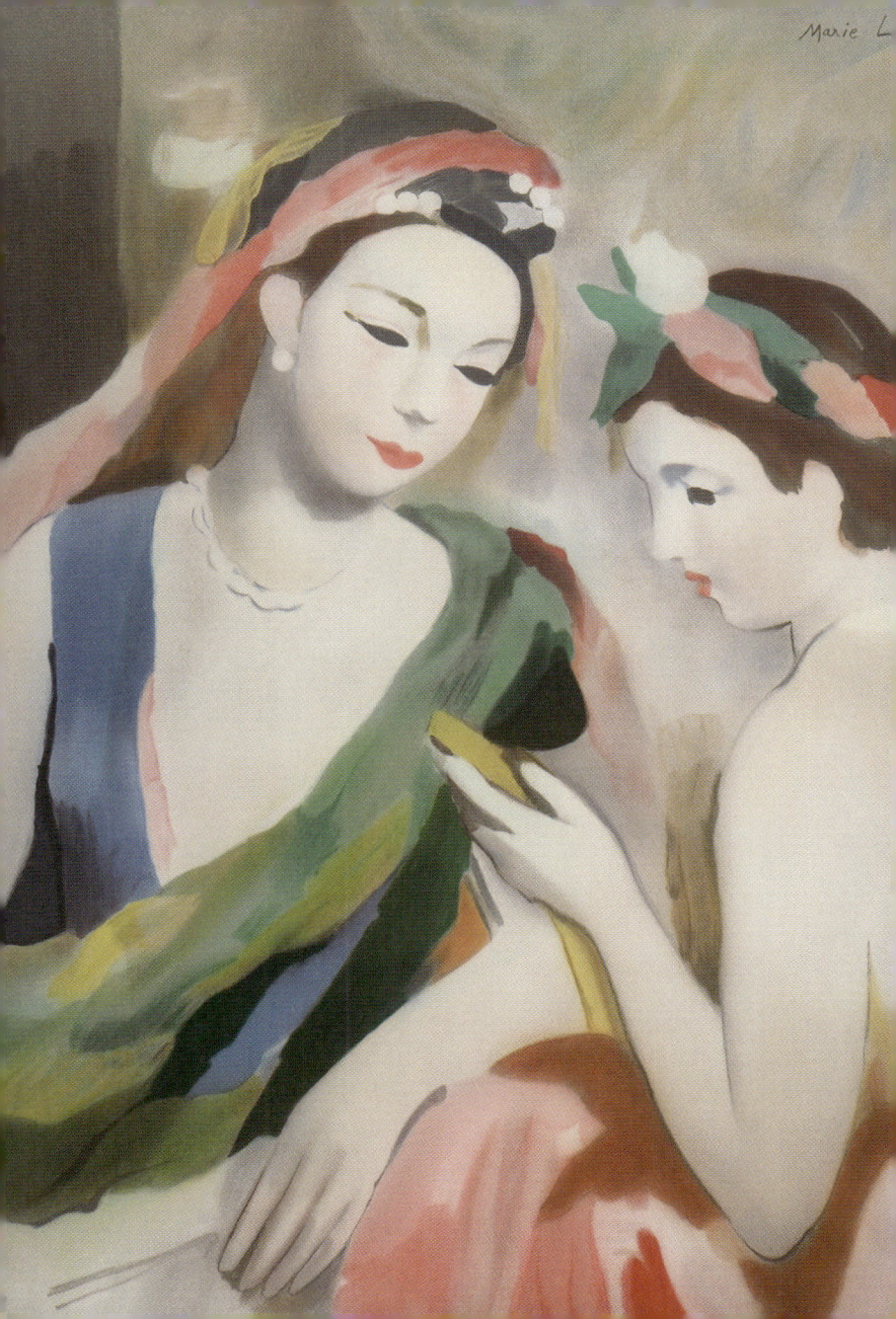

사월의 노래

노천명

사월이 오면 사월이 오면은‥‥
향기로운 라일락이 우거지겠지요.
희색빛 우울을 걷어 버리고
가지 않겠습니까, 나의 사람아
저 라일락 아래로- 라일락 아래로

푸른 물 다담뿍 안고 사월이 오면
가냘픈 맥박에도 피가 더하리니
나의 사랑아, 눈물을 걸읍시다.
청춘의 노래를, 사월의 정열을
드높이 기운차게 불러 보지 않겠습니까.

앙상한 얼굴의 구름을 벗기고
사월의 태양을 맞기 위해
다시 거문고의 줄을 골라
내 노래에 맞추지 않겠습니까. 나의 사람아!

푸른 오월

노천명

청자빛 하늘이
육모정 탑 위에 그린 듯이 곱고
연못 창포 잎에
여인네 맵시 위에
감미로운 첫여름이 흐릅니다.

라일락 숲에
내 젊은 꿈이 나비처럼 앉는 정오에
계절의 여왕 오월의 푸른 여신 앞에
내가 웬일로 무색하고 외롭군요.

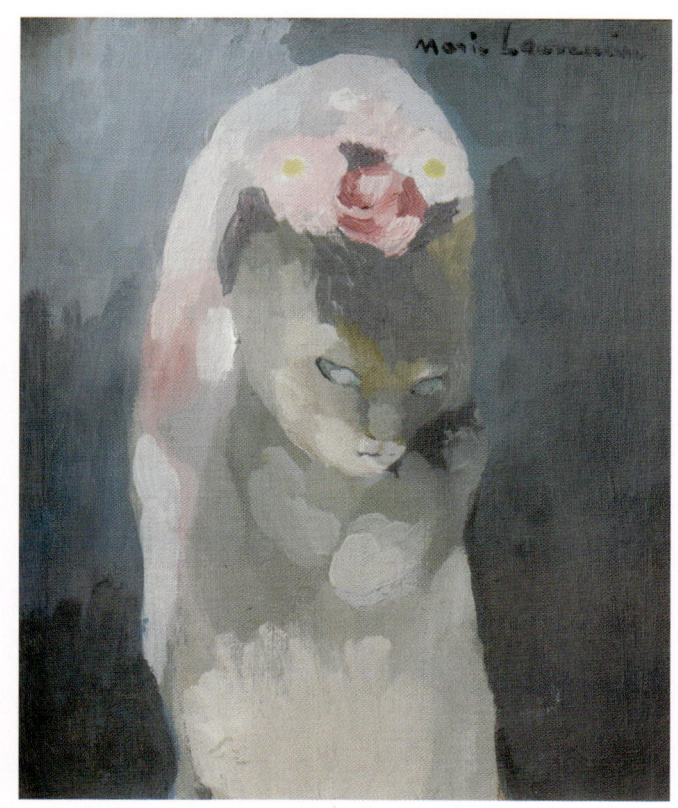

고양이 / 마리 로랑생 / 1943.

산염불

노천명

산염불 소리 꺾이어 넘어가면
커-단히 떠오르는 얼굴이 있어
우정 산염불 틀어 놓고는
우는 바람이 있습니다.

비인 주머니하고 풀 없이 다니던 일
쩌릿하니 가슴에다 못을 칩니다.
지금쯤 어느
쥐도 새끼를 안 친다는 그 땅광에서

남쪽 하늘을 그리며
큰 눈을 껌벅이고 있는지
겁먹은 눈을 뜬 채 또 쓰러져버렸는지-

밀물처럼 가슴 속으로 몰려드는 향수를
어찌하는 수 없어
눈은 먼 데 하늘을 봅니다.

기인 담을 끼고 외딴 길을 걸으며 걸으며
생각이 무지개처럼 핍니다.

풀냄새가 물큰
향수보다 좋게 내 코를 스치고
청머루순이 뻗어 나오던 길섶에서
어디에선가 하나절 꿩이 울고

나는 활나무 혼잎나물 적갈나물
참나물을 찾던-
잃어버린 날이 그립지 아니한가요.
나의 사람아
아름다운 노래라도 부릅시다.
서러운 노래를 부릅시다.

보리밭 푸른 물결을 헤치며
종달새처럼 내 마음은
하늘 높이 솟는군요.
오월의 창공이여
나의 태양이여

분홍색 옷을 입은 여성 / 마리 로랑생 / 20세기경.

노천명

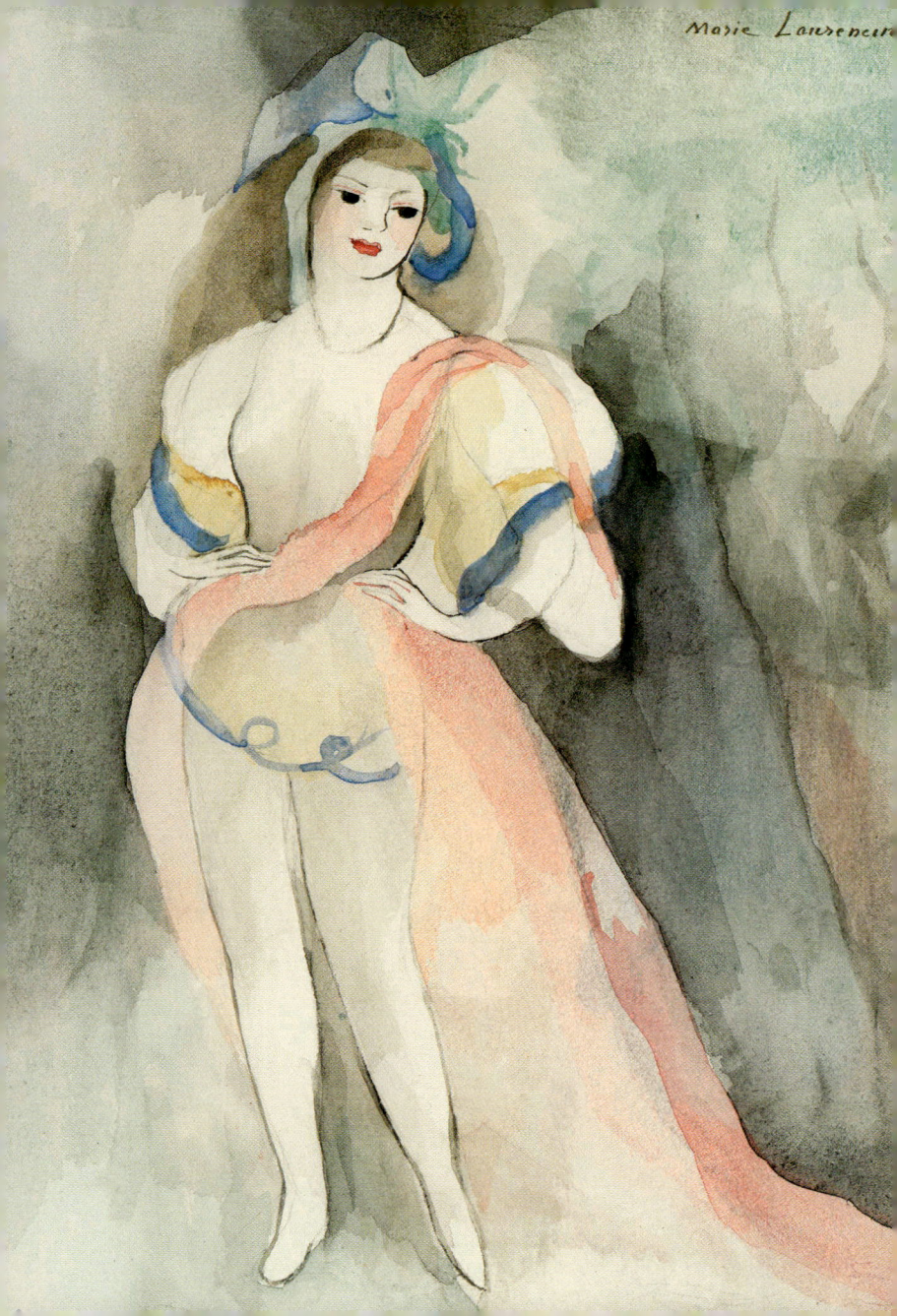

성묘

노천명

어찌타 가시는 임
정은 남겨 두신고
가배절을 당하오니
옛 설움이 새롭군요.

쓰린 마음을 굳이 안고
누우신 곳을 찾았건만
애달프다 어이 몰라 하시는지요.
키 큰 풀 우거진 양
더욱 쓸쓸하군요.

간장에 맺힌 설움을
풀 길이 바이 없어
더운 눈물을 뿌려
마른 잎을 축입니다.

온 것조차 모르시니
애달픈 이 마음이랴
눈 들어 먼 산을 보니
안개는 어이 가라는 건지요.
발 밑의 흰 떨기도
눈물에 젖어 있네요.

소녀

노천명

'어디를 가십니까'
노타이 청년의 평범한 인사에도

포도주처럼 흥분함은
대체 무슨 까닭입니까.

머지 않아 아가씨 가슴에도
누가 산도야지를 놓겠군요.

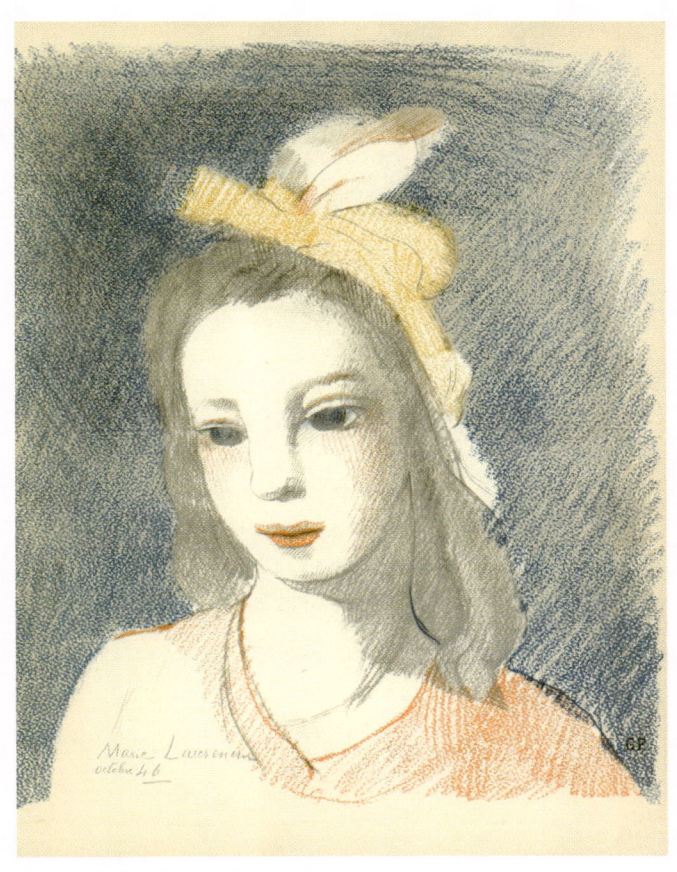

젊은 초상화 / 마리 로랑생 / 20세기경.

수수 깜부기

노천명

깜부기는 비가 온 뒤라야 잘 패집니다.
아이들이 깜부기를 찔러
참새 떼처럼 수수밭으로들 밀려갔네요.

밭고랑에 가 들어서
꼭대기를 쳐다보다

희끗 깜부기를 찾아내는 때는
수숫대는 사정없이 휘며 숙여집니다.

깜부기를 먹고 난 입은
까암해 자랑스러웠지요.

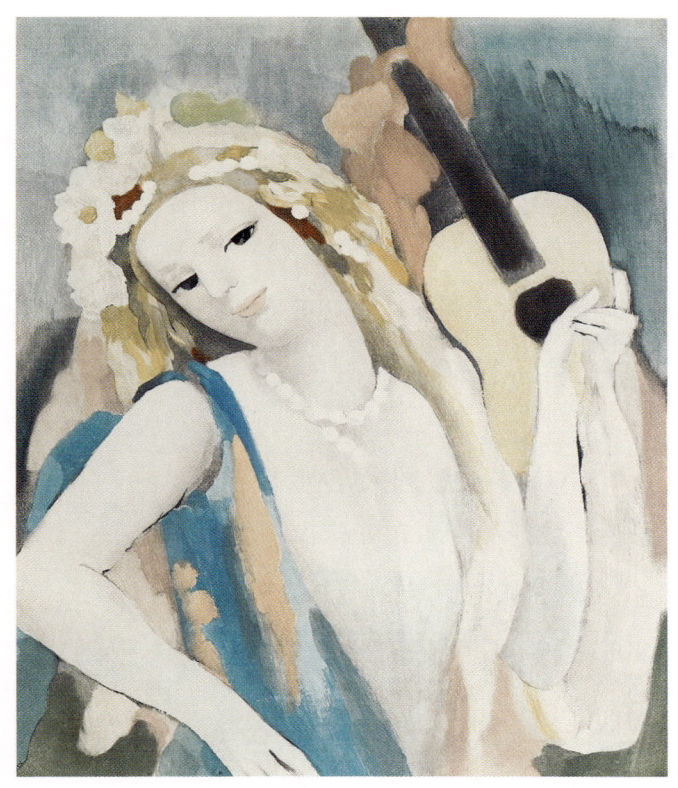

기타를 든 여성 / 마리 로랑생 / 1940.

슬픈 그림

노천명

보랏빛 포도알처럼 떫은 풍경-
애드벌룬에는 '아담과 이브시대'의
사진 예고다
아스파라거스처럼 늘 산뜻한 걸 즐기는 시악씨
오얏나무 아래서 차라리 낮잠을 잤네요.

바느질 대신 아프리카종의
고양이를 데리고 놉니다.
구두를 벗고 파초잎으로 발을 싸 봅니다.
하나 시악씨는 문득 무엇이 생각날 때면

붉은 산호 목걸이도 벗어 던지고
아무도 달랠 수 없이
울어 버리는 버릇이 있답니다.

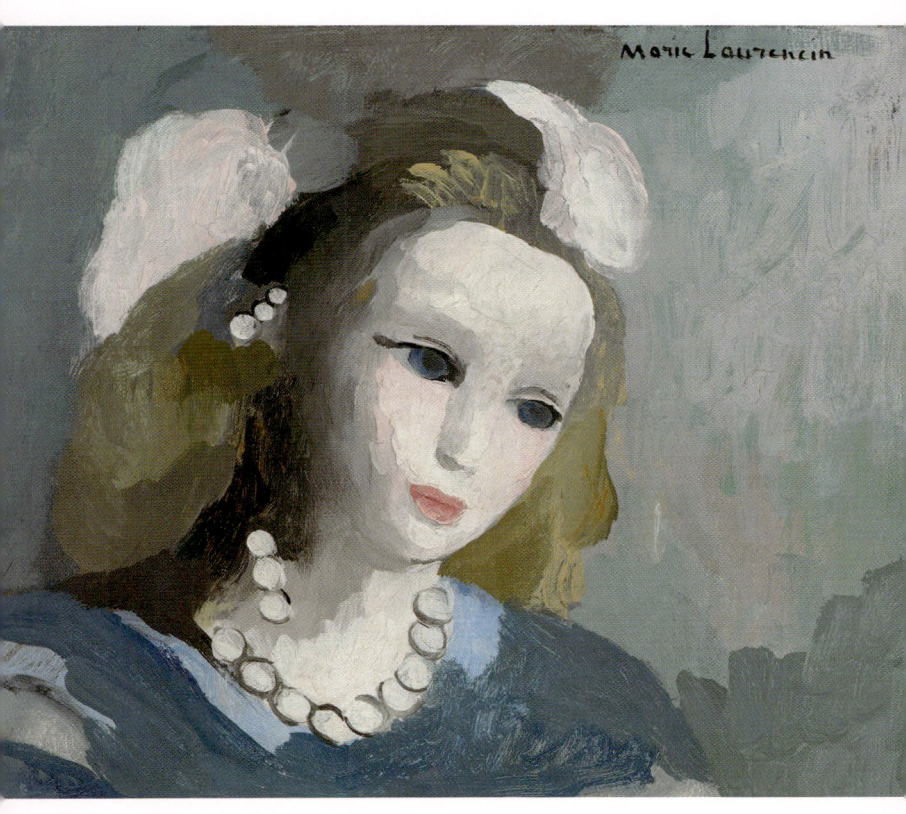

여인의 머리 / 마리 로랑생 / 1935.

아—무도 모르게

노천명

아-무도 모르게 누구도 몰래
멀리 멀리 가 버리고 싶은 날이 있어
메에 올라 낯익은 마을을 굽어 보다

빨-간 고추가 타는 듯 널린 지붕이-
쨍이를 잡는 아이들의 모습이-
차마 눈에서 안 떨어져

한나절을 혼자 산 위에 앉아 봅니다.

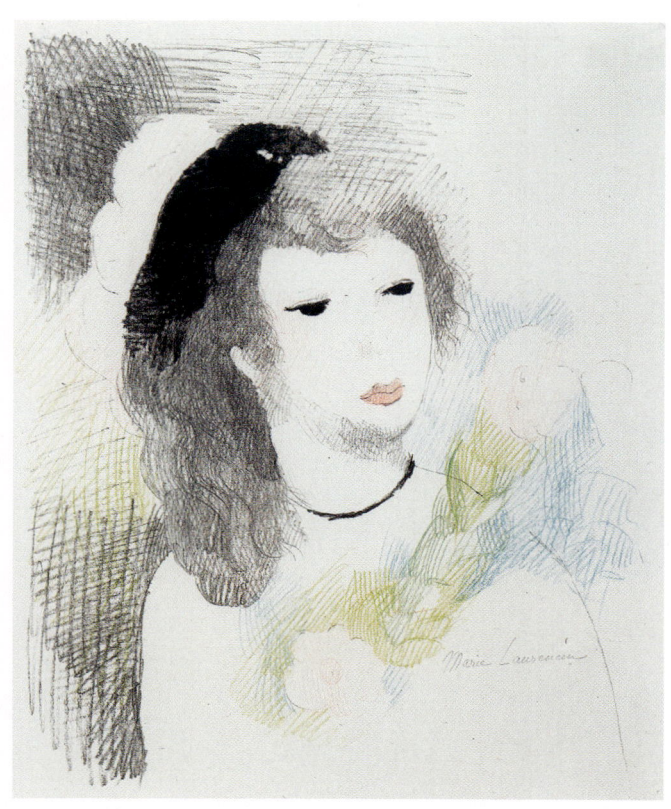

엘리스 / 마리 로랑생 / 1930.

출범

노천명

기선이 떠나고 난 항구에는
끊어진 테잎들만 싱겁게 구르고
아무렇지도 않았던 것처럼····
바다는 다시 침묵을 쓰고 누웠습니다.

마녀의 불길한 예언도 없었건만
건너기 어려운 바다를 사이에
두기로 했답니다.
마지막 말을 삼키고····

영영 떠나 보내는 마음도 실은
강하지 못했지요.
선조 때 이 지역은 저주를 받는 일이 있어
비극이 머리 들기 쉬운 곳이랍니다.

검푸른 칠월의 바닷가 모랫불-

늙은 소라 껍데기 속엔

이야기 하나가 더 불었습니다.

물을 차는 제비처럼 가벼웠으면‥‥하나

마음의 마음은 광주리 속을 자꾸 뒤적거려

배가 나간 뒤도

부두를 떠나지 못하는 부은 맘은

바다 저편에 한여름 흰 꿈을 새우고 맙니다.

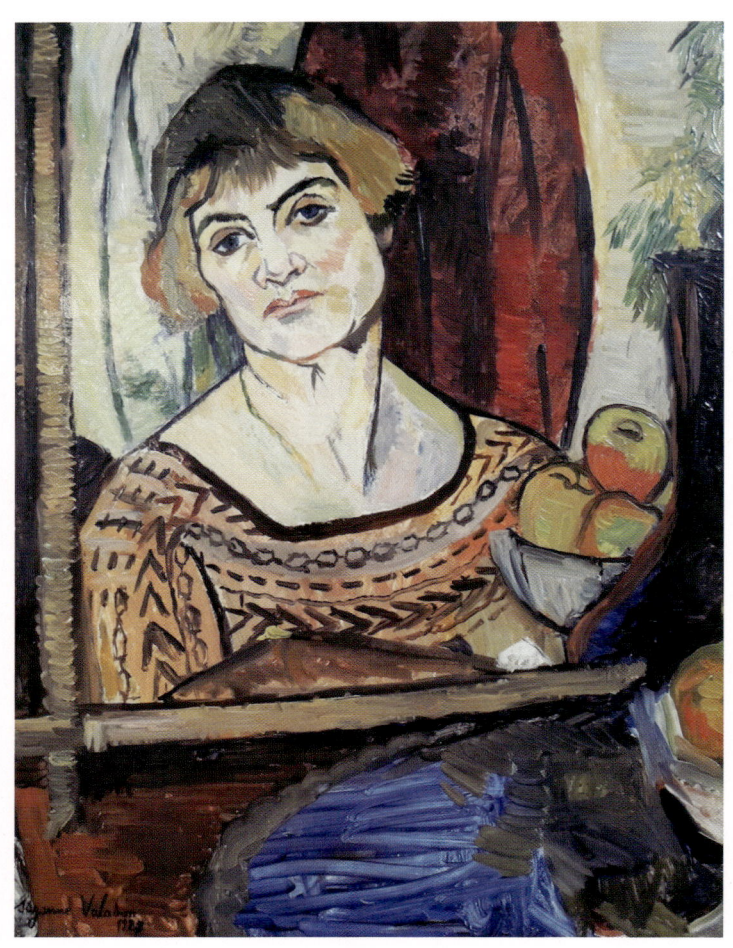

자화상 / 수잔 발라동 / 1927.

노천명

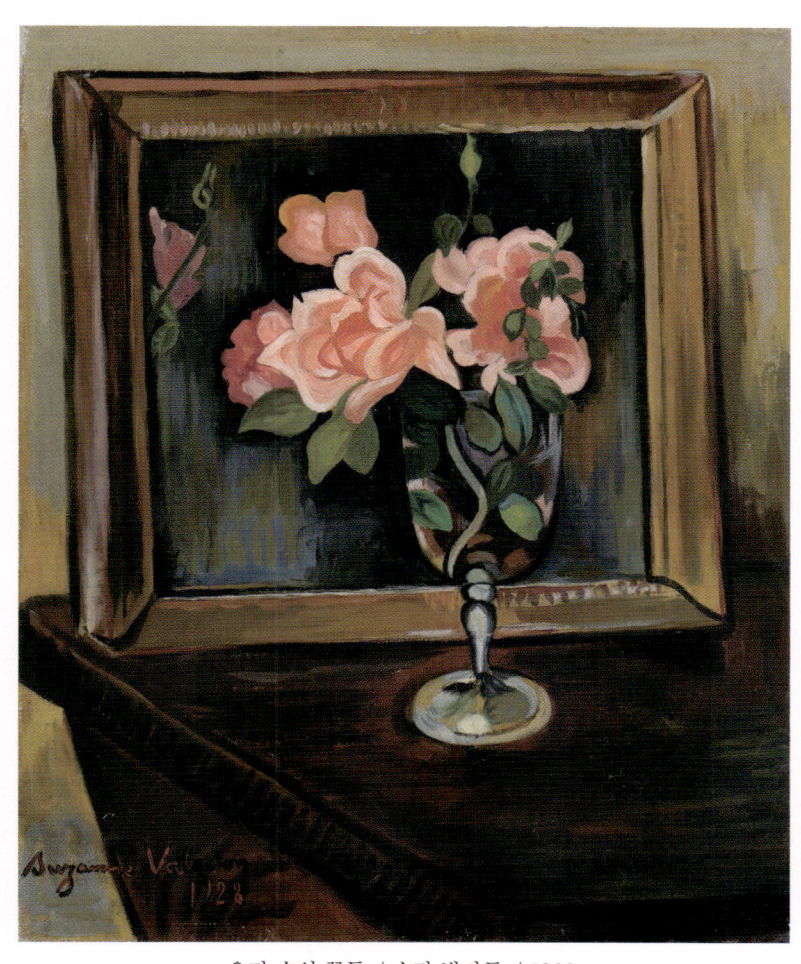

유리 속의 꽃들 / 수잔 발라동 / 1928.

아름다운 새벽을

노천명

내 가슴에선 사정이 장미가 뜯겨지고
멀쩡하니 바보가 되어 서 있습니다.

흙바람이 모래를 끼얹고는
껄껄 웃으며 달아납니다.
이 시각에 어디에서 누가 우나 봅니다.

그 새벽들은 골짜구니 밑에 묻혀 버렸으며
연인은 이미 배암의 춤을 추는 지 오래고
나는 혀끝으로 자를 것을 단념했습니다.

사람들이 이젠 종소리에도 깨일 수 없는
악의 꽃 속에 묻힌 밤에

여기 저도 모르게 저지른 악이 있고
남이 나로 인하여 지은 죄가 있을 테지요.

성모 마리아여
임종모양 무거운 이 밤을 물리쳐 주소서.
그리고 아름다운 새벽을

저마다 내가 죄인이노라 무릎 꿇을—
저마다 참회의 눈물 뺨을 적실—
아름다운 새벽을 가져다 주소서.

테세우스에게 버림받은 아리아드네 / 안젤리카 카우프만 / 1774.

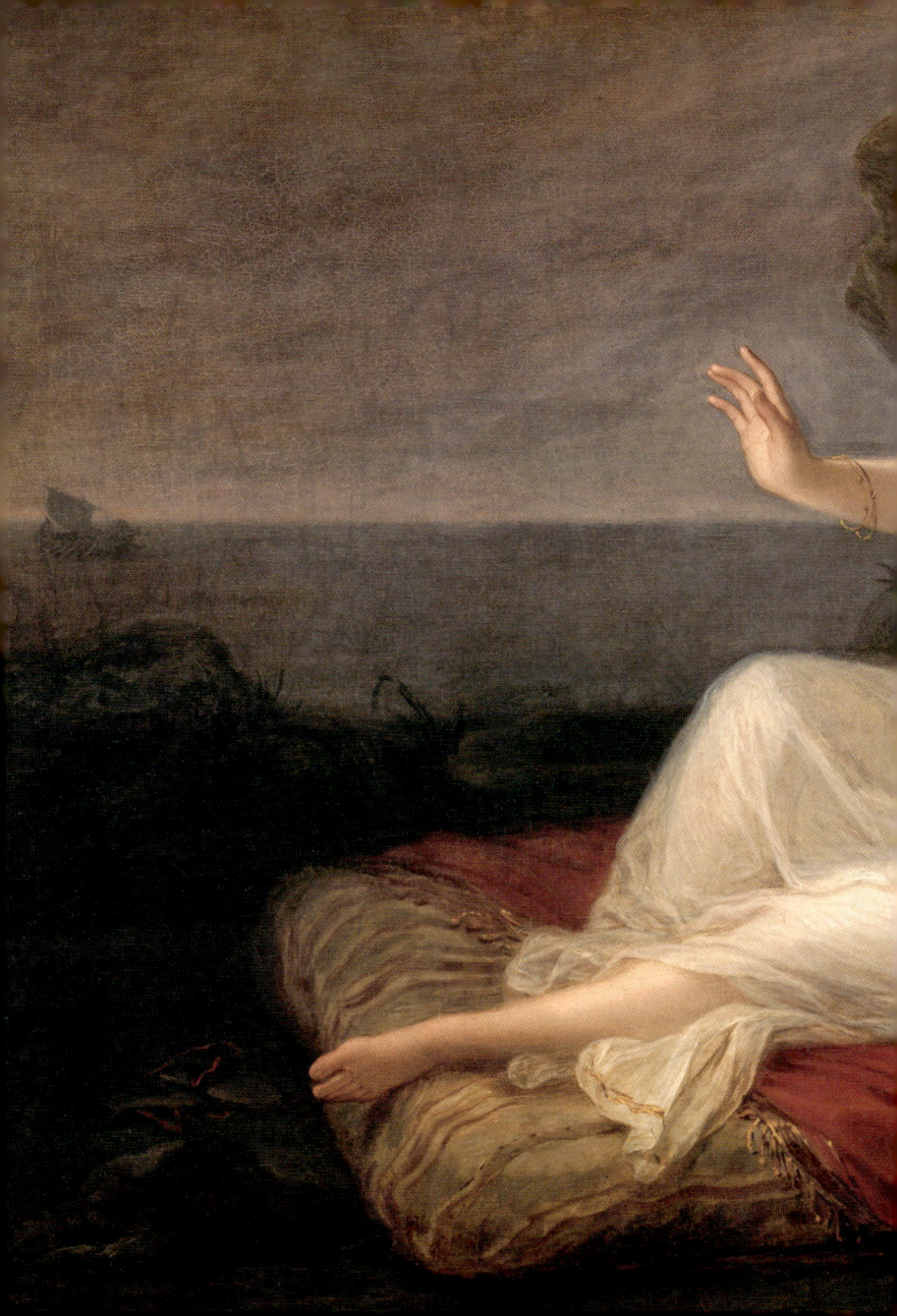

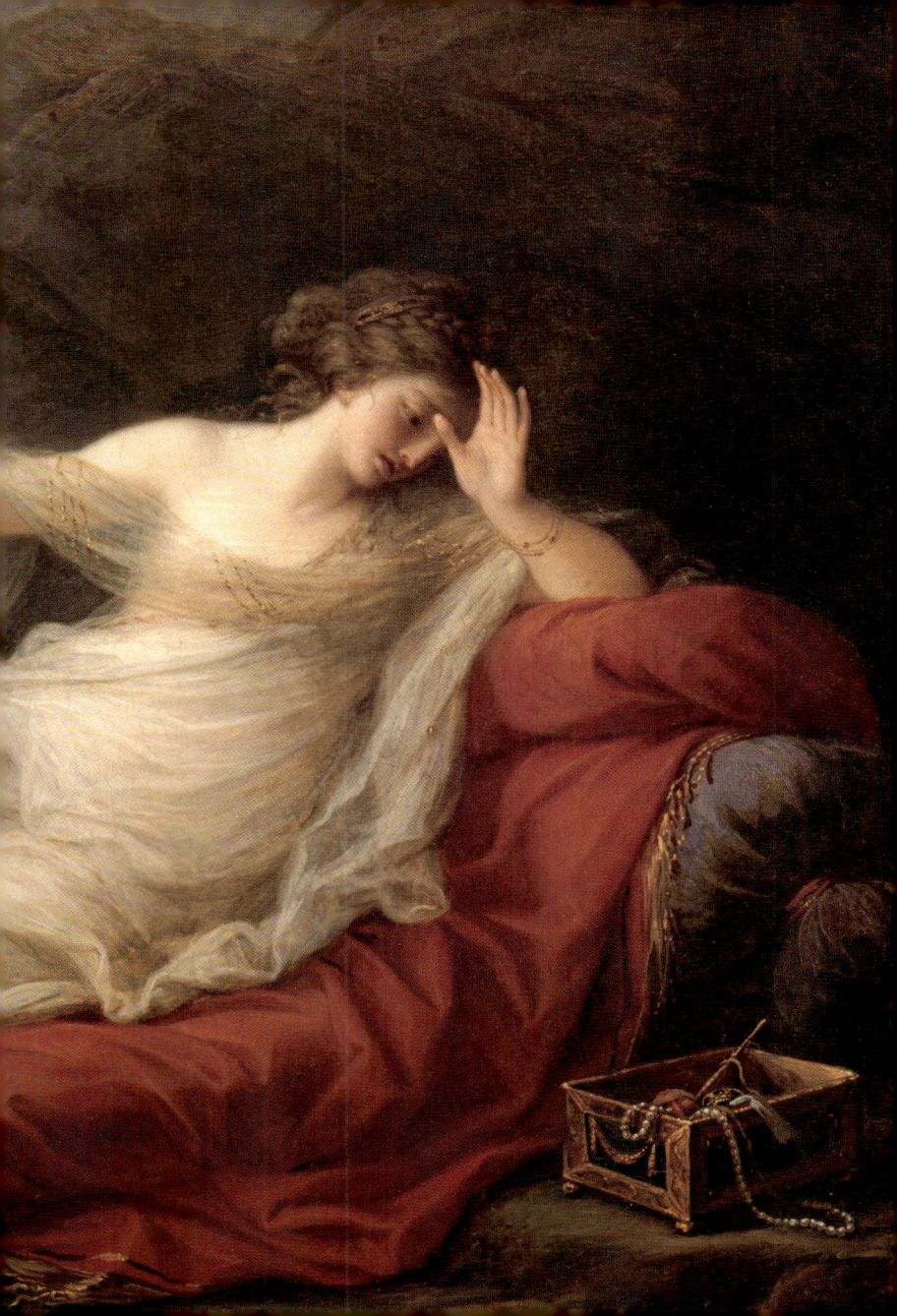

아름다운 얘기를 하자

아름다운 얘기를 좀 합시다.
별이 자꾸 우리를 보지 않나요.
닷돈짜리 왜떡을 사 먹을 때도
살구꽃이 환한 마을에서
우리는 정답게 지냈잖아요.

성황당 고개를 넘으면서도
우리가 서로 의지하면 든든했지요.
하필 옛날이 그리울 것이냐만
네 안에도 내 속에도 시방은
귀신이 뿔을 돋쳤기에

병든 너는 내 그림자

미운 네 꼴은 또 하나의 나

어쩌자는 얘기인가요,

너는 어쩌자는 얘기인가요.

별이 자꾸 우리를 보지 않나요.

아름다운 얘기를 좀 합시다.

다섯 명의 어린 소녀 / 마리 로랑생 / 20세기경.

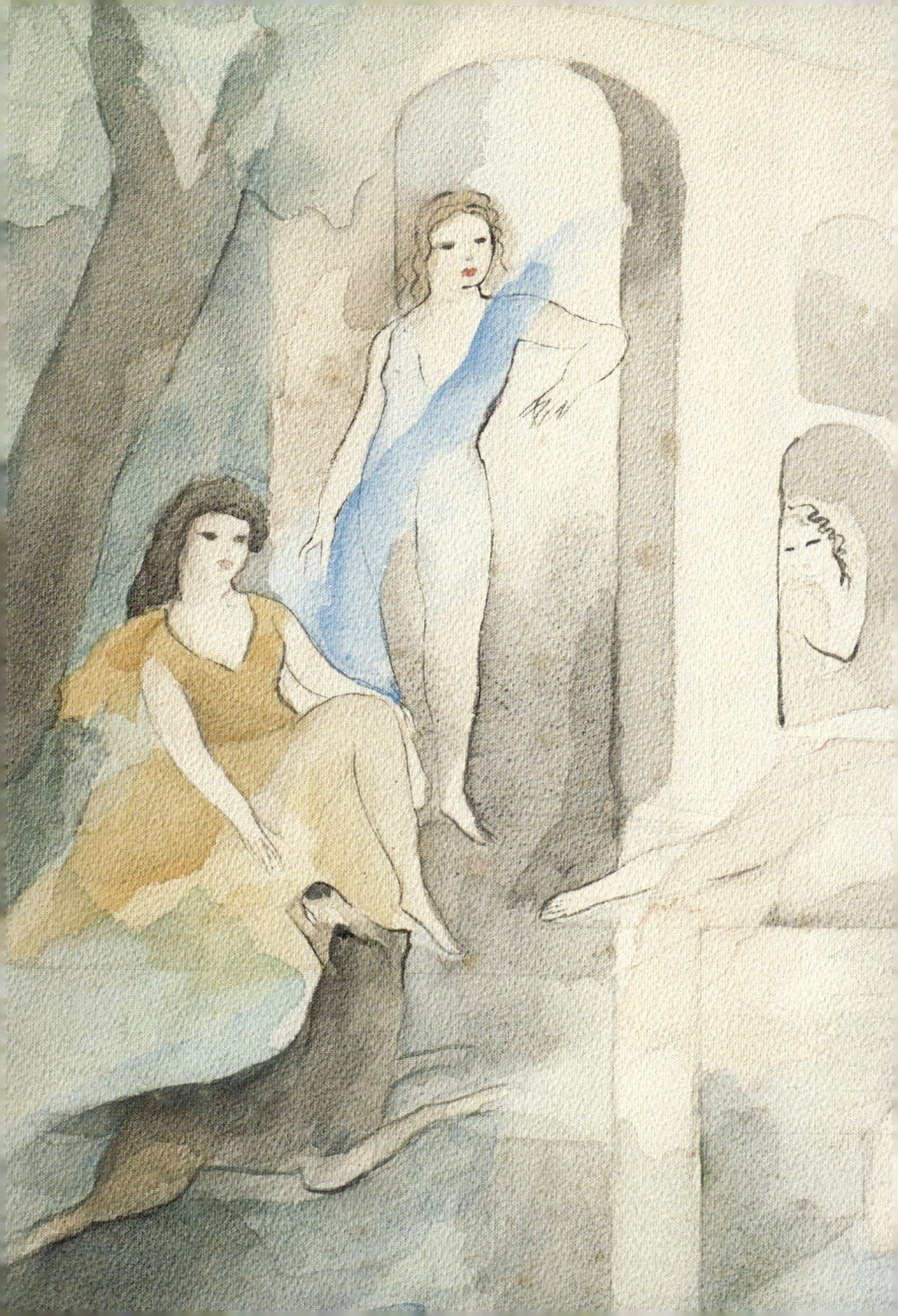

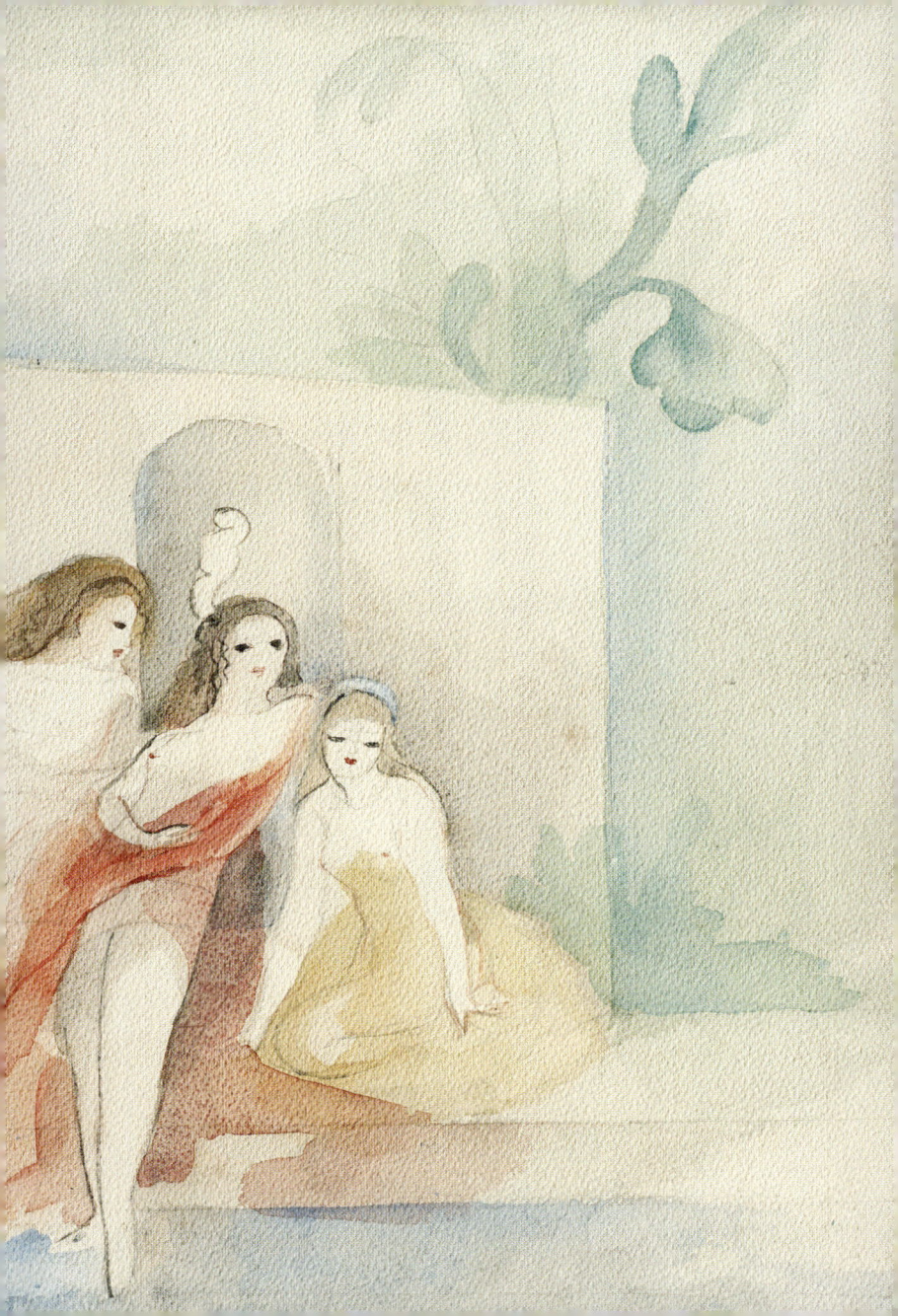

춘향

노천명

검은 머리채에 동양여인의 '별'이 깃듭니다.
'도련님 인제 가면 언제나 오실라우
벽에 그린 황계 짧은 목 길게 늘여
두 날개 탁탁 치고 꼬끼오 하면 오실라우

'옥빛이야 변할랍디어'
옥가락지 위에 아름다운 전설을 걸어놓고
춘향은 사랑을 위해 형틀을 졌습니다.

옥 안에서 그는 춘(春) 꽃보다 더 짙었답니다.
밤이면 삼경을 타 초롱불을 들고
향단이가 찾았네요.
춘향 '야이 향단아 서울서 뭔 기별 없디야'

향단 '기별이라우? 동냥치 중에 상동냥치
돼 오셨어라우'
춘향 '야야 그것이 뭔 소리라냐 ──
행여 나 없다 괄세 말고
도련님께 부디 잘해 드려라'

무릇 여인 중 너는
사랑할 줄 안 오직 하나의 여인이었지요.

눈 속의 매화 같은 계집이여
칼을 쓰고도 너는 붉은 사랑을
뱉어버리지 않았습니다.
한양 낭군 이도령은 쑥스럽게
'사또'가 되어 오지 않아도 좋았을 겁니다.

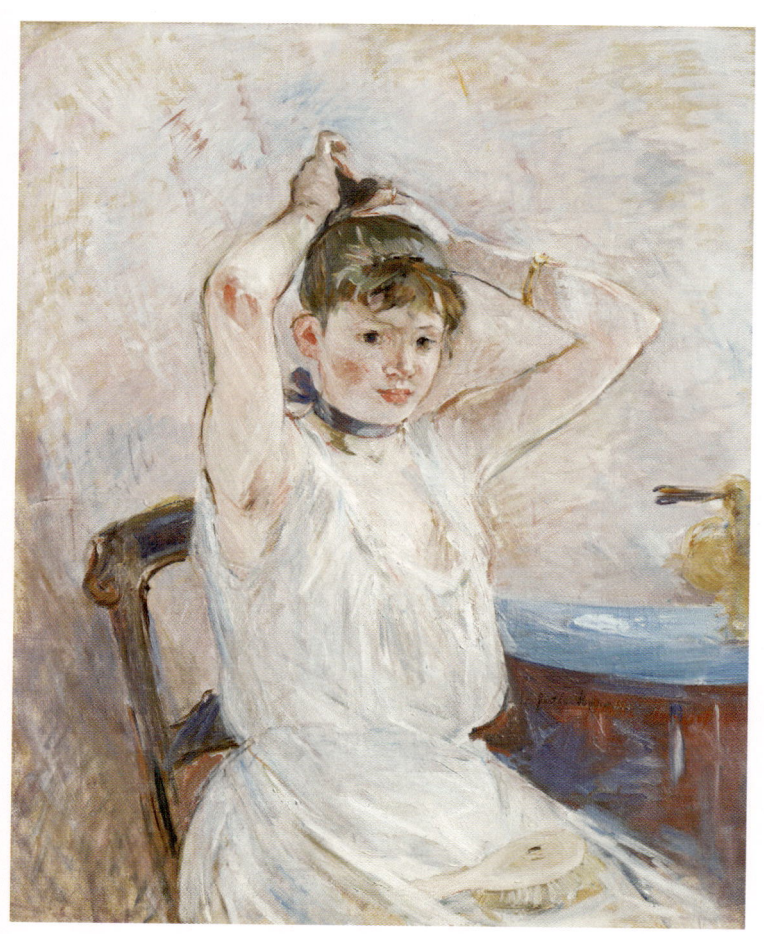

목욕 / 베르트 모리조 / 1886.

노천명

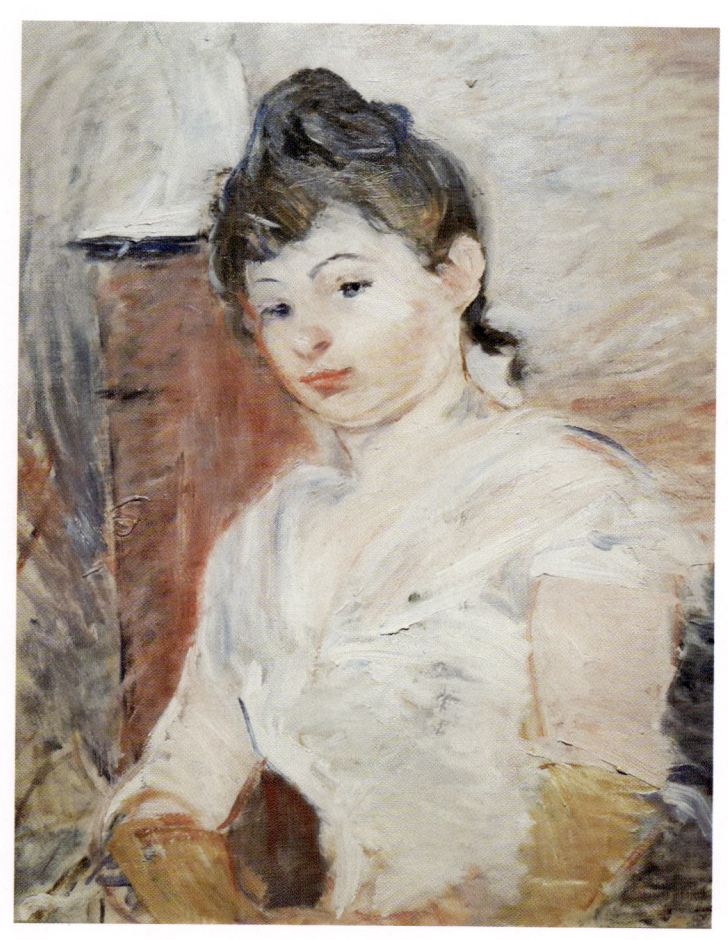

백인소녀 / 베르트 모리조 / 1891.

어떤 친구에게

노천명

같은 별 아래 태어난 여인이기에
너와 나는 함께 울었고 같이 웃었습니다.
너를 찾아 밤길을 간 것도
내 가슴을 펼 수 있는
네 가슴이었기 때문이지요.-

대학 교정에서 그대를 만났을 때
내 눈은 신록을 본 듯 번쩍 띄었고
손길을 잡게 되던 날 내 가슴은 뛰었답니다.
그대와 나는 자매별처럼 빛났지요.

어떤 사람은 너를 더 빛난다 했고
다른 이는 또 나를 더 좋다 했습니다.
너와 나 같은 동산에 서지 않았던들
너 나를 이런 곳에 밀어 넣지는 않았을 것이고

우리는 얼마나 더 정다웠을까요.

여인부

노천명

미용사에게
결발을 읽히는 대신
무릇 여인이여
온달에게서 '바보'를 배우길.
총명한 데에 여인은
가끔 불행을 지녔네요.

진실로 아리따운 여인아
네 생각이 높고 맑기에
저 구월의 하늘같고
가슴에 지닌 향랑보다

너는 언제고 마음이 더 향기롭군요.

여인 중에 학처럼
몸을 갖는 이가 있어 보십시오.
물가 그림자를 보고 외로워도 좋답니다.
해연은 어디다 집을 짓는지 아시는지요.

세 명의 어린 소녀 / 마리 로랑생 / 20세기.

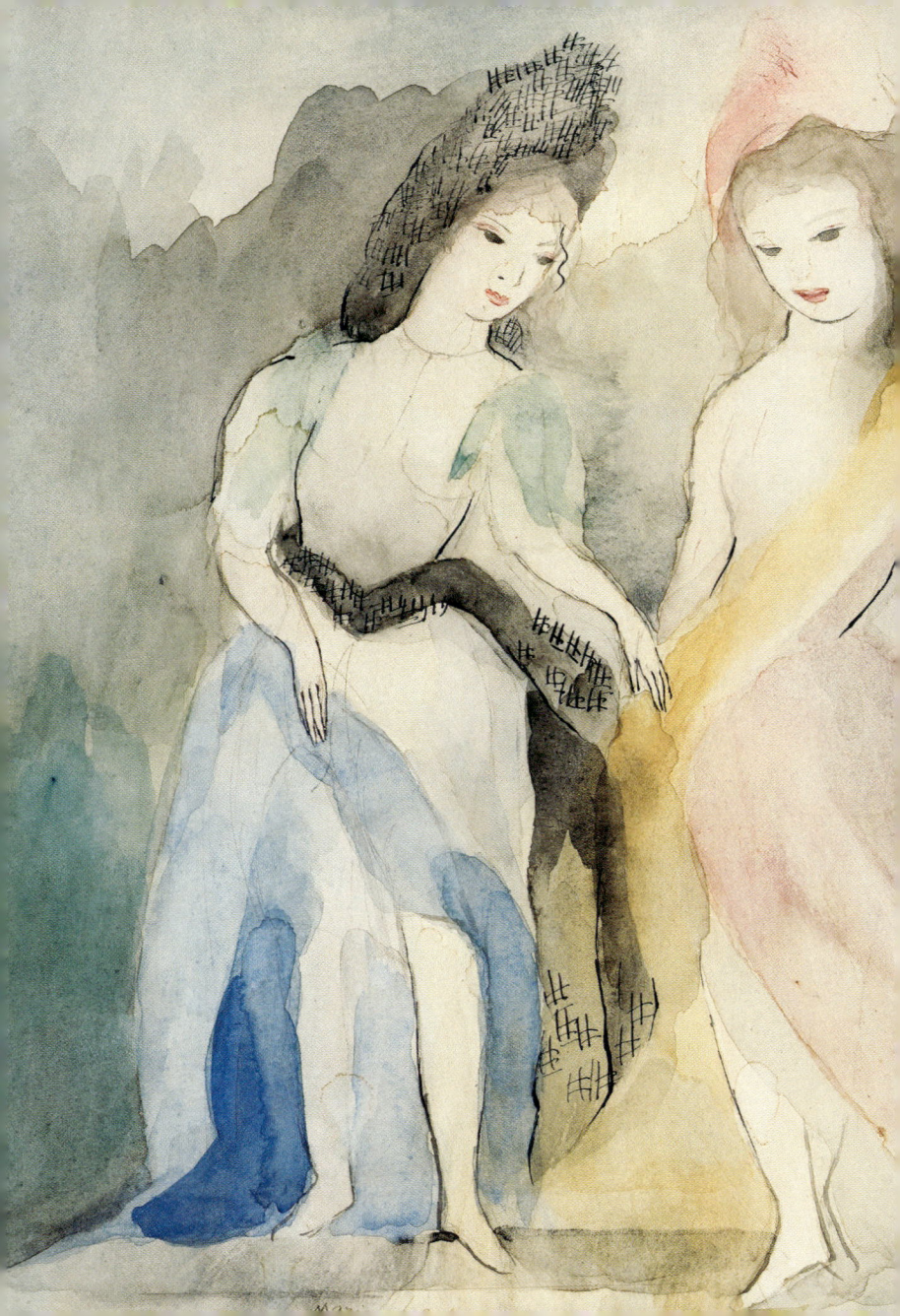

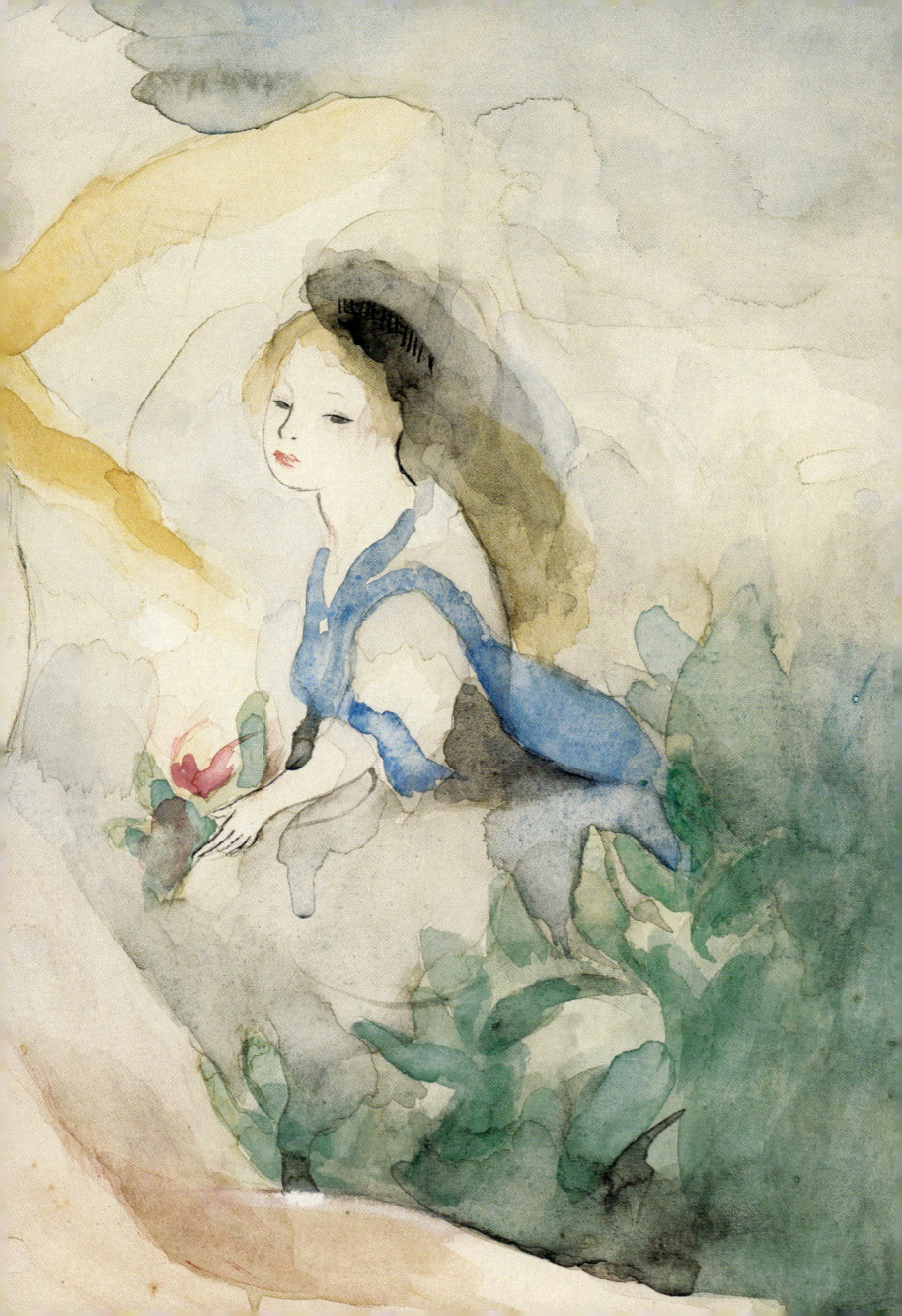

오월의 노래

노천명

보리는 그 윤기 나는 머리를 풀어 헤치고
숲 사이 철쭉이 이제 가슴을 열었습니다.
아름다운 전설을 찾아
사슴은 화려한 고독을 씹으며
불로처 같은 오후의 생각에 오늘도 달립니다.

부르다 목은 쉬었지만
산에 메아리만 하는 이름-
더불어 꽃길을 걸을 날은 과연 언제인가요.
하늘은 푸르러서 더 넓고
마지막 장비는 누구를 위한 것인지요.

하늘에서 비가 쏟아지길.
그리고 폭풍이 불어오길.
이 오월의 한낮을 나 그냥 갈 수는 없습니다.

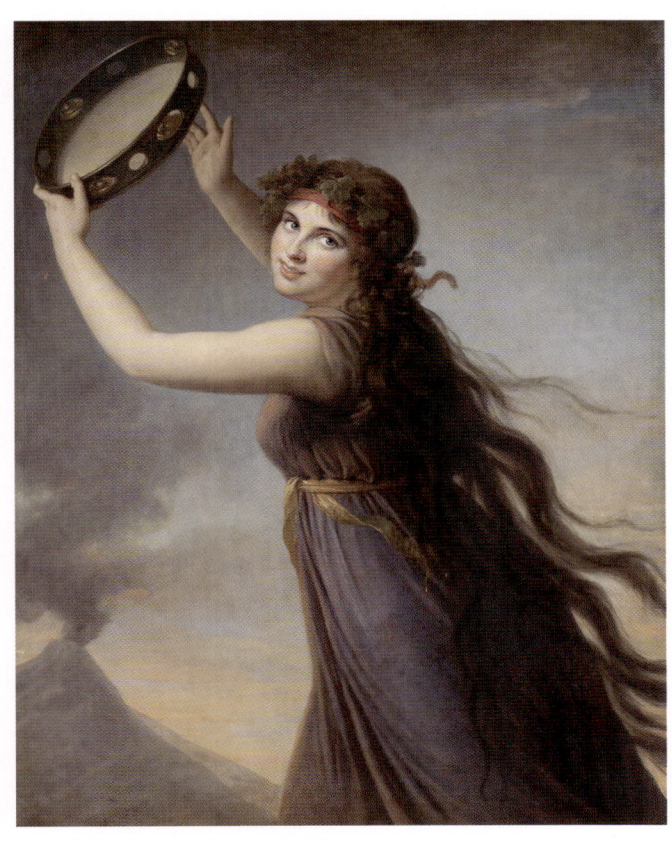

레이디 해밀턴 / 엘리자베스 비제 르 브룅 / 1790.

호외

노천명

큰 불이라도 나길, 폭탄 사건이라도 생기길.
외근에서 들어오는 전화가
비상하기를 바라는 젊은 편집자

그는 잔인한 인간이 아닙니다.
저도 모르게 되버린 슬픈 기계일 뿐.

그 불이 방화가 아니라 보고될 때
젊은이의 마음은 서운했을테지요.
화필이 재빠르게 미끄러집니다.

잠바-노타이-루바쉬카의 청년-청년-
싱싱하고 미끈한 양들이
해군복이라도 입히고 싶은 맵시입니다.

오늘은 또 저 붓끝이 몇 사람을 찔렀을까요.
젊은이 수기에 참화가 있는 날
그날은 그날은 무서운 날일지도 모릅니다.

푸른 침실 / 수잔 발라동 / 1923.

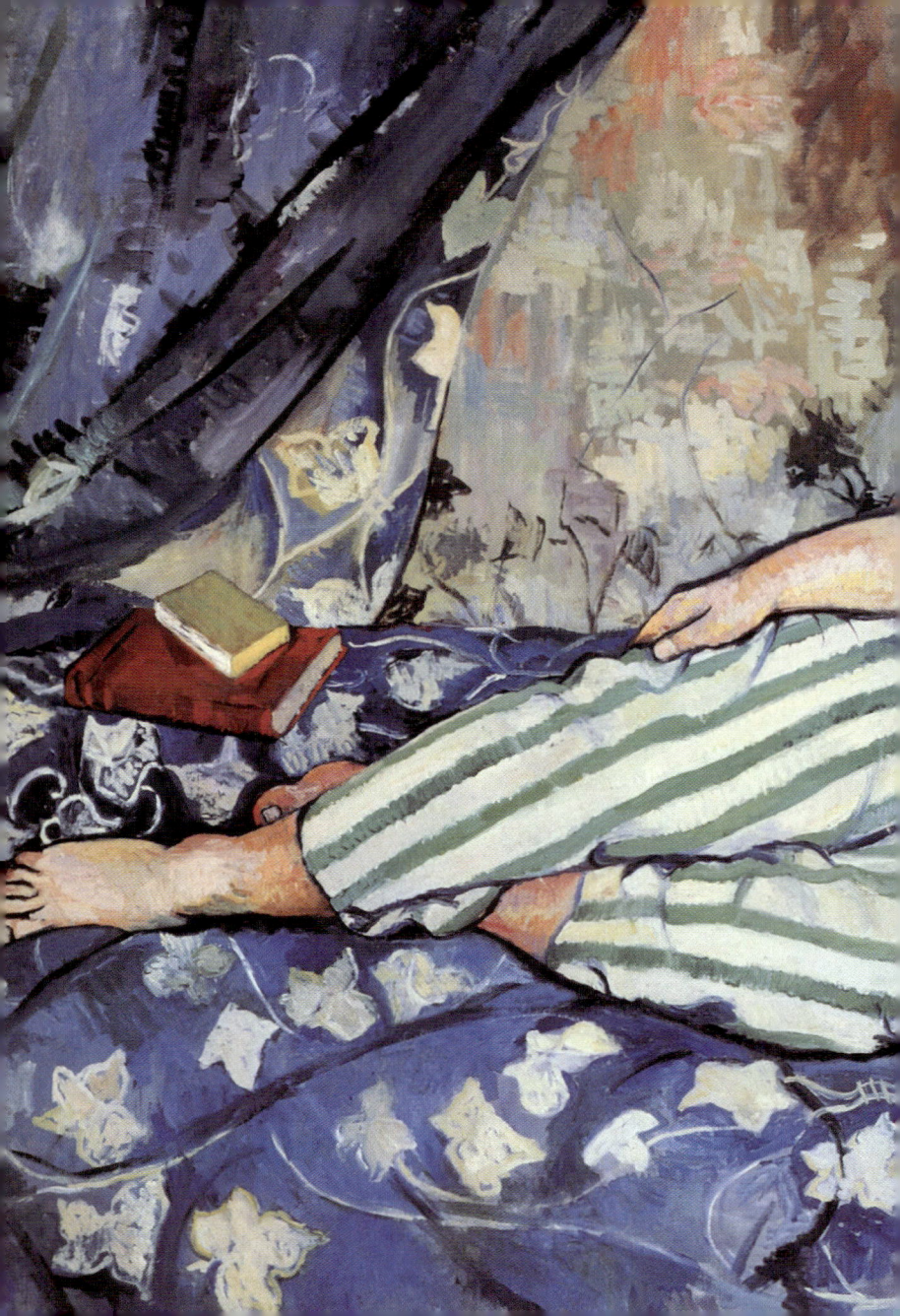

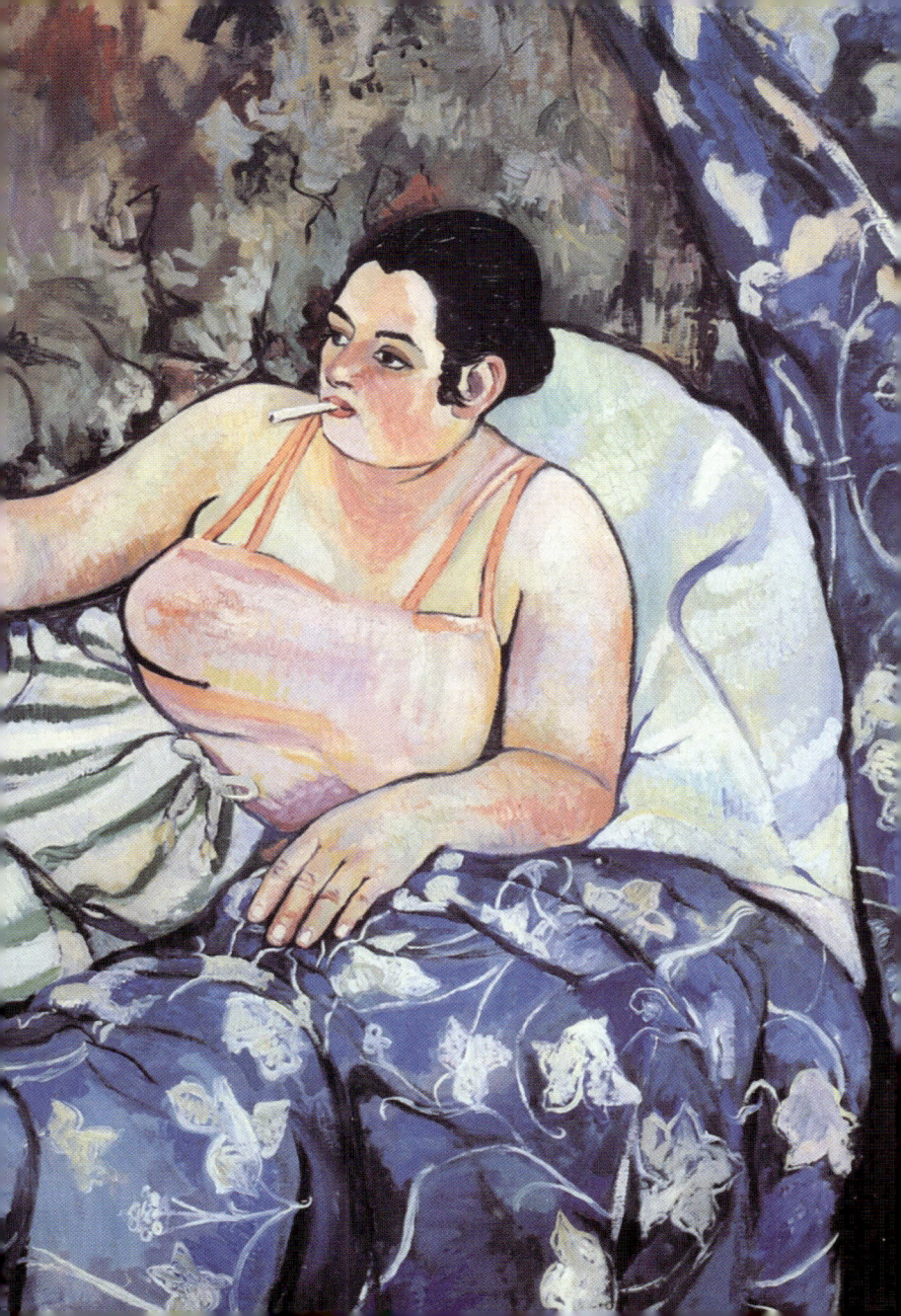

유월의 언덕

노천명

아카시아꽃 핀 유월의 하늘은
사뭇 곱기만 한데
파라솔을 접듯이
마음을 접고 안으로 안으로만 드네요.

이 인파 속에서 고독이
곧 얼음모양 꼿꼿이 얼어 들어옴은
어쩐 까닭일까요.

보리밭엔 양귀비꽃이 으스러지게 고운데
이른 아침부터 밤이 이슥토록
이야기해 볼 사람은 없어
파라솔을 접듯이
마음을 접어가지고 안으로만 듭니다.

장미가 말을 배우지 않은 이유를 알겠군요.
사슴이 말을 안 하는 연유도 알아듣겠습니다.
아카시아꽃 핀 유월의 언덕은 곱기만 한데-

_____

삶의 기쁨 / 수잔 발라동 / 1911.

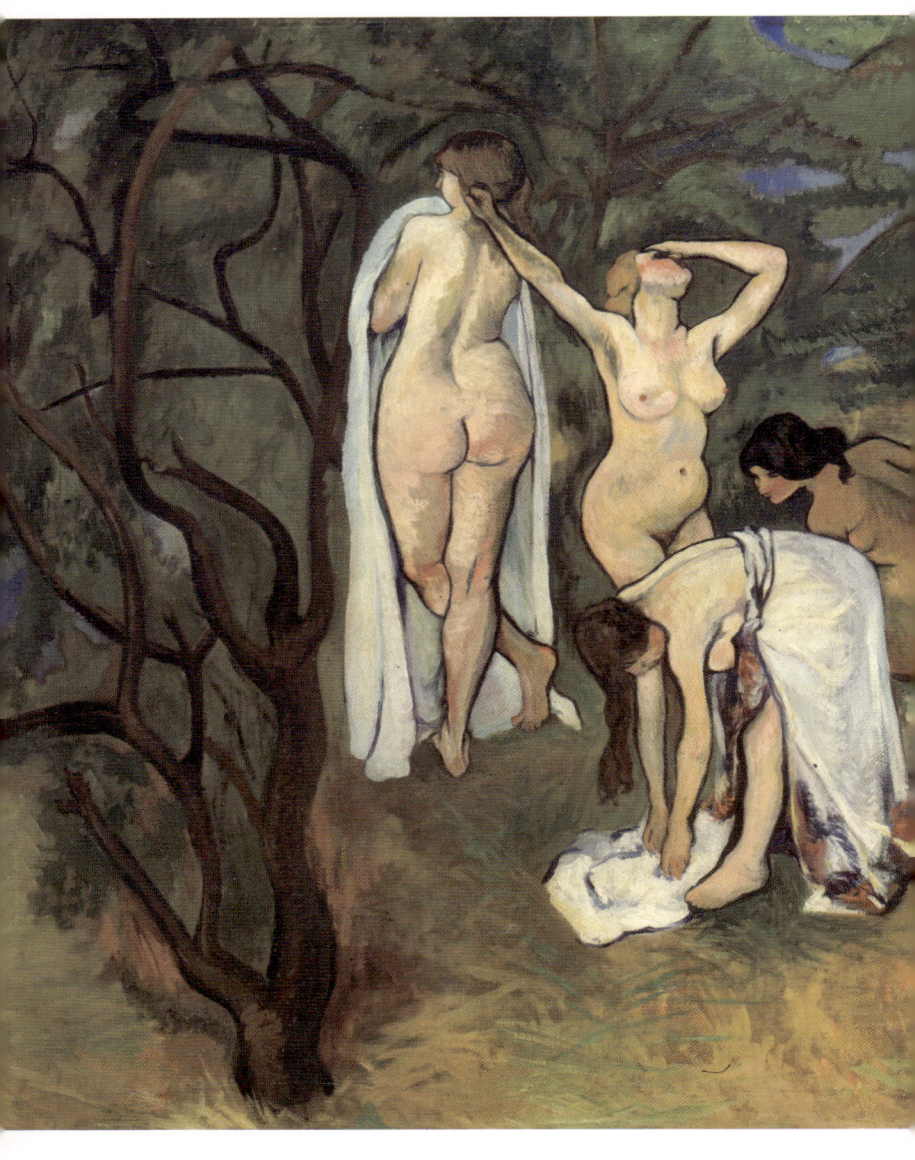

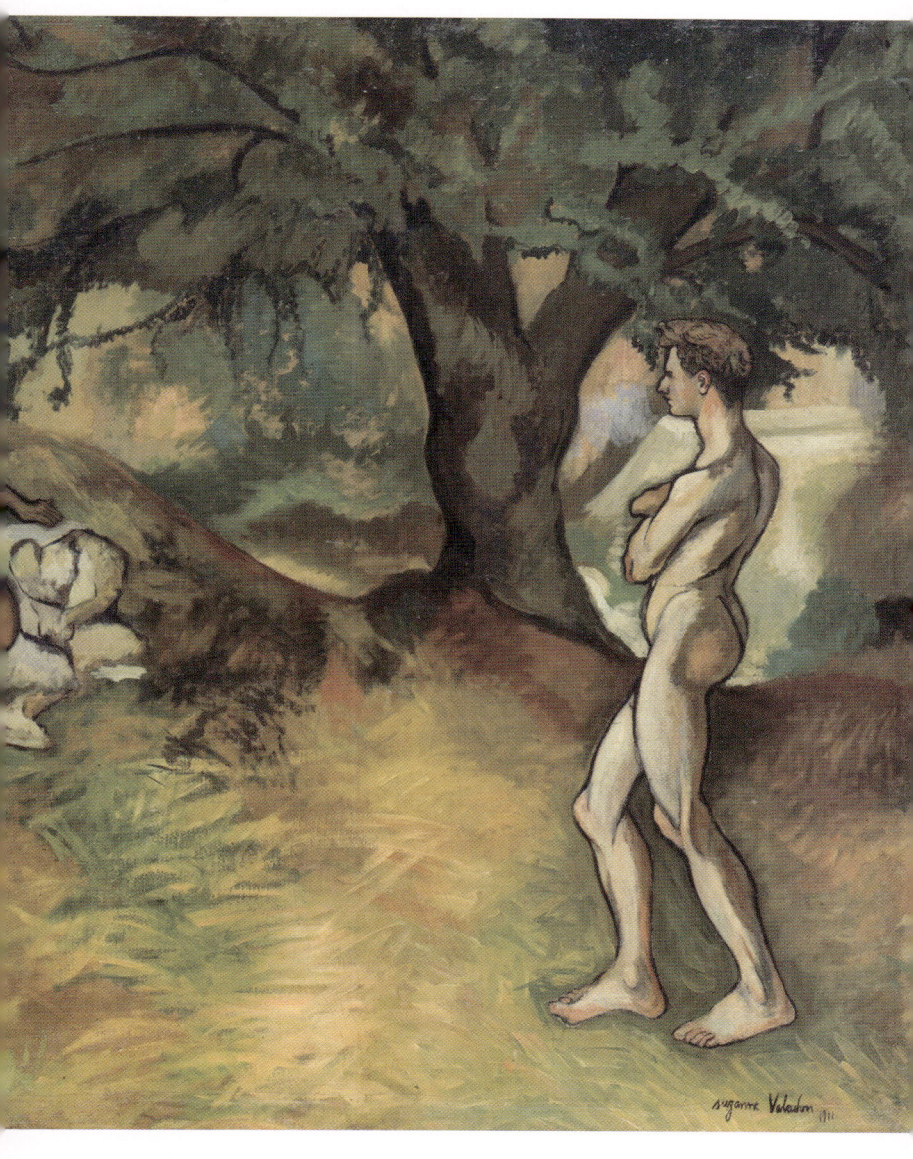

suzanne Valadon 1911

자화상

노천명

5척 1촌 5푼 키에 2촌은 부족한 불만이 있습니다. 부얼부얼한 맛은 아예 잊어버린 얼굴이다. 몹시 차 보여도 좀처럼 가까이 하기 어려워합니다.

그린 듯 숱한 눈썹도 큼직한 눈에는 어울리는 듯도 싶다마는…

전시대 같으면 환영을 받았을 삼단 같은 머리는 클럼지한 손에 예술품답지 않게 얹혀 가냘픈 몸에 무게를 줍니다. 아마도 조그마한 거리낌에도 밤잠을 못 자고 괴로워하는 성격은 살이 머물지 못하게 학대를 했을 테지요.

꼭 다문 입은 괴로움을 내뿜기보다 주로 혼자 삼켜 버리는 서글픈 버릇이 있습니다. 삼온스의 살만 더 있어도 무척 생색나게 내 얼굴을 쓸 데가 있는 것을 잘 알건만 무디지 못한 성격과는 타협하기가 어렵군요.

처신을 하는 데는 산도야지처럼 대담하지 못하고, 조그만 유언비언도 비겁하게 삼갑니다. 대처럼 꺾어서는 질지언정

구리처럼 휘어지며 구부러지기가 어려운 성격은 가끔 자신을 괴롭힙니다.

기대 누운 여인 / 수잔 발라동 / 1928.

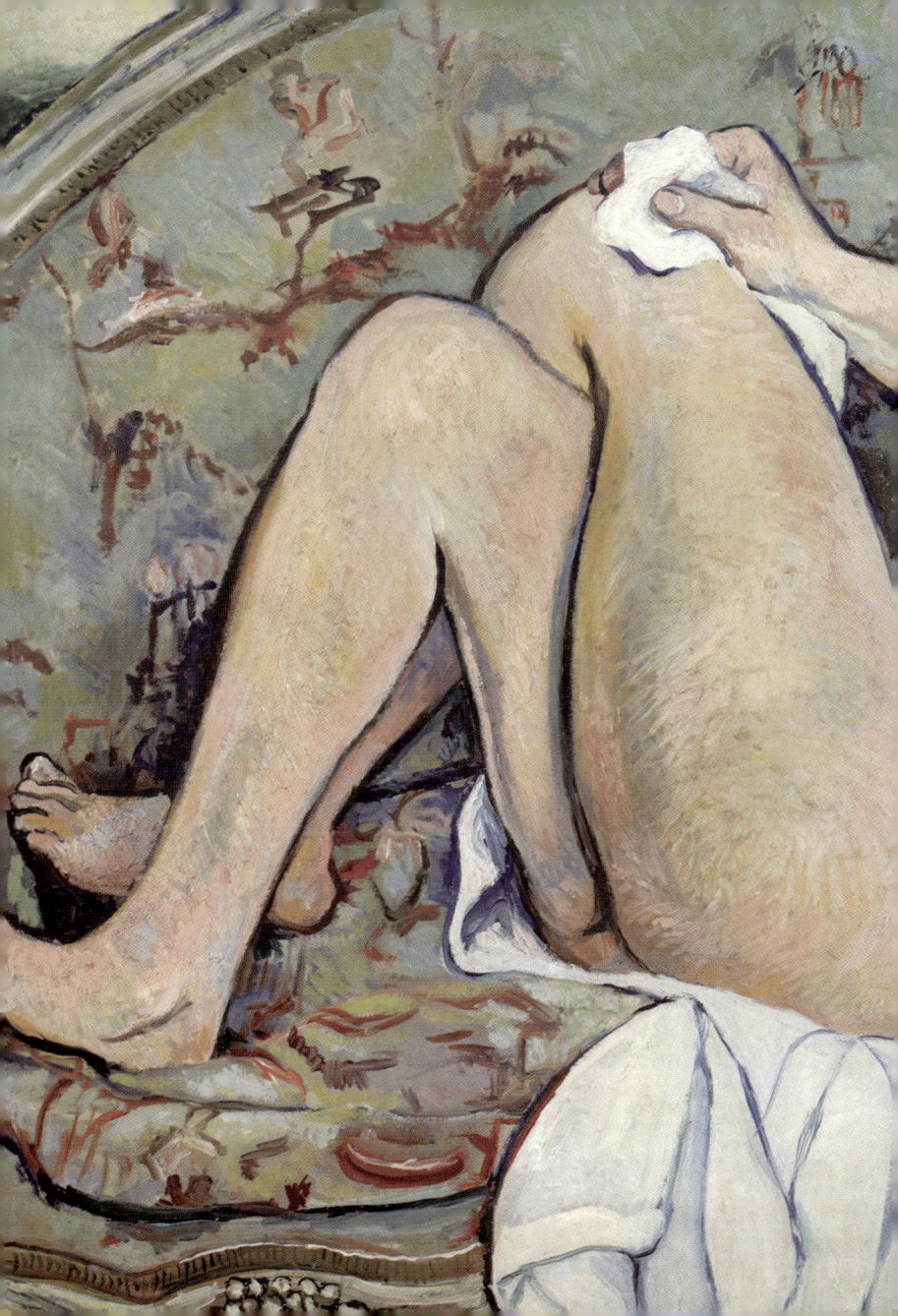

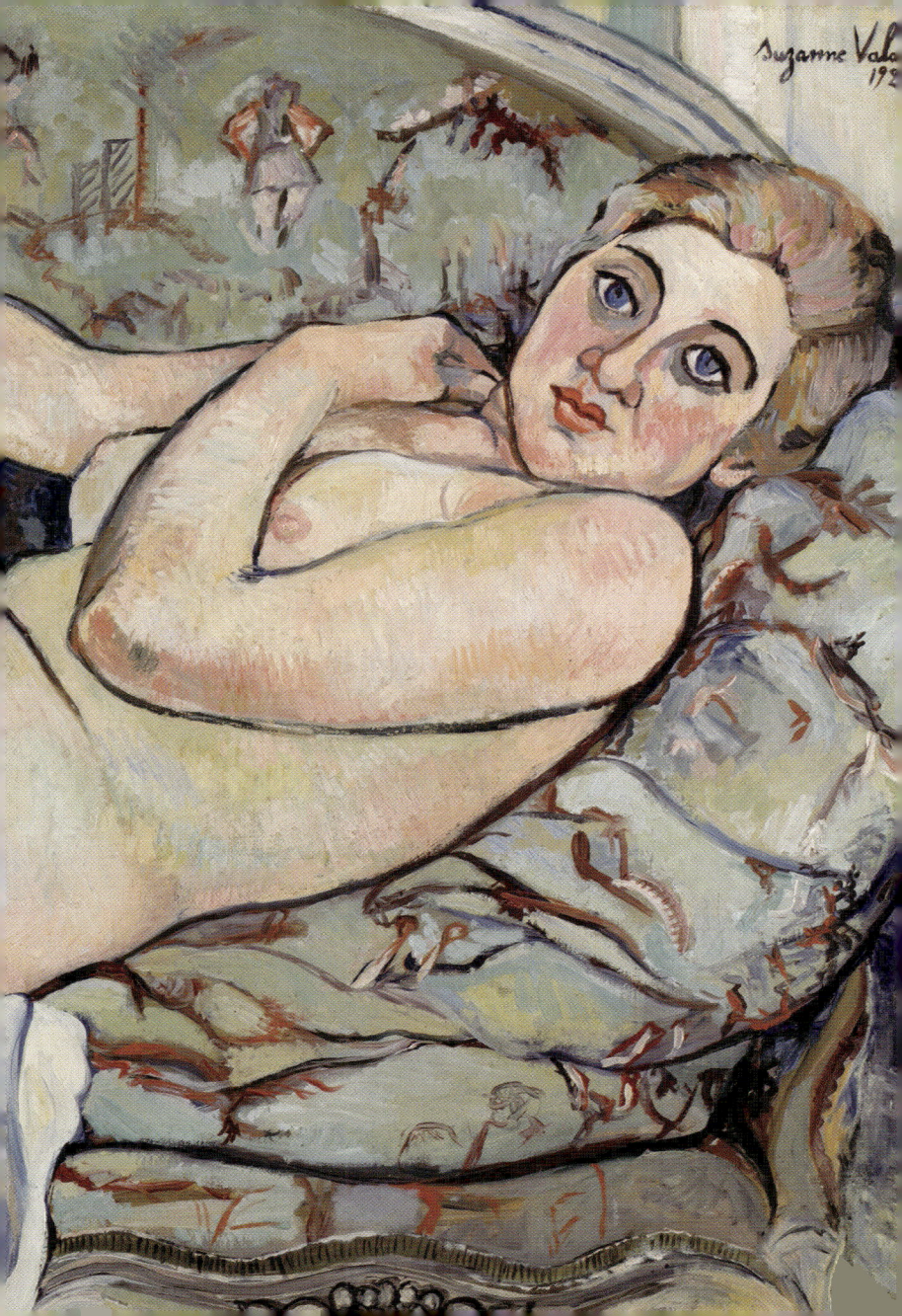

장날

노천명

대추 밤을 돈 사야 추석을 차렸습니다.
이십 리를 걸어 열하룻장을 보러
떠나는 새벽에
막내딸 이쁜이는
대추를 안 준다고 울었답니다.

절편 같은 반달이 싸리문 위에 돋고
건너편 성황당 사시나무 그림자가
무시무시한 저녁에
나귀 방울에 지껄이는 소리가
고개를 넘어 가까워지면
이쁜이보다 삽살개가 먼저 마중을 나가네요.

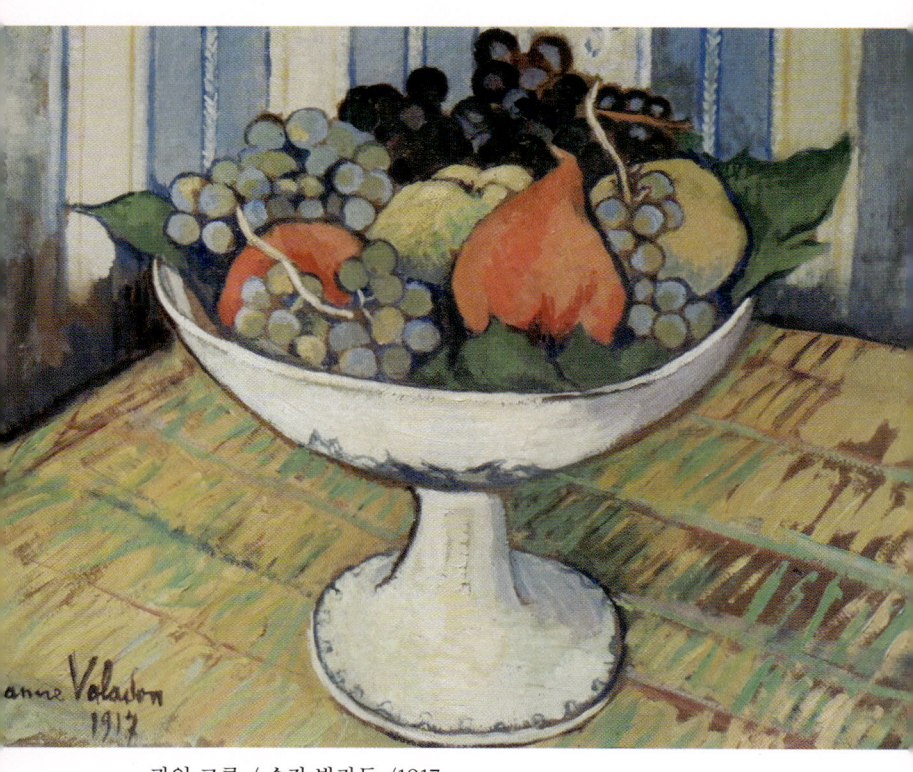

과일 그릇 / 수잔 발라동 /1917.

장미

노천명

맘 속 붉은 장미를 우지직끈 꺾어 보내 놓고
그날부터 내 안에서는 번뇌가 자랍니다.

네 수정 같은 맘에
나
한 점 티 되어 무겁게 자리하면 어찌할까요.

차라리 얼음같이 얼어 버리렵니다.
하늘보다 나무처럼 우뚝 서 버리렵니다.

아니
낙엽처럼 섧게 날아가 버리렵니다.

거울 속의 장미 / 수잔 발라동 / 1919.

노천명

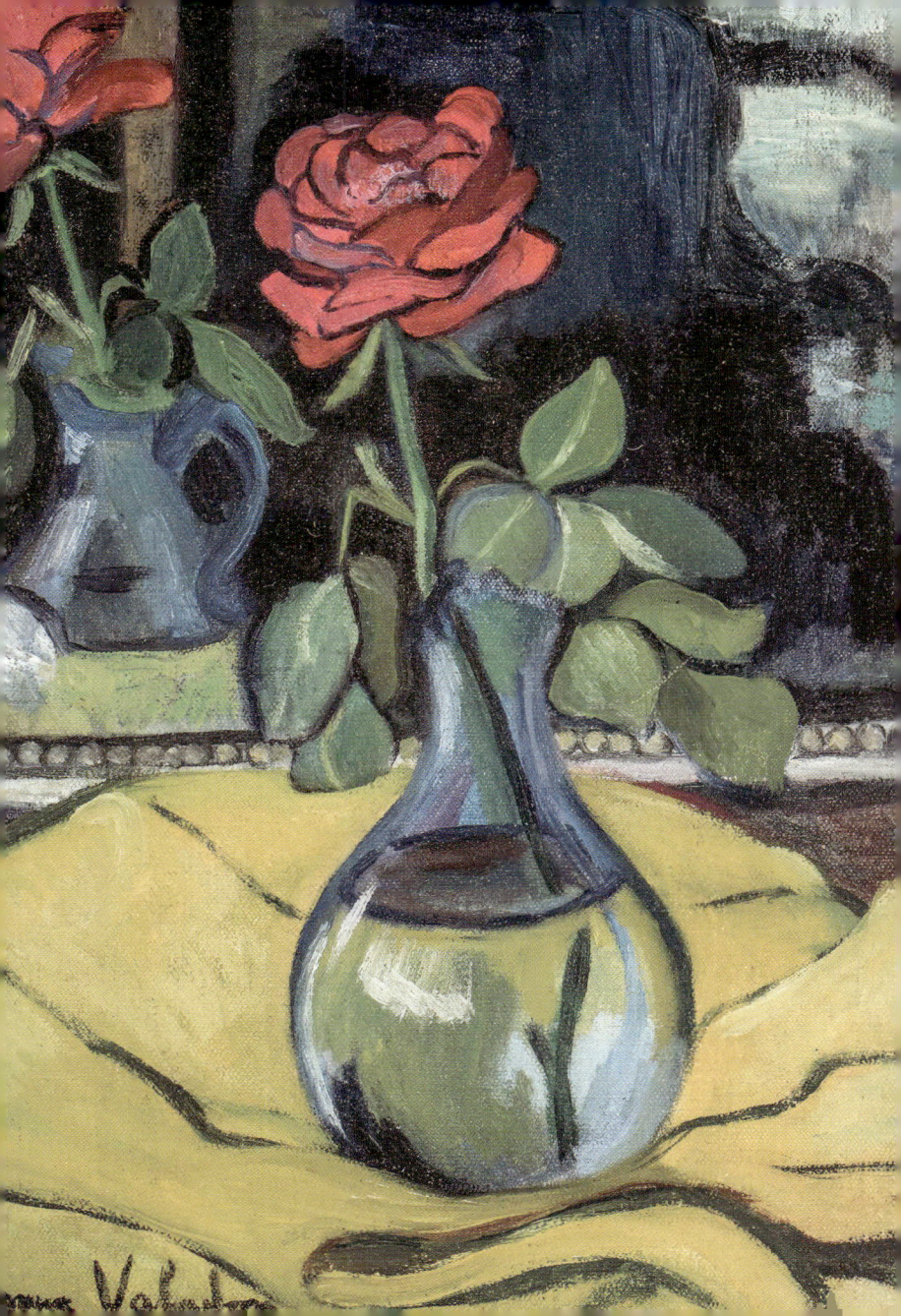

저녁별

노천명

그 누가 하늘에 보석을 뿌렸을까요.
작은 보석, 큰 보석 곱기도 하네요.
모닥불 놓고 옥수수를 먹으며
하늘의 별을 세던 밤도 있었지요.

별 하나 나 하나, 별 두울 나 두울
논 뜰엔 당옥새가 구슬피 울고
강낭수숫대가 바람에 설렐 때
은하수를 바라보면 잠도 멀어집니다.

물방아 소리-들은 지 오래여서
고향 하늘에 별이 뜬 밤, 그리운 밤
호박꽃 초롱에 반딧불을 넣고
이즈음 아이들도 별을 세는지요.

강아지와 어린소녀 / 베르트 모리조 / 1887.

노천명

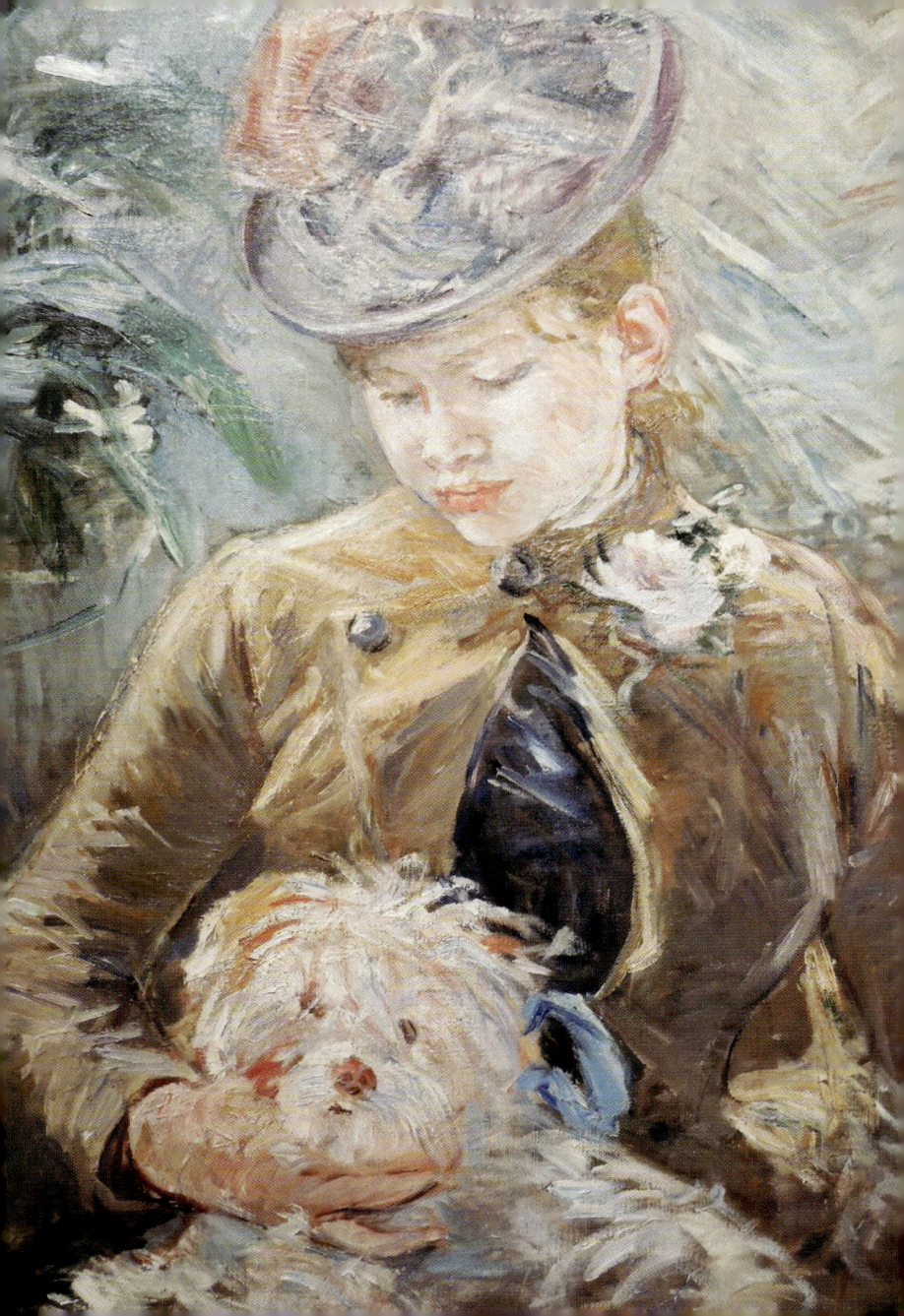

추성

노천명

플라타너스의 표정이 어느 틈에
이렇게 달라졌는지요.

하늘을 쳐다봅니다.
청징淸澄한 바닷가에 다시 은하銀河가 맑군요.
눈을 땅으로 떨어뜨리며
내가 당황하네요.

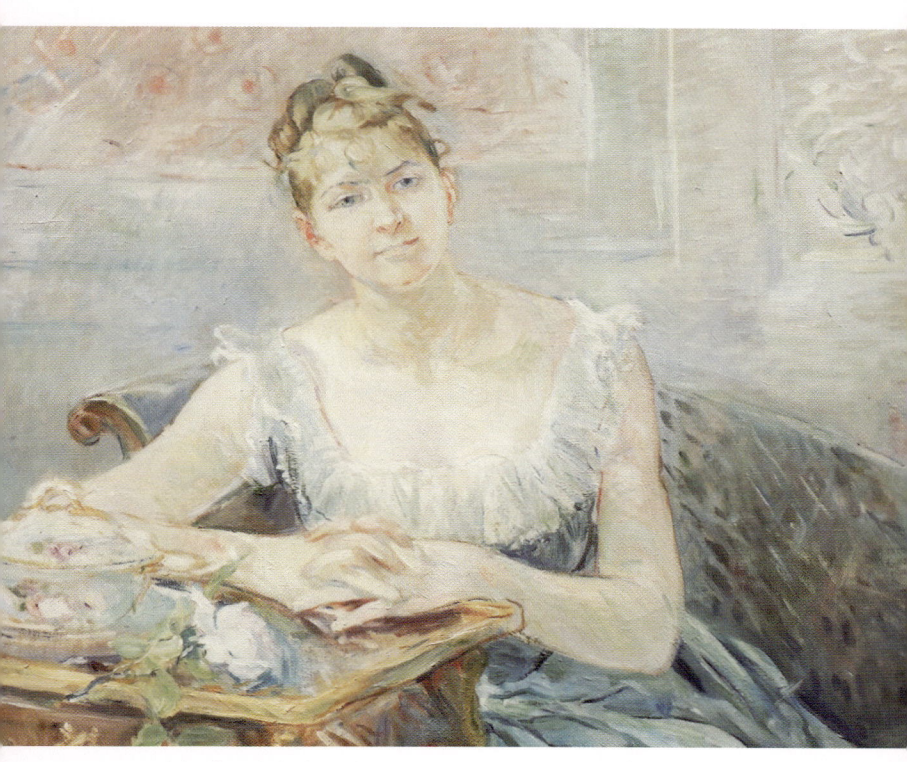

레옹 리즈네의 딸 루이즈 리즈네 / 베르트 모리조 / 1888.

창변

노천명

서리가 내린
지붕 지붕엔 밤이 앉고
그 안엔 꽃다운 꿈이 뒹굴고
뉘 집인가 창이 불빛을 한입 물었습니다.

눈 비탈이
하늘가는 길처럼 밝네요.
그 속에 숱한 얘기들을 줍고 있으면
어려서 잊어버린 '집'이 살아납니다.

창으로 불빛이 나오는 집은 다정해
볼수록 정답네요.
저 앞엔 엄마가 있고
아버지도 살고
그리하여 형제들은 다행하고-

마음이 가난한 이는 눈을 모아
고운 정경을 한참 마시다-
아늑한 '집'이 온갖 시간에 빌려졌군요.

친정엘 간다는 새댁과 마주앉은
급행열차 밤 시간 찻간에서도
중년 신사는 나비넥타이를 찾고
유복한 부인은 물건을 온종일 고릅니다.
백화점 소녀는 피곤이 밀린 잡담 속에서도

또 어느 조고만 집 명절 떡 치는 소리를
들으면서도
기댈 데 없는 외로움이 박쥐처럼 퍼덕이면
눈감고.
가다가
슬프면 하늘을 봅니다.

바이올린 케이스 / 수잔 발라동 / 1923.

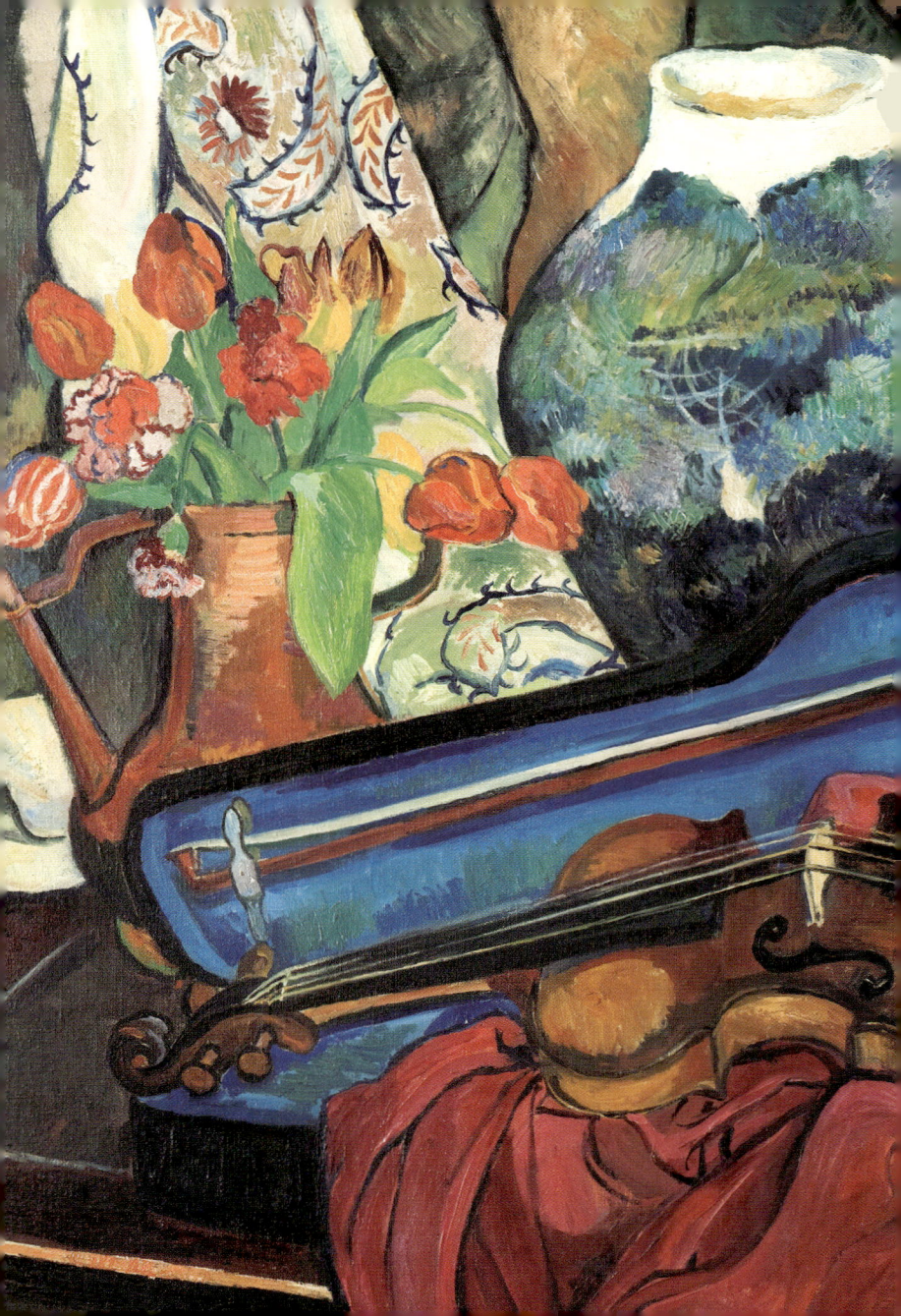

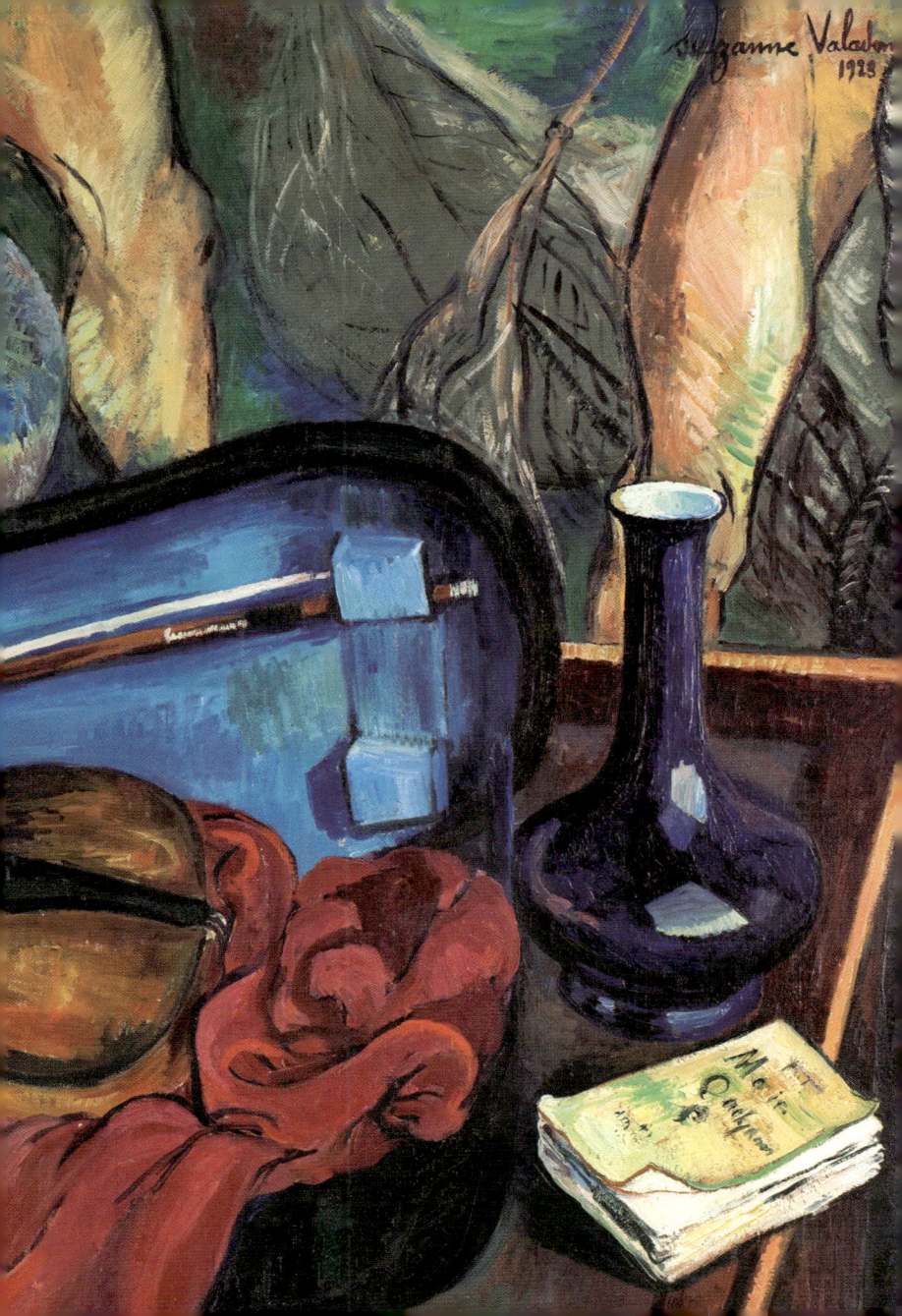

추풍에 부치는 노래

노천명

가을 바람이 우수수 불어옵니다.

신이 몰아오는 비인 마차 소리가 들립니다.

웬일인가요.

내 가슴이 써—늘하게 살살이 얼어듭니다.

인생은 짧다고 실없이 옮겨 본 노릇이

오늘 아침 이 말은 내 가슴에다

화살처럼 와서 박혔습니다.

나는 아파서 도저히 몸을 추릴 수가 없습니다.

황혼이 시시각각으로 다가섭니다.

하루하루가 금싸라기 같은 날들입니다.

어쩌면 청춘은

그렇게 아름다운 것이었을까요.

연인들이여, 인색할 필요가 없습니다.

적은 듯이 지나 버리는 생의 언덕에서

아름다운 꽃밭을 그대 만나거든

마음대로 앉아 노니다 가십시오.

남이야 뭐라든 상관할 것이 아닙니다.

하고 싶은 일이 있거든

밤을 도와 하게 하십시오.

총기聰氣는 늘 지니어지는 것이 아닙니다.

나의 금싸라기 같은 날들이

하루하루 없어집니다.

이것을 잠가 둘 상아 궤짝도 아무것도

내가 알지 못합니다.

낙엽이 내 창을 두드립니다.

마치 차 시간을 놓친 손님처럼 당황합니다.

어쩌자고 신은 오늘에서야 내게

청춘을 이렇듯 찬란하게 펴 보이십니까.

자매들 / 베르트 모리조 / 1869.

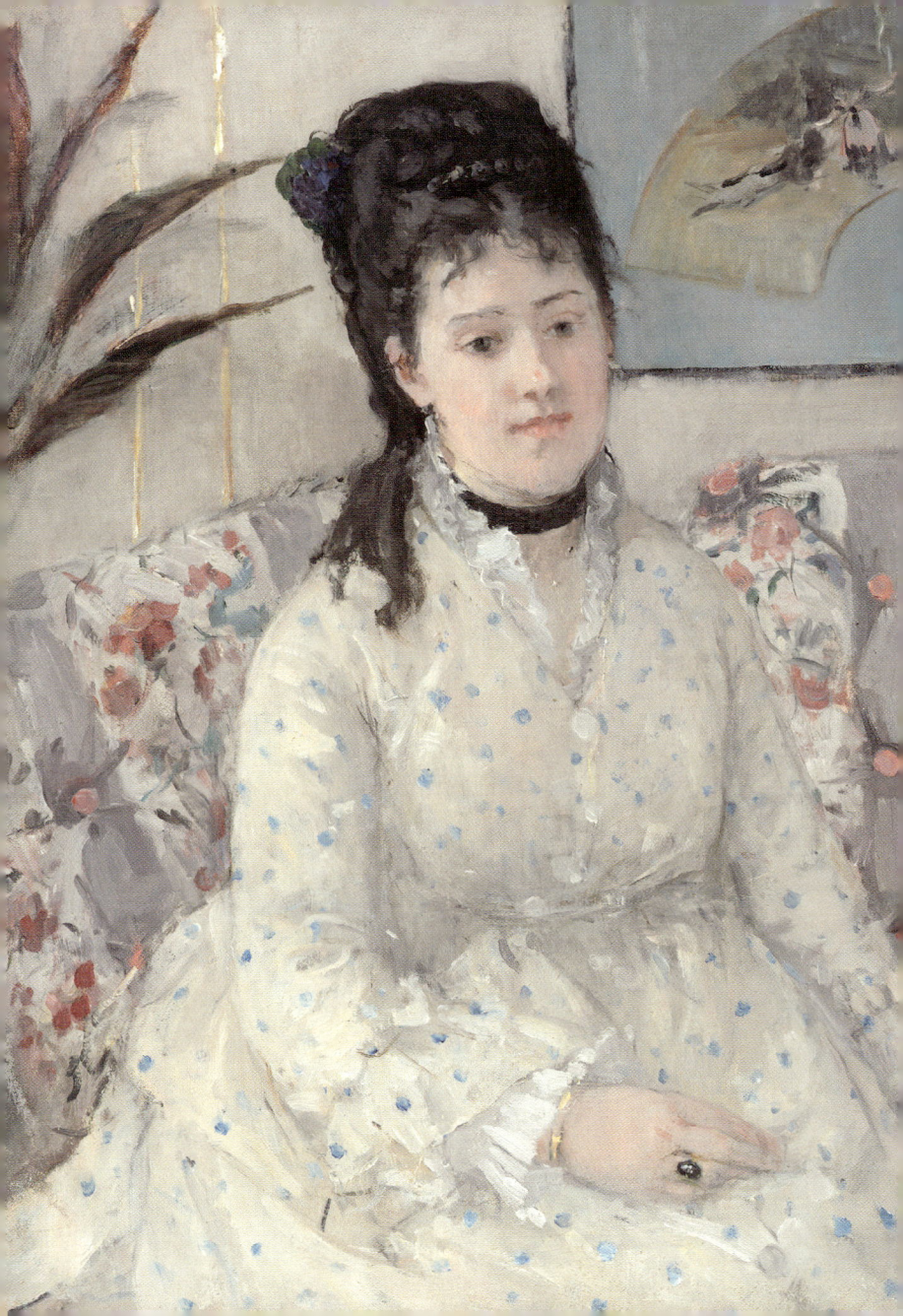

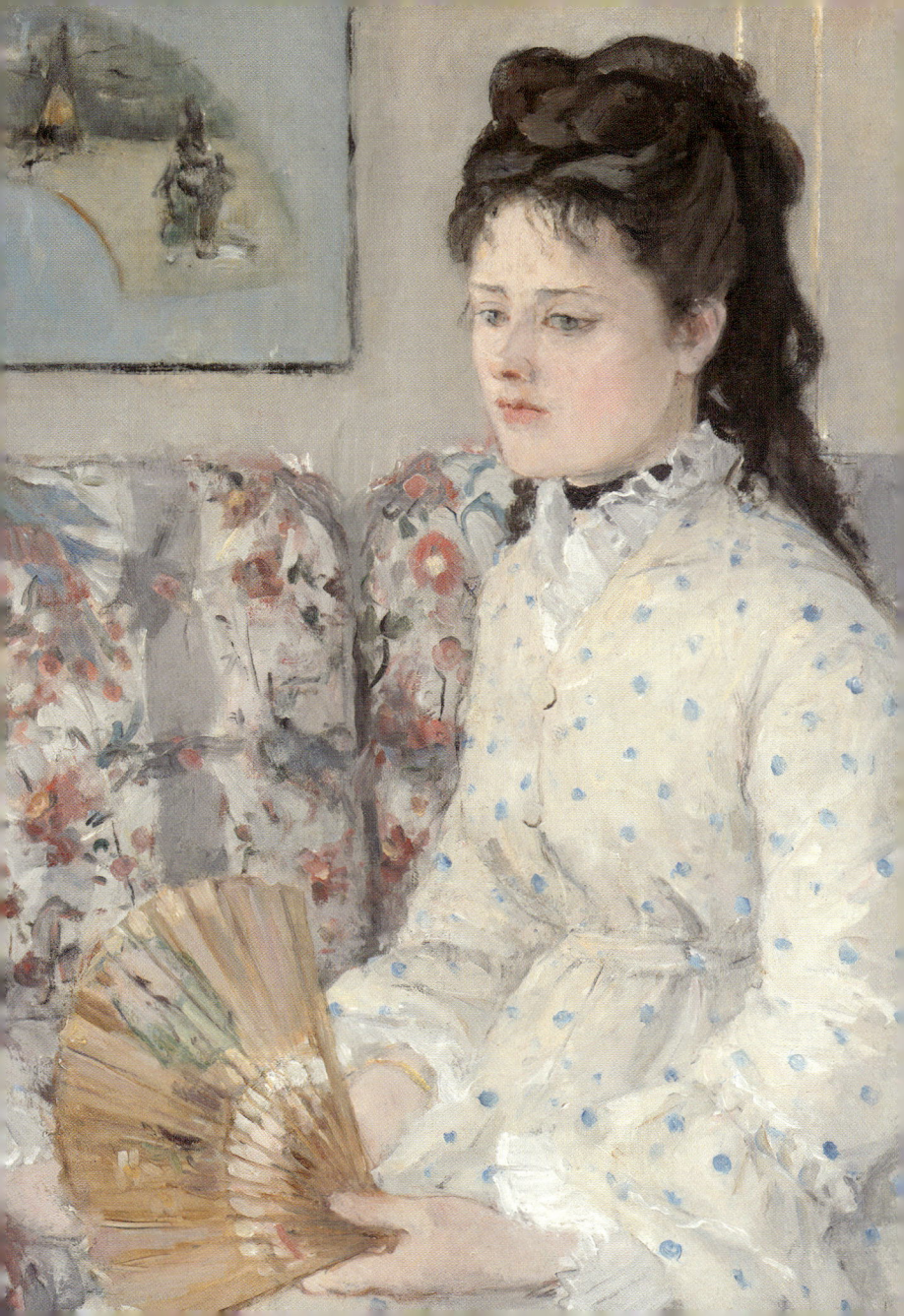

희망

노천명

꽃술이 바람에 고갯짓하고
숲들은 사뭇 우짖습니다.

그대가 오신다는 기별만 같아
치맛자락을 풀덤불에 걸키며
그대를 맞으러 나왔습니다.

내 낭자에 산호잠도 하나 못 꽂고
실안개 도는 갑사치마도 못 걸친 채
그저 그대가 황홀히 나를 맞아주겠거니--
오신다는 길가에 나왔습니다.

저 산말낭에 그대가 금시
나타날 것만 같습니다.
녹음 사이에서
당신의 말굽소리가 들리는 것 같습니다
내 가슴이 왜 갑자기 설렐까요.

꽃다발을 샘물에 축이며 축이며
산마루를 쳐다보고 또 쳐다봅니다.

백작 고워의 가족 / 안젤리카 카우프만 / 1772.

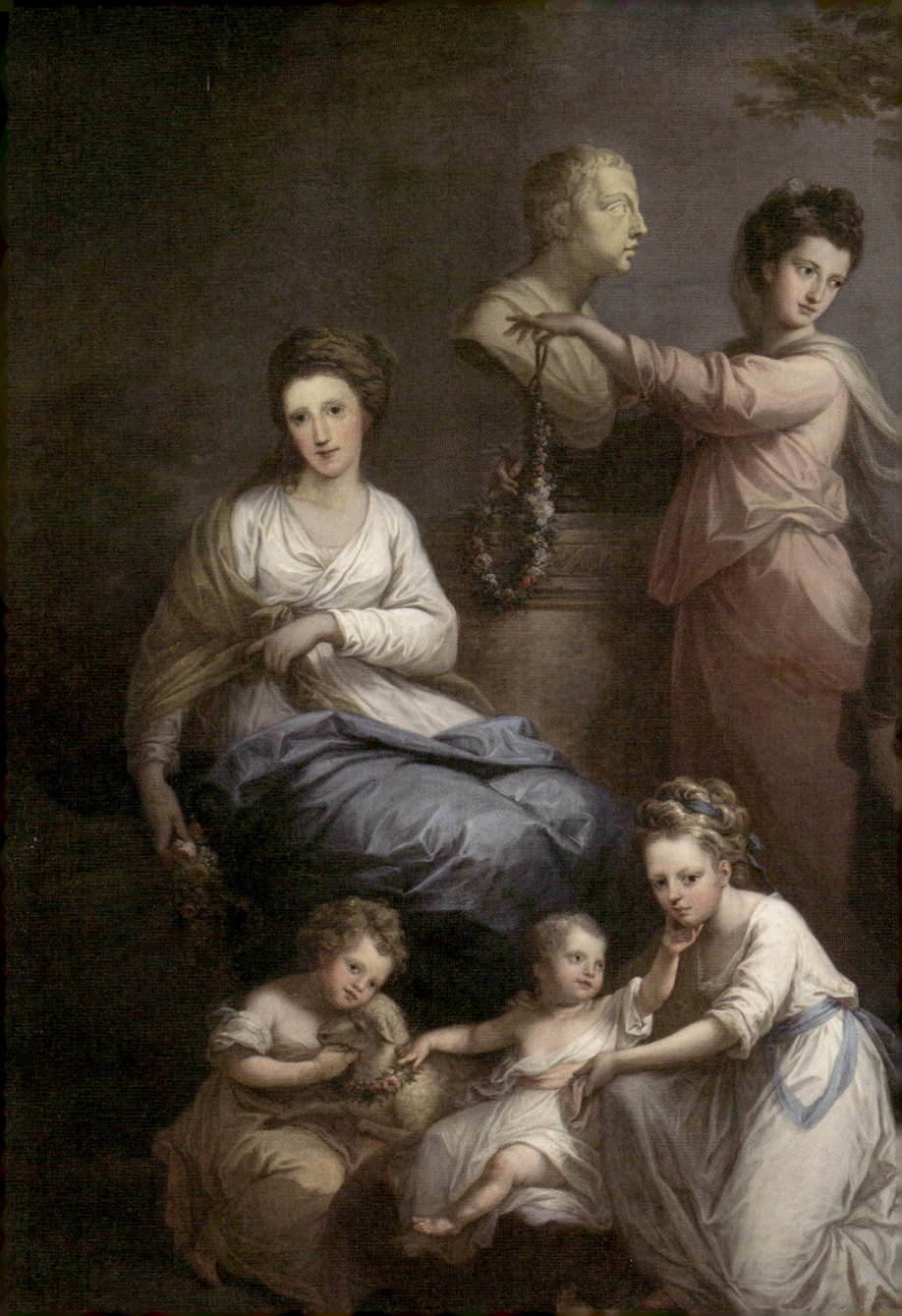

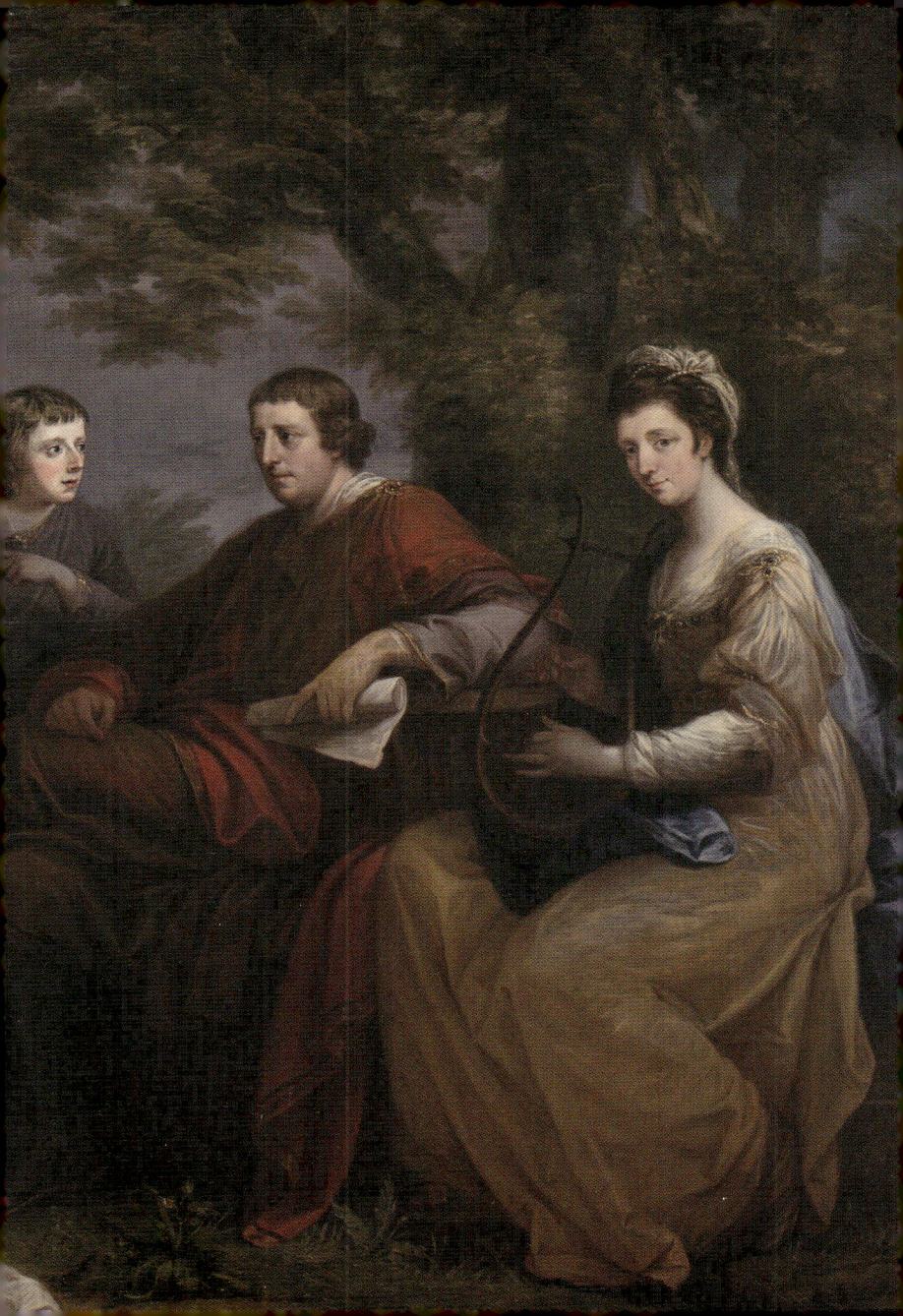

춘분

노천명

한고방 재어놨던 석탄이 휑하니 나간 자리
숨었던 봄이 드러났습니다.

얼래 시골은 지금 뱀이 나왔겠지

남쪽 계집아이는 제 집이 생각났고
나는 고양이처럼 노곤하네요.

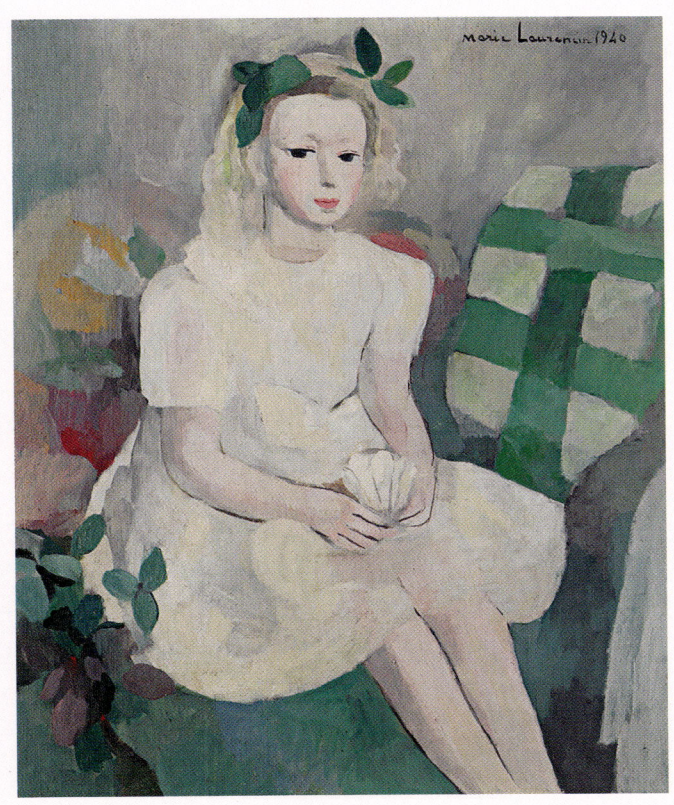

흰 옷을 입은 어린 소녀 / 마리 로랑생 / 1940.

나혜석 × 노천명이 쓰고,
프리다 칼로 × 마리 로랑생이 그리다

시대를 초월한 여성들

발행	2021년 2월 15일 초판

기획	권호
글 저자	나혜석, 노천명
디자인	현유주
발행인	권호
발행처	뮤즈(MUSE)
출판등록	국립중앙도서관
연락처	muse@socialvalue.kr
홈페이지	http://www.뮤즈.net

© 2021 나혜석, 노천명

ISBN 979-11-972969-1-8 03800
값 15,000원

이 도서의 국립중앙도서관 출판예정도서목록(CIP)은 서지정보유
통지원시스템 홈페이지(http://seoji.nl.go.kr)와 국가자료종합목
록 구축시스템(http://kolis-net.nl.go.kr)에서 이용하실 수 있습
니다. (CIP제어번호 : CIP2020052887)